KB248647

구중천
九重天

# 구중천 3

임영기 新무협 판타지 소설

초판 1쇄 찍은 날 § 2006년  9월 30일
초판 1쇄 펴낸 날 § 2006년 10월 10일

지은이 § 임영기
펴낸이 § 서경석

편집장 § 문혜영
편집 § 서지현 · 심재영

펴낸곳 § 도서출판 청어람
등록번호 § 제1081-1-89호
등록일자 § 1999. 5. 31
어람번호 § 제2-1023호

주소 § 경기도 부천시 원미구 심곡1동 350-1 남성B/D 3F (우) 420-011
전화 § 032-656-4452  팩스 § 032-656-4453
http://www.chungeoram.com
E-mail § eoram99@chollian.net

ⓒ 임영기, 2006

ISBN 89-251-0296-X 04810
ISBN 89-251-0293-5 (세트)

九重天
구중천
3
천지 조화(天地造化)
임영기 신무협 판타지 소설
Fantastic Oriental Heroes
도서출판 청어람

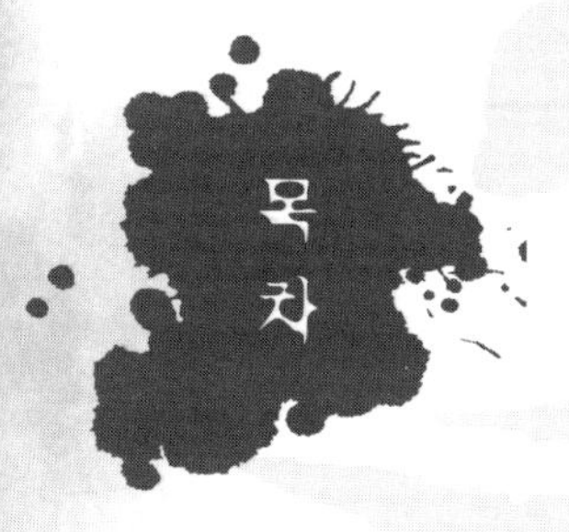

第二十七章

# 삼 남매(三男妹)

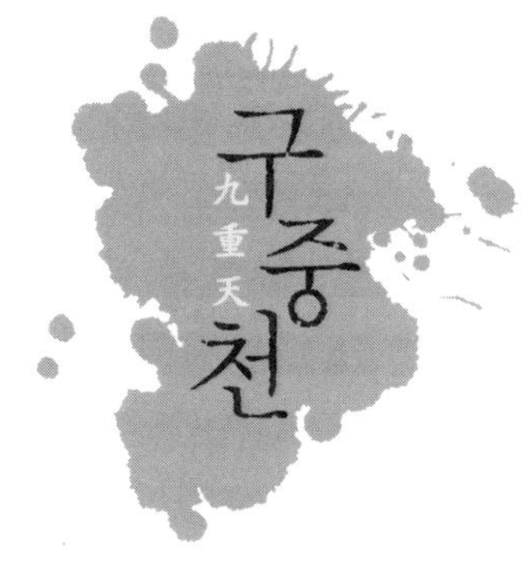

　다행히 밤사이에 별다른 지형의 변동이 없었기 때문에 화무린은 어제 일몰 직전까지 헤맸던 발특마의 빙벽하를 어렵지 않게 찾을 수가 있었다.

　"제 기억이 정확하다면 바로 여깁니다."

　화무린은 어제의 빙와(氷窪:얼음 구덩이) 바닥에서 한쪽 면을 쓱 훑어보더니 한곳을 가리켰다.

　원래 눈썰미가 예리한 그가 하루도 지나지 않은 위치를 벌써 잊을 리가 없었다.

　"제 칼을 써보십시오."

　화무린이 빙벽을 깎는 데 사용하라는 의도로 품속에서 벽

월도를 꺼내 내밀었는데도 단궁천은 빙벽을 쏘아보느라 모르고 있었다.

단궁천은 침착하려고 무진 애를 쓰는 것 같았다. 그의 표정을 보면 알 수 있었다.

하지만 잠시 후에는 삼십 년 동안 그토록 찾아 헤매던 사매이자 정혼녀의 시신을 만나게 될 것이라고 확신하는데 어찌 격동하지 않겠는가.

그런데 격동이 진정되지 않았다. 이런 상황에서 진정되길 바란다는 것 자체가 무리였다.

그는 더 이상 기다릴 수 없었는지 천천히 떨리는 손을 내밀어 화무린이 가리킨 빙벽의 한 부분에 손바닥을 밀착시켰다.

그렇게 잠시 있더니 곧 왼쪽으로 한 뼘 정도의 간격을 두고 각각 세 군데, 다시 오른쪽으로 세 번씩 밀착시켰다.

무공에 대해서는 잘 모르는 화무린이지만 지금 그의 행동이 빙벽 속으로 진기를 주입시켜서 사매가 있는 위치를 찾고 있는 것이라는 정도는 추측할 수는 있었다.

한순간 단궁천의 얼굴에 거센 파도가 일었다. 더할 수 없는 격동의 파도였다. 아마도 빙벽 속에 있는 시신의 존재와 위치를 찾아낸 것이리라.

그때 화무린은 단궁천이 격동을 억제하면서 오른손으로 어깨의 도파를 잡는 것을 발견했다.

파아!

아니, 잡았다고 여긴 순간 이미 발도하고 있었다. 도는 곧장 빙벽의 한 부분을 세로로 쪼개어 갔다.

쩌쩌쩡!

얼음이 갈라지는 소리가 둔중하게 그들이 있는 공간을 울리고 더 멀리 퍼져 갔다.

그러나 화무린도, 단궁천도 그 소리 때문에 야차나 나찰이 달려올 것에 추호도 개의치 않았다.

그와 동시에 빙벽이 쩍 갈라져서 단궁천 앞에 폭 두 자에 길이 이 장가량의 틈새가 나타났다.

단궁천은 이미 빙벽 속 어디쯤 시신이 있는지 정확하게 파악하고 있었다.

순간 그의 시선은 매끄럽게 잘라진 왼쪽 빙벽의 한곳을 빠르게 훑었다.

그곳에는 어제 화무린이 보았던 홍의여인이 어제와 똑같은 모습으로 서 있었다.

달라진 것이 있다고 한다면, 어제는 빙벽이 두텁게 뒤덮인 얼음 가루 때문에 표면이 뿌옇게 보였지만 지금은 유리처럼 투명하게 보인다는 것이었고, 어제는 화무린 혼자였지만 오늘은 단궁천이 함께 있다는 사실이었다.

여자는 차디찬 빙벽 속에서 죽어서도 죽지 못한 채 삼십 년 세월 동안 한 남자를 기다려 왔다.

그리고 그 삼십 년 동안 그녀를 찾아 헤맸던 남자가 지금 그녀 앞에 서 있었다.

마주 선 두 사람의 거리는 불과 한 자 남짓.

그리고 삼십 년 세월이 소리없이 스러지더니 어느 한순간 현재가 되었다.

이제 두 사람 사이에는 삼십 년의 세월도, 생사의 높은 벽도 더 이상 존재하지 않았다.

다만 사랑이 존재할 뿐.

"연(蓮) 매……."

남자의 입가에 햇살 같은 미소가 떠올랐다가 아지랑이처럼 얼굴 전체로 번져 갔다.

"너무 오래 기다리게 했지?"

이보다 더 다정한 말이 있으랴.

착각인가?

빙벽 속의 홍의녀가 삼십 년 동안 부릅뜨고 있던 눈을 풀며 대신 사랑을 가득 담았다.

'보고 싶었어요.'

라고 그 눈이 말했고, 남자는 그 말을 알아들었다.

"나도 보고 싶었다, 미치도록."

옷깃을 여미지는 않았지만, 화무린은 그 광경을 바라보면서 더없이 경건한 마음이 되었다.

문득 그는 날카로운 송곳 같은 것이 심장 한복판을 파고드는 듯한 느낌을 받았다. 그러더니 송곳이 만든 심장의 상처에

한 사람의 모습이 또렷하게 새겨졌다.

'자운…….'

주자운이었다.

왜 단궁천이 삼십 년 만에 사매를 해후하는 광경을 보면서 여자의 모습이, 그것도 소군이 아닌 주자운이 심장에 아로새 겨지는 것인지 화무린은 이해할 수가 없었다.

그러더니 은신처에 혼자 두고 온 그녀가 걱정됐다.

왜 갑자기 그녀가 걱정되는 것인지는 알 수 없었으나 걱정 중에는 기이하게도 아련한 그리움 같은 것이 포함되어 있었 다. 헤어진 지 반 시진도 안 되는 그녀건만.

단궁천은 홍의녀를 향해 반걸음 더 다가들며 그녀를 안을 듯이 두 손을 내밀었다.

스으으—

그의 두 손이 빙벽을 녹이면서 얼음 속으로 뚫고 들어가 부 드럽게 홍의녀를 안았다.

이어서 그가 가볍게 끌어당기자 홍의녀 주위의 얼음이 순 식간에 녹으면서 삼십 년의 시공(時空)을 넘어 그녀는 단궁천 의 품에 살며시 안겨들었다.

살아생전에 송연(宋蓮)이라는 예쁜 이름으로 불리던 홍의 녀를 단궁천은 품 안에 깊숙이 끌어안았다.

그는 울지 않았다.

그가 얼마나 홍의녀를 사랑했는지를 모르는 사람들은, 그리고 그렇게 사랑하던 여자의 시신을 삼십 년 동안 찾아 헤맨 사람의 처절한 심정이 과연 어떠할 것인지 모르는 사람들은 그가 왜 이 순간에 울지 않는지 이해하지 못하리라.

단궁천은 송연을 품에 안고 그녀의 귀에 온화하게 속삭였다.

"연 매, 이제 다시는 너를 혼자 두지 않으마."

그 순간 화무린은 또 전혀 예기치 않았던 어떤 말이 기억났다.

주자운을 '자운' 이라고 부르기 직전에 그녀가 애절한 표정으로 했던 말이었다.


"도와주세요."


왜 불현듯 이 순간에 그 말이 떠올랐을까?

설마 단궁천에겐 송연이 있듯이, 내게는 주자운이 그런 존재라는 말인가?

'말도 안 되는 소리!'

화무린은 고개를 세차게 흔들었다.


"고맙다, 무린. 너에게 큰 은혜를 입었다."

화무린의 은신처로 다시 돌아온 단궁천은 사매 송연의 시신을 한쪽에 조심스럽게 눕힌 후 느닷없이 화무린 앞에 엎드리며 큰절을 올렸다.

"왜 이러십니까, 단 선배님! 어서 일어나십시오!"

화무린이 화들짝 놀라서 황급히 부축하는 데도 단궁천은 엎드린 채 석상처럼 꿈쩍도 하지 않았다.

단궁천은 이마를 바닥에 대고 심금을 울리는 말을 뱉어냈다.

"내게 사매보다 소중한 것은 없다. 지난 삼십 년 동안 나는 오로지 그녀를 찾기 위해서 살아 있었을 뿐이다. 이제는 여한이 없다. 원래 나는 사매의 시신을 찾고 나면 아무도 모르는 곳에다 사매를 감추고 그 옆에서 자결할 계획이었다. 그러면 영혼이나마 저승에서 사매와 함께할 수 있을 테니까."

화무린은 크게 놀라 나직이 외쳤다.

"그러면 안 됩니다."

단군천의 얼굴에는 진심이 넘쳤다.

"그런데 너에게 큰 은혜를 입었다. 보은하지 못하고 죽는다면 내 영혼은 구천을 떠돌게 될 것이다. 무린! 어떤 방법으로든 은혜를 갚을 수 있게 해다오!"

화무린은 간곡하게 말했다.

"그러지 않으셔도 됩니다. 제가 한 일은 별로 없습니다."

"옛말에도, 흘러가는 물을 떠서 목마른 사람에게 주면 그것도 은혜라고 했다. 부디 나의 소망을 꺾지 말아주기 바란다. 거절한다면 나는 원래 계획대로 할 수밖에 없다.”

“단 선배님, 저는 받아들일 수 없습니다.”

두 사람 다 완고하기 이를 데 없었다. 그러나 두 사람의 말에는 다 일리가 있었다.

단궁천은 여전히 부복한 자세로 뭔가를 깊이 생각하다가 이윽고 진중히 입을 열었다.

“이러면 어떻겠느냐?”

“말씀하십시오.”

화무린은 바짝 긴장했다. 왠지 불길한 예감이 뒷골을 때렸다.

“나를 종으로 거두어라. 이것 역시 은혜를 갚기에는 역부족이지만, 지금으로서는 최선의 방법인 것 같다.”

화무린은 방금 전보다 더 크게 놀라서 마구 손을 저었다.

“당치도 않습니다! 그럴 수는 없습니다!”

단궁천은 고개를 들고 화무린을 쳐다보았다. 그의 얼굴에 진심이 역력하게 떠올랐다.

화무린은 이날까지 그보다 더 진심 어린 표정을 한 번도 본 적이 없었다.

“지금 나는 살고자 하는 의욕이 조금도 없다. 그저 사매와 함께 영면(永眠)하고 싶은 간절한 마음뿐이다. 네가 날 거두지 않는다면 계획대로 할 수밖에 없다.”

억지도 이런 억지가 없었다. 그러나 화무린에게는 억지지만 단궁천에겐 절박한 진심이었다.

지켜보고 있던 주자운은 여자이고 또 섬세한 성품의 소유자라서 단궁천의 마음을 십분 이해할 수 있었다.

설혹 그녀가 단궁천의 입장이 된다고 해도 지금 가장 하고 싶은 일이 무어냐고 물으면 사랑하는 사람 곁을 영원히 떠나지 않는 것이라고 대답할 것 같았다.

주자운은 고서에서나 읽었던 너무도 아름답고 숭고한 사랑을 자신의 목전에서 직접 보고 듣는 과정에서 한편으로는 단궁천의 지극한 사랑을 받는 송연이 부럽기까지 했다. 그녀는 비록 죽었지만, 그래서 행복할 것이다.

"굳이 강요하지는 않겠다. 너는 좋을 대로 해라. 보은을 하지 못하는 대신 나는 구천에서 사매와 함께 지내면서 네가 뜻한 바를 이루도록 빌어주마."

단궁천은 미소 지었다. 보은을 하진 못하더라도 정인과 함께 있을 수 있기 때문이었다.

화무린은 가슴이 답답해졌다.

그는 오늘날까지 단궁천처럼 강직하면서도 충직한 사람을 본 적이 없었다.

그는 원래 남의 일은 물론이거니와 아는 사람의 일이라도 방관시(傍觀視)하는 태도를 견지하며 오늘까지 살아왔었다.

그런데 이상하게도 단궁천에게만은 그러지 못하고 있었

다. 그가 살아서 장차 화무린 자신에게 눈곱만큼이라도 도움을 줄 것이라고 기대하기 때문이 아니었다.

결정적으로 화무린은 이날까지 사내다운 사내, 진실한 사람, 사랑을 위해서 목숨을 초개처럼 버리는 연인 같은 그런 사람들을 한 번도 만난 적이 없었던 것이다.

그래서 지금 그의 메마른 모래 같고 단단한 반석 같던 마음이 단궁천으로 인해서 조금 적셔지고 흔들리고 있었던 것이다.

그는 어떻게든 단궁천을 살리고 싶었다. 복수를 하거나 구중천에 오려고 했던 것 이외에 그가 이처럼 간절한 마음을 품는 것은 실로 오랜만이었다.

오래전, 산동 악가장에 찾아가 입문시켜 달라고 애원했던 것이 그가 마지막으로 품었던 간원(懇願)이었다.

악가장은 어린 시절 부모가 맺어준 정혼녀가 소장주로 있는 명문세가였으며, 그는 그곳에서 죽지 않을 만큼 뭇매를 맞고 대문 밖에 버려졌었다.

그날 그는 과거와의 인연을 모두 버렸으며, 결국 금비라를 만나 이곳까지 오게 된 것이었다.

"사실 저는 선배님께 은혜를 베풀었다는 소리를 들을 만한 일을 한 게 없습니다. 그저 우연히 발견한 장소를 알려주었을 뿐이며 수고도 하지 않았습니다."

솔직한 말이었고, 또한 엄연한 사실이었다.

"그것이 너에게는 아무것도 아닐는지 모르지만 내겐 생사 골육(生死骨肉)의 은혜보다 더 크다."

죽은 자에게 뼈와 살을 붙여서 살려낸 은혜보다 크다는 단 궁천의 말 역시 그로서는 사실이었다.

사매 송연의 시신을 찾아내기 전의 그는 그저 걸어 다니는 산송장이나 마찬가지였으므로.

화무린은 더 이상 단궁천의 고집을, 아니, 진심을 꺾을 재 간이 없음을 느꼈다.

"그럼 이러면 어떻겠습니까? 선배님을 제 의부(義父)로 모 시고 싶습니다."

그로서는 굉장한 결심이었다. 이날까지 그 누구와도 인연 맺는 것을 꺼리던 그가 아닌가?

게다가 의부라는 존재는 낳아준 친부가 아니라는 것뿐이 지, 화무린의 성품으로 미루어 장차 친부처럼 단궁천을 모시 겠다는 의지에 다름이 아니었다.

그는 그 정도로 단궁천에 대한 인상이 강하고 깊었던 것이 다.

그의 제안에 주자운도, 단궁천도 크게 놀랐다.

그러나 단궁천은 무릎을 꿇은 채 허리를 펴고 강직한 표정 으로 고개를 가로저었다.

"그것은 은혜를 원수로 갚는 은반위구(恩反爲仇)의 망동이 니 절대 아니 될 말이다. 내 어찌 은혜를 입은 몸으로서 하늘과 같은 아비의 노릇을 할 수 있겠느냐? 그것은 너의 친부를 모욕하는 일이다."

그의 어조는 차라리 준엄하기까지 했기 때문에 화무린에게 큰 깨달음을 주었다.

부모 자식은 하늘이 내리는 천륜인 것이다.

어쩔 수 없이 천륜을 인간이 정해야만 할 때에는 그에 합당한 인과(因果)가 따라야만 하는 법.

만약 단궁천이 화무린에게 구명지은의 큰 은혜를 베풀었다면 그럴 수도 있겠지만, 지금은 단궁천이 은혜를 입은 상황이었다.

"죄송합니다."

화무린은 즉시 자신의 경솔함을 깨닫고 고개를 숙였다. 그가 원래 고집이 센 것은 의지가 강하기 때문이지 제 뜻이 항상 옳다고 주장하는 자시지벽(自是之癖)은 아닌 것이다.

"두 분, 이러는 것은 어떻겠어요?"

그때 잠자코 지켜보던 주자운이 총명하게 눈을 빛내며 조심스럽게 끼어들었다.

화무린과 단궁천의 시선이 주자운에게 향했다. 그들의 표정에는 제발 해결책이 생겼으면, 하는 바람이 역력했다.

"두 분이 결의형제를 맺는 거예요."

"그것 좋은 방법이다!"

단궁천은 격절탄상하며 좋아했다.

그러나 화무린은 얼굴이 밝지 않았다.

"그것은…….."

"아무래도 내가 너무 나이가 많겠지?"

화무린은 시간이 지날수록 단궁천에게 친근감을 느꼈고 단궁천 역시 화무린에게 정을 느꼈다.

"그렇지 않습니다! 오히려 제가 연로하신 선배님을 욕되게 하는 일입니다."

화무린은 강하게 부인했다.

"연로라… 역시 나이로군."

단궁천은 쓸쓸한 표정으로 고개를 끄덕였다.

"아, 아니라니까요! 좋습니다! 합시다, 해요! 결의형제!"

화무린은 두 팔을 휘저으면서 거의 외치다시피 했다.

그는 늙은 생강 단궁천의 화술에 드디어 걸려들었다.

주자운은 얼굴이 벌겋게 상기된 화무린을 보면서 손으로 입을 가리고 조용히 웃었다.


화무린과 단궁천은 마주 본 자세로 무릎을 꿇고 앉았다. 두 사람 사이에는 술이 든 가죽 주머니기 놓어 있었다.

문득 단궁천은 화무린 뒤쪽에 서 있는 주자운을 쳐다보았다.

"저 아이는 너와 어떤 관계냐?"

"동생입니다."

주자운의 얼굴에 보일 듯 말 듯 쓸쓸함이 스치는 것을 단궁천은 놓치지 않았다.

"네게 동생이면 내게도 동생이 된다. 너! 이리 오너라. 이곳에 있는 우리 세 사람이 결의남매를 맺어야 이치에 합당하다."

주자운은 깜짝 놀랐으나 화무린이 뒤돌아보면서 고개를 끄덕이자 그녀는 조심스럽게 화무린 곁에 무릎을 꿇었다.

단궁천은 고개를 들어 허공을 보면서 자못 경건하고도 웅혼하게 입을 열었다.

"여기 있는 단궁천, 화무린, 주자운 세 사람은 오늘 이 자리에서 결의남매를 맺노라! 우리는 비록 혈육은 아닐지라도 영혼의 피[靈血]로써 맺어져 하나가 되고자 하니, 나의 원수가 곧 너의 원수이고 너의 원한이 또한 나의 원한임이라! 오늘 이후 우리 삼 남매를 해치는 자는 어느 누구라도 용서하지 않을 것이다! 천지신명이시여! 우리 삼 남매를 굽어 살피소서!"

심금을 울리는 음성에 화무린과 주자운은 똑같이 마음이 격동함을 느꼈다.

단궁천은 가죽 주머니를 두 손으로 받쳐 들어 술을 한 모금 마신 후에 화무린에게 내밀었다.

화무린은 두 손으로 공손히 받아 마시고는 역시 두 손으로 주자운에게 주었다.

독하디독한 독사주였다. 또한 주자운은 여태껏 한 번도 술을 마셔본 적이 없었다.

그렇지만 그녀는 자신 때문에 분위기를 망칠 수 없어서 가죽 주머니의 입구에 입을 대고 꿀꺽꿀꺽 마셨다.

가죽 주머니를 입에서 뗀 그녀는 숨이 턱턱 막히고 금세 얼굴이 새빨갛게 변했지만 발작을 일으키지는 않았다.

"이로써 우리 세 사람은 결의남매가 되었다."

단궁천이 엄숙하게 선언했다. 혈육이 아니라 의기로써 맺어진 삼 남매였다.

세 사람의 가슴이 뜨거워졌고, 서로를 바라보는 눈빛이 조금 전과는 달랐다.

"제가 뭐라고 부르는 게 좋겠습니까?"

화무린이 적잖이 흥분된 표정으로 조심스레 물었다.

"형이라고 불러라."

"형님."

"소매는 큰오라버님이라고 부르겠어요."

주자운이 수줍게 미소 지으며 단궁천을 바라보았다.

"좋군, 좋아!"

단궁천은 기분이 아주 흐뭇해져서 고개를 끄덕였다. 졸지에 생각지도 않았던 두 동생을 얻은 그는 사매를 잃은 상심이 어느 정도 치유되는 듯했다. 문득 그는 주자운을 보면서 눈을 약간 크게 뜨며 감탄했다.

"이제 보니 막내 너는 아주 예쁘구나."

주자운은 사르르 얼굴을 붉히며 고개를 숙였다.

"헛헛! 내 장담하건대, 앞으로 이삼 년만 지나면 너의 미명이 천하를 진동시킬 게다! 이렇게 예쁜 누이동생을 얻게 되다니, 나는 정말 복이 많구나!"

단궁천이 고개를 젖히고 호방하게 웃자 주자운은 더욱 얼굴을 붉히면서 고개를 숙였다.

화무린은 정말 주자운이 예쁜가 하는 표정으로 그녀의 얼굴을 살피다가 고개를 갸웃거렸다. 아무리 봐도 귀엽기만 할 뿐 예쁘다는 생각은 들지 않았다. 원래 자신의 누이는 예뻐 보이지 않고 남의 여자만 예쁜 법이다.

"소제는 자운이 예쁜지 잘 모르겠군요."

단궁천은 못을 박듯 단언했다.

"무슨 소릴! 막내는 내가 이날까지 본 여자들 중에서 두 번째로 예쁘다."

화무린이 그의 말뜻을 알아채고 한쪽에 눕혀져 있는 송연의 시신을 보며 미소 지었다.

"첫 번째는 형수님이겠군요."

"물론이다. 막내야, 너는 이것에 대해서 불만이 있느냐?"

"두 번째라도 감지덕지예요. 하지만 큰오라버님, 부디 그 아래로 떨어뜨리지는 말아주세요."

"헛헛헛! 오냐! 그럴 일은 절대 없을 게다!"

문득 화무린은 표정을 바꾸며 속으로 궁금하게 여기던 것을 단궁천에게 물었다.

"형님, 아까 말씀 중에 형님이 이곳 팔대지옥에 삼십 년 동안 계시면서 말을 건 사람은 소제가 두 번째라고 하셨는데, 그럼 첫 번째는 누구였습니까?"

"내가 몇 년 전엔가 죽였던 나찰이다."

단궁천은 자신의 가슴을 툭 쳐 보이며 대답했다. 그의 품속에는 야차와 나찰의 면구가 들어 있었다.

"나는 구중천에 올라가는 것에는 별로 관심이 없었다. 하지만 우연찮게 야차와 나찰을 맞닥뜨리게 됐고, 어쩔 수 없이 그들과 싸워 죽이게 됐던 것이지."

야차와 나찰의 실력이 굉장하다는 사실을 알고 있는 화무린은 그들을 죽인 단궁천의 실력이 궁금했다.

게다가 그는 처음 팔대지옥에 떨어졌을 때에는 야차를 죽일 능력이 없었다고 했다. 사매와 합쳐서도 말이다.

"이제 보니까 형님께선 지난 삼십 년 동안 적지 않은 발전을 보셨군요."

그렇게 추측할 수밖에 없었다.

"너의 눈이 정확하다. 처음 이곳에 왔을 무렵의 나와 시매는 화산파의 이대제자였는데, 화산파 전체 고수의 백위권에도 들지 못할 만큼 형편없는 실력이었지."

화산파는 구파일방 중에서도 소림사와 무당파, 아미파 등과 어깨를 나란히 할 정도로 거대하고 막강하며 무림에 지대한 영향력을 행사하는 문파다.

소림사나 무당파, 아미파가 그렇듯이 화산파 역시 고수들의 층이 매우 두터워서 장문인과 태상호법, 장로들 십여 명이 최고 고수 대열에 꼽힌다.

그리고 문파 내의 사대동천(四大洞天), 칠검각(七劍閣), 십이도전(十二刀殿), 십육장권궁(十六掌拳宮)의 수좌(首座)들, 장문인과 장로들의 제자들 중에서 발군의 실력을 지닌 사람들 도합 백여 명이 화산백대고수로 불리며 주축을 이루고 있다. 그런데 단궁천은 그 백대고수에 들지 못했다는 것이다.

"나는 지난 삼십여 년 동안 낮에는 사매를 찾아 헤매고 밤에는 무공연마에 전념했었다. 다행히 나는 본 파 성명무공들의 구결을 모두 상세하게 외우고 있었으므로 지금은 그것들을 거의 완벽하게 완성하게 되었다."

화무린은 고개를 끄덕였다.

"그랬군요."

"그때 나는 내 칼에 중상을 입은 나찰에게 팔대지옥과 구중천에 대해서 물었는데 끝내 대답을 듣지는 못했다."

현재 단궁천은 자신의 실력이 어느 정도 수준인지 정확하게 알지 못했다.

몇 년 전에 나찰과 싸웠던 것이 마지막이었으니, 누구와 싸우고 비무를 하여 자신의 수준을 측정할 수 있었겠는가.

"혹시 큰오라버님께선 화산파의 벽력패도라는 분을 아시

나요?"

그때 주자운이 내심 궁금하게 여기고 있던 것을 조심스럽게 물었다. 벽력패도는 마빈의 사부로서 화산파 사상 최강 고수로 꼽히는 인물이었다.

그러나 뜻밖에 단궁천은 고개를 가로저었다.

"내가 있을 때에는 벽력패도라는 별호를 쓰는 사람이 없었다. 막내야, 그 사람의 이름이 무엇이냐?"

"그분 존함은 나형언(羅炯彦)이라고 해요."

단궁천은 고개를 끄덕였다.

"그는 사숙의 제자로 내겐 사형이 되는 분이다. 그런데 네가 그를 어찌 아느냐?"

나형언은 단궁천이 구중천에 온 이후 벽력패도라는 명성을 얻은 것이 분명했다.

"제 친구가 그분의 제자예요."

주자운은 마빈을 친구라고 설명했다.

"그랬구나."

단궁천은 잠시 뜸을 들였다가 화무린과 주자운을 각각 쳐다보며 진중하게 입을 열었다.

"무린, 자운, 이제 너희들 얘기를 해다오. 무엇 때문에 구중천에 와야만 했는지를."

두 사람은 결의남매가 된 이상 단궁천이 그것에 대해서 당연히 물을 것이라 짐작하고 있었다.

화무린은 잠시 생각에 잠겼다가 대답했다.

"형님, 소제가 구중천을 나간 후에 말씀드리겠습니다."

주자운에게 자신의 신분과 원수에 대해서 약간이나마 언급했던 그가 의형인 단궁천에게 굳이 비밀을 지켜야 할 이유는 없었다.

하지만 말을 해주면 장차 단궁천이 무림에 먼저 나갔을 경우 화무린의 원수들을 찾아 나설 것만 같았다.

의형으로서는 당연히 그럴 터이다. 하지만 화무린은 그렇게 되는 것을 원치 않았다.

구 년 전 그는 부친이 무림고수였다는 사실을 처음 알게 되었으며, 어린 그의 눈에도 부친을 죽인 흉수들의 실력은 신의 경지에 이른 것처럼 보였다.

그래서 단궁천이 그들을 응징하겠다고 나섰다가 변을 당하게 될까 봐 염려가 된 것이다.

또한 원수를 화무린 자신이 아닌 의형이 해결하도록 할 수는 없다는 생각이기도 했다.

"소매도 나중에 말씀드리겠어요."

그러자 단궁천의 표정이 가볍게 굳어졌다.

주자운은 단궁천이 오해할까 봐 곡진한 어조로 설명했다.

"저에게는 목숨을 바쳐서라도 반드시 이루어야만 하는 한 가지 커다란 염원이 있어요. 물론 저는 그것 때문에 이곳 구중천에 왔어요. 장차 그 일을 행하게 될 때, 큰오라버님과 작

은오라버님은 저에게 천군만마보다 더 큰 힘이 되어주실 것
이라 믿어 의심치 않아요. 하지만 그것은 어디까지나 소매가
살아서 이곳을 나갔을 경우에 가능한 일이에요."

그녀는 화무린과 단궁천에게 그윽한 눈길을 보냈다. 그 눈
빛에는 수만 마디 말보다 더 많은 의미가 담겨 있었다.

"제겐 두 분뿐이에요."

단궁천은 앞뒤 꽉 막힌 아둔패기가 아니다. 그는 두 동생의
간곡한 말을 듣고는 흔쾌히 고개를 끄덕였다.

"그럼 이렇게 하자. 우린 지금부터 매년 중추절에 북경 영
정하(永定河)의 도연정(陶然亭)에서 서로를 기다리도록 하
자."

"알겠습니다, 형님."

"그날만 손꼽아 기다리겠어요."

이날 화무린, 주자운, 단궁천 세 사람은 그들 모두 생전 처
음으로 결의남매를 맺었다.

하지만 장차 천하대세가 이들 결의남매에 의해서 좌지우
지되리라고는 그 자신들조차도 예상하지 못했다.


송연의 장례는 화무린의 은신처에서 멀지 않은 열천 냇가
에서 화장(火葬)으로 행해졌다.

반 장 높이로 쌓아 올린 나뭇더미 위에 송연의 시신이 반듯
하게 눕혀져 있었다.

타닥! 탁!

불길은 나뭇더미 아래에서부터 점차 위로 기세 좋게 타올랐다.

그녀는 죽어서 습의(襲衣)조차 입지 못하고 삼십 년 동안 입고 있던 홍의경장을 입은 상태였다.

단궁천은 있는 힘껏 부릅뜬 눈을 깜빡이지도 않은 채 곧 불에 타게 될 정혼녀의 마지막 모습을 쏘아보았다.

지금 이 순간이 지나면 송연의 모습은 두 번 다시 볼 수 없게 된다. 그리고 그녀의 모습은 기억 속에서만 존재할 것이다.

단궁천은 그녀의 마지막 모습을 한순간이라도 놓치지 않으려고 기를 쓰고 있었다.

마침내 불길이 송연의 옷으로, 그리고 몸에 옮겨 붙었다.

송연의 몸은 순식간에 불길에 휩싸이면서 더 이상 보이지 않았다. 그녀가 살아온 인생이나 빙벽 속에 갇혀 있었던 세월에 비하면, 그녀가 소멸하는 시간은 지나치게 빨랐다.

화무린이 단궁천을 쳐다보자 그는 묵묵히 굵은 눈물을 뚝뚝 흘리고 있었다.

그리고 주자운은 화무린 곁에 서서 두 손으로 얼굴을 가린 채 소리없이 흐느꼈다.

그 즈음 나뭇더미와 시신이 함께 타오르면서 가장 거센 불길을 뿜어내고 있었다.

세 사람은 야차나 나찰이 불길을 보고 달려올 것을 조금도 개의치 않았다. 단궁천과 화무린이 갖고 있는 야차와 나찰의 면구, 그리고 신물이면 세 사람이 구중천에 올라가고도 남았다.

단궁천의 목숨 같았던 사랑은 그렇게 불길 속에서 사라져 가고 있었다.

그러나 불길이 완전히 꺼졌을 때까지도 야차나 나찰은 나타나지 않았다.

단궁천은 엄숙한 표정으로 송연의 유골을 모아 곱게 빻은 후 가죽 주머니에 담았다.

"화산에 돌아가면 예전에 그녀가 자주 갔던 곳에 뿌려주련다."


"무린아, 네가 이것을 갖도록 해라."

은신처로 돌아온 단궁천이 불쑥 나찰의 녹면을 내밀었다.

화무린은 깜짝 놀라 마구 두 팔을 휘저었다.

"절대 그럴 수 없습니다! 나찰을 죽인 분은 형님이시니 형님께서 가지셔야 당연합니다! 저희는 팔대지옥을 벗어나는 것만으로도 충분합니다!"

단궁천은 차분하게 자신의 뜻을 밝혔다.

"나는 본 파의 실전된 도법인 정격도만 배우면 된다. 또한 본 파 제자는 본 파의 무공만 배워야 하는 규칙이 있다. 내가 다른 무공을 배우면 문규를 어기는 셈이지.”

그 말에 화무린은 입을 다물 수밖에 없었다.

나찰을 죽이고 그 면구를 가져가면 팔대지옥을 모두 통과한 것으로 간주하는 것은 물론이고, 한 가지 무공을 더 선택할 수 있는 자격이 주어진다.

그래서 지금 화무린과 단궁천이 서로 가져가라고 아옹다옹하고 있는 것이었다.

화무린이 주자운을 쳐다보자 그녀는 살포시 미소 지었다.

“작은오라버님도 아시잖아요. 소매는 그 무공 하나만 배우면 돼요. 게다가 소매의 부족한 능력으로는 그 무공을 배우는 것만으로도 너무 벅차요.”

그녀가 말하는 것이 천황무록이라는 사실을 화무린은 잘 알고 있었다.

화무린이 씁쓸한 표정을 짓자 단궁천이 껄껄 웃었다.

“헛헛헛! 됐다! 나찰의 녹면은 무린의 낭탁(囊橐)이다!”

“형님.”

“난 이거면 됐고, 나머지는 막내가 다 가져라.”

단궁천은 자기 몫으로 야차의 혈면 두 개를 챙기고 화무린에게는 나찰의 녹면을, 나머지는 모두 주자운에게 밀어주었다.

팔대지옥을 통관하면 누구를 막론하고 원하는 한 가지 무공을 배울 수 있다.

그런데 화무린은 소위 '선택된 사람' 이었다. 그러므로 한 가지 무공을 더 배울 수가 있다.

그런 데다가 나찰의 녹면을 갖고 있으니 거기에 또 한 가지 무공을 더 배울 수 있게 되었다. 무려 세 가지의 원하는 무공을 배울 수 있게 된 것이다.

화무린이 죽인 야차의 혈면 하나와 열여섯 지옥을 돌며 구한 신물 삼십 개, 그리고 단궁천의 조그만 가죽 주머니 속에는 무려 오십여 개의 신물이 가득 들어 있었다.

주자운의 몫으로 열여섯 개의 신물을 제하더라도 야차 면구 하나와 육십여 개가 넘는 신물이 남는다.

주자운은 바닥에 쏟아놓은 형형색색의 작은 신물 더미를 만지작거리면서 고개를 숙인 채 깊은 생각에 잠겨 있었다.

화무린은 그녀가 무슨 생각을 하는지 즉시 알아차렸다.

그는 단궁천에게 조용히 말했다.

"형님 먼저 구중천에 오르십시오."

단궁천은 놀라지도 않았다.

대신 화무린이 주자운을 위해서 무언가 할 일이 있는 것 같다는 사실을 즉시 알아차렸다.

"급할 것도 없는데 천천히 함께 오르도록 하지. 혹시 같이 데리고 갈 사람이라도 있는 것이냐?"

"그렇습니다."

두 사람의 대화에 주자운은 상념에서 깨어나 깜짝 놀란 얼굴로 화무린을 바라보았다.

"막내의 친구도 함께 데리고 갔으면 좋겠습니다."

주자운도 모자라서 이제는 마빈까지 챙기려 하다니, 확실히 화무린은 변했다.

얼마 전까지만 해도 자기 자신밖에 모르던 그였다. 냉정이 지나쳐서 비정하기까지 하던 그가 변한 데에는 소군, 주자운, 단궁천으로 이어지는 일련의 사건들이 결정적인 역할을 했다.

"응? 친구라면, 형언 사형의 제자라는 그놈 말이냐?"

"그렇습니다."

화무린을 바라보는 주자운의 얼굴에 아련한 고마움이 피어났다. 그녀가 화무린에게 느끼는 고마움은 좀 더 각별한 그 무엇이었다. 또한 화무린이 아주 조금씩 변해가고 있는 것을 가장 민감하게 느끼고 있는 사람이 바로 그녀였다.

화무린이 마빈을 챙겨주지 않았다면 주자운은 그런 말을 끝까지 화무린이나 단궁천에게 꺼내지 못했을 것이다.

"좋아! 그렇다면 사질 녀석을 한번 찾아 나서 볼까?"

단궁천은 벌떡 일어섰다가 아직도 앉은 채 뭔가를 골똘히 생각하고 있는 화무린을 굽어보며 미소 지었다.

"둘째야, 설마 찾을 녀석이 더 있는 것이냐?"

"죄송합니다, 형님."

화무린은 일어서며 겸연쩍은 표정을 지었다.

그는 축록방주의 아들 함도를 생각한 것이다. 그는 구중천에 함께 왔던 현조나 함도를 잊지 않고 있었다.

현조는 북경성 십삼 개 소귀파의 도두령이다. 그는 화무린보다 두 살 많으며 체구도 강건하고 경험이 많다는 장점을 갖고 있으므로 어떤 악조건에서나 잘 견디어낼 터이다.

현조가 지금쯤 어떻게 되었을지 걱정하는 마음이 전혀 없는 것은 아니지만, 그라면 팔대지옥에서 도태되지 않을 것이라는 믿음이 더 컸다.

그런데 문제는 함도라는 놈이었다.

아비인 하오문 축록방주의 힘을 믿고 어린 나이에 주색잡기에만 연연했던 비곗덩어리에 쓸모없는 놈. 그가 팔대지옥을 통과한다는 것보다 황하를 거꾸로 흐르게 하는 기적을 바라는 쪽이 더 쉬운 일일 것이다.

하지만 화무린은 그의 부친 함중에게 은자 이만 냥을 받는 조건으로 함도를 지키겠다고 약속을 했었다.

그리고 그 약속은 어디까지나 화무린의 능력 한계 내에서 지켜진다는 묵계가 포함되어 있었다.

화무린과 함도는 각기 다른 팔대지옥에 떨어졌다. 그 후 화무린은 자신 한 몸 건사하기에도 벅찬 나날이었다. 함도까지 보살필 처지가 아니었다.

하지만 이제는 약간의 여유가 생겼다. 만약 운이 좋아서 함도를 발견할 수만 있다면, 남는 신물로 그를 구제할 수도 있을 것이다. 정말 운이 좋다면 말이다.

"막내의 친구를 찾을 동안만입니다."

"그러자꾸나. 찾을 녀석은 어떻게 생겼느냐?"

"돼지처럼 미련하게 생긴 놈입니다."

주자운은 비행교에 화무린과 함께 탔던 한 명의 뚱뚱한 소년을 기억해 냈다.

# 나찰의 분노

　다음날 아침 일찍부터 화무린과 단궁천은 팔대지옥을 누비면서 마빈과 함도 두 사람을 찾아다녔다.

　당연히 주자운은 지궁계의 은신처에 남겨두고 왔다.

　하지만 그녀는 충분한 신물을 갖고 있으므로 야차나 나찰에게 들킨다고 해도 염려할 게 없었다.

　게다가 아령에게 그녀를 지키라고 했기 때문에 다른 위험이 발생하더라도 걱정하지 않아도 됐다.

　화무린은 팔열지옥 중 한 곳을 헤매고 있는 중이었다.

　그곳은 열여섯 개 지옥 중에서 얼마 전까지만 해도 그가 찾지 못했던 곳인데 단궁천이 통로를 가르쳐 주었던 것이다.

이제 반 시진 후면 어두워진다.

그런데도 화무린은 아직 마빈이나 함도는커녕 그 비슷한 사람조차 찾지 못하고 있었다.

한 명의 야차가 누군가를 통째로 베어 죽이는 광경과 짐승인지 사람인지 모를 몰골로 숨어 다니고 있는 몇몇 사람을 보기는 했지만 그냥 지나쳤다.

솔직한 심정으로는 비곗덩어리 함도보다는 마빈을 더 찾아내고 싶은 화무린이었다.

아무리 좋게 생각하려고 해도 함도라는 놈에게는 도무지 정이 안 갔다.

그렇다고 딱히 마빈에게 호감이 있는 것은 아니었다. 그만큼 함도가 밥맛 떨어지는 놈이라는 뜻이었다.

쉬이이―

화무린은 마치 바람에 날리는 한 조각의 낙엽처럼 바닥에서 수증기를 뿜어내고 있는 지역을 낮게 쏘아가고 있었다.

그의 쾌풍운은 그것을 전수해 준 소군을 어느덧 능가하는 수준에 도달한 상태였다.

쾌풍운을 연마한 시기로 치자면 소군이 몇 년 앞섰지만, 구결을 이해하고 끊임없이 장단점을 찾아내서 개발했다는 점에서는 화무린이 소군보다 몇 배나 탁월할 것이다.

그는 자나 깨나 자신이 알고 있는 단 네 가지의 무공. 즉, 조화무극과 귀명비흔, 쾌풍운, 잠영보를 생각하고 또 궁구하고 연마했으며, 그 결과 하루가 다르게 그것들의 깊은 오의를 깨우쳐서 활용하고 있었다.

그렇기 때문에 지금 그가 전개하고 있는 쾌풍운이 어제의 쾌풍운보다 진일보한 것은 당연한 결과였다.

"말해라. 그놈은 어디에 있느냐?"

그때 어디선가 뾰족한 여자의 낮은 외침이 들려오는 바람에 화무린은 허공중에서 주춤했다.

그러나 주춤하는 것도 잠시, 그의 신형은 허공중에서 방향을 트는가 싶더니 즉시 목소리가 들려온 방향으로 막 시위에서 벗어난 화살처럼 쏘아갔다.


'마빈!'

화무린은 전면을 보면서 속으로 부르짖었다.

빠르게 쏘아가는 그의 전면에는 짐승이나 다를 바 없는 몰골의 한 사람이 도를 쥔 채 쓰러져 있었다.

그리고 그 앞에 한 명의 나찰이 우뚝 서 있었는데, 쓰러진 사람은 다름 아닌 마빈이었다.

마빈은 옆구리를 움켜잡은 채 이를 악물면서 일이나려고 안간힘을 쓰고 있었다.

그러나 상처 입은 벌레처럼 온몸만 버둥거릴 뿐 뜻대로 되지 않은 듯했으며, 손가락 사이로 새빨간 피가 뭉클뭉클 스며 나오고 있었다.

만약 그가 손을 뗀다면 길고 깊게 베어진 옆구리에서 내장이 와르르 쏟아져 나올 판국이었다.

그는 이미 지칠 대로 지친 데다 중상을 입은 상태라서 만약 한 번만 더 공격을 받게 된다면 숨이 끊어질 수밖에 없는 위험지경에 처해 있었다.

그런데 마빈 앞에 서 있는 나찰은 비단 손을 써서 그를 죽이지 않고 있을 뿐만 아니라 검끝으로 그를 가리키면서 무언가에 대해서 묻고 있었다.

“대답하면 목숨은 살려주마! 그때 내게 암기를 발출하고 계집을 구해갔던 놈은 어디에 있느냐?”

여자의 한 서린 날카로운 음성이었다.

야차나 나찰은 팔대지옥에 떨어진 자들을 발견하는 즉시 죽여야만 하는 임무를 띠고 있었다.

그런데 이 나찰은 누군가의 행방을 알려주면 마빈을 살려주겠다는 놀라운 제안을 하고 있었다.

그것은 아마도 찾고자 하는 그자를 그만큼 중요하게 여긴다는 뜻일 것이다.

“으으… 모… 른다…….”

마빈은 오만상을 찌푸린 채 헐떡였다.

얼마 전 눈앞의 나찰에게 암기를 뿌리고 주자운을 구해갔던 사람은 물론 화무린이었다.

마빈은 화무린의 행방을 정말 모른다.

마빈이야말로 눈앞의 나찰보다 화무린을 더 찾고 싶은 절박한 심정이었다.

물론 그가 찾고자 하는 사람은 화무린과 함께 있을 것으로 짐작되는 주자운이었지만.

그날 이후 마빈은 자신이 알고 있는 팔대지옥의 모든 지역을 미친 듯이 찾아 헤맸지만 그 어디에서도 화무린이나 주자운의 그림자조차 찾을 길이 없었다.

그야말로 장종비적(藏蹤秘迹)이어서 오늘도 안타깝게 주자운을 찾아 헤매고 다니다가 운 나쁘게 그 나찰과 맞닥뜨리게 된 것이었다.

육나찰 은한의 푸른 녹면 눈구멍에서 두 줄기 섬뜩한 안광이 뿜어졌다.

사람의 눈빛이라고는 믿기 어려운 붉은 홍광이었다. 그것은 그녀가 익힌 무공 때문이었다.

"정말 모르느냐?"

은한은 더욱 지독한 눈빛을 뿜어내며 채근했다.

그녀는 타고난 재능으로 이날까지 탄탄대로를 걸어왔다. 늘 사부와 주위 사람들에게 칭찬을 들었으며, 비무든 싸움이든 패해본 일이 없었다.

그런 그녀를 얼마 전에 화무린이 암습하여 목덜미에 자예 하나를 꽂아서 중독시키는 일이 벌어졌다.

비록 작은 상처였으며 그 즉시 해독했지만 그 작은 상처는 그녀의 자존심에 큰 생채기를 남기고 말았다.

"크으… 모른다고 했잖느냐."

마빈은 고통과 분노로 얼굴을 일그러뜨리며 으르렁거렸다.

"모른다면 죽어야지."

은한은 차갑게 내뱉으면서 수중의 검을 들어올렸다.

그녀가 마빈을 죽이는 것은 한차례 손바닥을 뒤집는 것보다 쉬운 일이었다.

마빈은 죽음을 두려워하지 않았다. 다만 그의 심중에는 오직 한 가지 생각밖에 없었다.

'공주 마마! 부디 옥체 보중하십시오!'

그는 진심으로 기원했다.

다만 주자운이 구중천에서 무사히 천황무록을 최고에 이르도록 완성한 후 황궁으로 돌아가 역도들을 처단하는 광경을 보지 못하는 것이 원통할 뿐이었다.

아니, 지금 이 순간에는 그저 주자운의 옥안(玉顔)을 한 번만이라도 더 봤으면 원이 없었다.

쉬익!

그는 자신의 목을 향해 그어져 오는 검을 안타까운 눈빛으로 쳐다보았다.

"이봐! 날 찾는 것이냐!"

그때 갑자기 은한의 오른쪽에서 낭랑한 호통성이 터졌다.

은한은 흠칫 놀라서 급히 검을 멈추고 나서 오른쪽을 쳐다보다가 더 놀라고 말았다.

오 장쯤 거리에서 화무린이 자신을 향해 비호처럼 덮쳐 오는 것을 발견한 것이다.

아니, 그는 그저 덮쳐 오는 것뿐만 아니라, 무언가 은빛 비늘처럼 번뜩이는 것들이 그보다 앞서서 허공을 가득 뒤덮으며 은한을 향해 쏟아져 오고 있었다.

은한은 화무린을 발견하는 순간 깜짝 놀랐지만 놀라움은 잠시뿐이고 그 다음은 기뻤다. 화무린을 자신의 손으로 죽일 수 있다는 생각 때문이었다.

그녀는 차갑게 냉소를 쳤다.

"홍! 또 그따위 어줍지 않은 암기 나부랭이……."

그러나 그녀는 다음 말을 잇지 못했다.

그녀는 화무린이 쏘아오면서 발출한 것이 지난번 같은 암기 나부랭이, 즉 자예인 줄만 알았다.

그런데 조금 더 가깝게 쏘아온 그것들의 정체를 발견하는 순간, 온몸에 소름이 쫙 끼쳤다.

"어떻게……."

그녀는 '귀명비도를 네놈이 갖고 있는 것이지? 라는 다음 말을 목구멍 속으로 삼켜야만 했다.

마흔다섯 자루의 귀명비도가 은광을 번뜩이면서 어느새 그녀의 앞 이 장여까지 쇄도해 오고 있었기 때문이다.

　그녀는 귀명비혼을 너무도 잘 알고 있었다. 그것은 같은 사부를 모시고 있는 사저(師姐)의 성명무공이었던 것이다.

　원래 사부는 은한에게도 귀명비혼을 전수하려고 했지만 그녀가 암기술이나 비도술 따위를 영 마뜩찮게 여겼기 때문에 뜻을 이루지 못했다.

　그런데 그 귀명비혼이 지금 그녀의 목전에서 생명을 위협하고 있는 것이다.

　아니, 위협 정도가 아니었다. 마흔다섯 자루의 귀명비도는 그녀의 온몸 요혈과 그녀가 피할 수 있는 모든 방위를 차단한 채 소나기처럼 쏟아져 오고 있었다.

　그것은 차라리 하늘을 덮은 그물, 천라지망(天羅地網)이었다.

　은한은 자신이 천시하던 비도술이 이처럼 위협적일 줄은 상상조차 하지 못했다.

　사람이란 특별한 계기가 없는 한, 한 번 같잖게 여긴 것은 죽을 때까지 같잖게 여기게 마련이다.

　하지만 은한은 이 시간 이후 절대 귀명비혼을 같잖게 여기지 못할 것이 분명했다.

　화무린은 마빈을 살리기 위해서 은한에게 또다시 암습을 가할 수밖에 없는 상황이었다.

　그는 상대가 나찰이기 때문에 감히 방심하지 못하고 구십 년 공력을 모조리 주입해서 전력을 다해 귀명비혼을 전개했다.

그는 야차나 나찰의 진정한 실력을 모르지만 자신보다는 훨씬 강하다고 판단했다.

그리고 과연 나찰은 강했다.

차차차차창!

정녕코 바늘구멍만 한 피할 틈도 없었거늘, 은한은 유령처럼 보법을 전개하여 마흔다섯 자루 귀명비도의 절반을 피했고 나머지 절반은 검을 휘둘러 튕겨냈다.

단 두 자루를 제외하고는.

팍! 푹!

"악!"

귀명비도 한 자루는 그녀가 쓰고 있는 녹면을 옆에서 비스듬히 절반으로 잘랐으며, 또 한 자루는 그녀의 왼쪽 어깨에 자루만 남긴 채 깊숙이 꽂혔다.

두 조각의 녹면이 바닥으로 떨어지자 놀라움에 가득 물든 은한의 진면목이 고스란히 드러났다.

아직 어린 소녀티가 물씬 풍기는 얼굴이었다.

갸름한 얼굴 윤곽에 짙은 눈썹, 뾰족한 코와 소그맣고 붉은 입술, 핏기 하나 없이 밀랍처럼 새하얀 살결.

분명히 눈이 번쩍 뜨일 만큼 아름다운 미모였으나 그보다는 차디차다는 느낌이 더 강하게 눈에 들어오는 용모였다.

꽃으로 친다면 한겨울 눈 속에서 꽃을 피운 매화 같았다.

마흔다섯 자루의 귀명비도를 순식간에 회수한 화무린은 마빈 옆에 내려서서 그녀를 보다가 어린 소녀의 얼굴을 발견하고 뜻밖이라는 표정을 지었다.

그녀의 전혀 소녀답지 않은 목소리나 냉혹한 성격으로 미루어 최소한 이십대 중반 이상으로 여겼던 화무린은 그녀를 보면서 잠시 어이가 없었다.

"이……."

은한은 자신에게 일어난 일이 도무지 믿어지지 않았다.

귀명비혼 따위에 어깨를 찔리는 것으로도 모자라서 얼굴이 드러나다니, 지난번에 화무린에게 당했던 수치보다 백배 더 지독한 모멸감이 엄습했다.

"비열한 놈!"

그녀의 조그만 입술 사이로 냉갈이 터져 나왔다.

그녀가 화무린을 '비열한 놈' 이라고 하는 것은, 자신이 치욕을 당했기 때문이지 그가 비열한 행동을 했기 때문이 아니었다.

무림에서야 암습을 하는 것이 금기지만, 팔대지옥에 떨어진 자들은 살아남기 위해서, 그리고 열여섯 개의 지옥을 통과하기 위해서라면 무슨 짓이든 할 수 있는 것이 모두에게 부여된 특권 아닌 특권이기 때문이다.

그러므로 암습이나 암기술을 사용하는 것은 절대 비열한

짓이 아닌 것이다. 살아남기 위해서라면 그보다 더한 짓도 허용되는 곳이 팔대지옥이었다.

하지만 그녀의 말은 화무린의 곧은 심성을 건드리고 말았다.

사실 그는 정정당당하게 공격하지 않고 암습을 했다는 사실 때문에 영 찜찜한 기분이었다.

"암습을 하지 않았더라면 네가 이 사람을 죽였을 것이다. 그러니까 암습은 본의가 아니었다."

화무린과 은한의 두 번의 만남은 모두 하나의 공통점을 지니고 있었다.

처음에도 암습한 후에 사람을 구하더니, 두 번째에도 역시 암습을 하여 사람을 구한 것이다.

그리고 보니 화무린은 팔대지옥에서 세 번 누군가를 공격했는데, 모두 암습을 가한 격이었다.

팔대지옥에 떨어진 자들의 특권이 어떻든 간에, 그리고 은한의 감정이 뭉개져 버린 것과는 상관없이 화무린은 자신이 암습을 했다는 사실이 못내 개운치가 않았다.

은한은 몹시 분노한 나머지 왼쪽 어깨에서 흐르는 피를 지혈할 생각도 하지 못했다.

심지어 화무린이 귀명비혼을 전개했다는 사실조차도 잠시 망각한 상태였다.

"이번에는 절대 놓치지 않는다! 두 놈 모두 죽여주마."

화무린은 씁쓸하게 손을 저었다.

"나는 너와 싸우기 싫다."

그의 다음 말이 또다시 비수가 되어 은한의 심장을 관통했다.

"특히 너 같은 어린 계집하고는."

더구나 화무린은 이제는 이곳에서 더 이상 누군가와 싸워야 할 이유가 없었다.

"이, 이놈!"

은한은 얼마나 분노했는지 몸까지 바들바들 떨었다.

"어허~ 싸우기 싫다는데 그러네."

화무린이 고개를 가로저으면서 너스레를 떨자 은한의 분노는 하늘을 찌를 정도가 되었다.

"이놈! 검을 뽑지 않으면 그냥 죽여주마!"

은한의 입에서 쏟아져 나오는 것은 얼음덩어리였으며 눈에서 뿜어지는 새빨간 홍광은 불길이었다.

마빈은 여전히 움직일 수 없는 상태였지만 화무린의 출현 때문에 잠시 고통을 잊고 있었다.

그는 지난번에 이어서 화무린이 또다시 자신을 구했으며 이번에도 역시 나찰에게 상처를 입히고 또 얼굴까지 드러나게 한 것에 대하여 놀라움을 금하지 못하고 있었다.

그는 처음 구중천으로 오는 비행교 안에서 화무린을 만났을 때 그를 무공도 모르는 그저 평범한 소년쯤으로 여겼다.

그런데 자신이 하늘처럼 모시는 주자운이 그를 진작부터 알고 있었다는 것과 비행교에서 그에게 안기기까지 하는 것을 보고 사실 기분이 별로 좋지 않았다.

그 이후 주자운은 화무린에 대해서 일언반구 말이 없었다. 그래서 기억에서 까맣게 잊혀진 존재였다.

그런데 그가 두 번씩이나 주자운과 마빈 자신을 구한 것이다. 그것도 두 번 다 같은 나찰에게 상처를 입히면서 말이다.

"죽어라!"

순간 은한은 무쌍검류의 마지막 절초를 펼치면서 곧장 화무린에게 덮쳐 갔다.

소군이 무쌍검류를 칠성까지 익힌 것에 비해서 은한은 십이성까지 완벽하게 터득했다.

쐐애액!

검파(劍波)가 도달하기도 전에 화무린은 소나기 같은 예기에 온몸이 조각조각 베어져 나가는 듯한 느낌을 받았다.

그가 아무리 빠르게 잠영보를 펼친다고 해도 피할 수 없을 정도의 빠르기였으며 위력이었다. 그는 잠영보를 쾌풍운만큼 숙달시키지 못한 상태였다.

마빈은 나찰이 공격해 오는 데에도 화무린이 반격할 생각조차 하지 않고 묵묵히 서 있는 것을 보면서 어리둥절해졌다.

그러나 그가 두 번씩이나 나찰을 곤경에 빠뜨렸기 때문에 이번에도 무언가 방법이 있을 것이라고 믿었다.

과연 화무린은 방법이 있었다.

은한이 쏟아낸 무수한 검풍의 파도가 화무린을 수십 조각으로 베고 자르기 직전.

"앗!"

그녀는 눈을 한껏 크게 뜨고 짧은 외침을 터뜨리는 것과 동시에 그 즉시 모든 동작을 멈추어야만 했다.

그녀는 비록 길지 않은 십육 년 동안 살았지만 여태껏 지금 이 순간처럼 놀랐던 적은 한 번도 없었다.

그녀는 화무린이 한 손에 쥔 채 앞으로 쑥 내밀고 있는 푸른빛의 물건을 뚫어지게 주시했다.

그것은 틀림없는 나찰의 녹면이었다.

미간에는 '삼(三)'이라는 숫자가 뚜렷이 새겨져 있었다.

삼나찰의 녹면이라는 뜻이다.

그것을 보는 순간 은한은 더없이 경악했다가 다음에는 머릿속이 하얗게 탈색되고 말았다.

그 직후에는 흙탕물처럼 헝클어졌고, 마지막에 이르러서는 어이없는 질문을 흘려냈다.

"너… 삼나찰을 언제 죽였느냐?"

"대답해야 하는 것이냐?"

"……."

그녀보다 더 놀란 사람은 마빈이었다.

아니, 이건 경악이었다.

그의 머릿속 역시 은한과 같은 경로를 밟았다. 그는 눈을 껌뻑이면서 경이로운 표정으로 화무린을 쳐다보았다.

"음!"

그때 은한이 무거운 신음을 흘려냈다. 자신의 물음이 어리석었다는 것을 그제야 깨달은 것이다.

구중천이 생긴 지 삼십 년 동안 두 명의 나찰이 죽었는데 그중에 삼나찰도 포함되었다.

그리고 삼나찰이 죽은 것은 칠 년 전의 일이라고 들었으며, 그 직후 다른 사람이 삼나찰에 임명되어 오늘에 이르고 있었다.

은한이 보기에 화무린은 자신과 비슷한 또래 같았다.

그런데 칠 년 전이라면 화무린이 아홉 살이나 열 살 때라는 얘긴데, 그 나이에 삼나찰을 죽였다는 것은 말도 되지 않았다. 아니, 그 나이에는 구중천에 들어오지도 못할 것이다.

그러므로 저놈은 누군가에게 나찰의 녹면을 얻었을 것이다.

정말이지 지독하게 운이 좋은 놈이다.

더구나 은한을 더욱 착잡하게 만드는 것이 있었으니, 이제 저놈은 구중천에 오를 것이기 때문에 더 이상 복수할 기회가 없다는 사실이었다.

야차나 나찰이 팔대지옥에 떨어진 사람들에게 사사로운 감정을 품는 것은 철저하게 금지되어 있다.

그러나 은한은 달랐다. 그녀 역시 다른 야차나 나찰들처럼 혹독한 지옥 수련과 정신교육을 거친 후에 나찰이 됐지만 타고난 본성은 어쩔 수가 없었다.

지고는 못 견디는 철저한 승부욕.

몸에 나는 상처보다 마음에 새겨지는 흠집을 죽어도 잊지 못하는 병적인 자존심.

그리고 한 번 마음먹은 것은 반드시 이루고야 마는 고집.

그것이 바로 은한이었다.

하지만 이제 화무린은 그녀의 손을 떠났다.

그는 또 다른 세상, 구중천에 오를 것이다.

문득 은한은 화무린이 조금 전에 귀명비혼을 전개했다는 사실을 비로소 기억해 냈다.

"너, 귀명비혼을 어떻게 알고 있느냐?"

화무린이 귀명비혼을 연마했다는 사실을 알고 있는 사람은 화무린 자신과 소군, 그리고 그녀의 직속상관, 세 사람뿐이었다.

그리고 소군의 직속상관은 그녀의 사부이기도 하지만 은한의 사부이기도 했다.

화무린은 두 번이나 마주친 나찰이 귀명비혼을 알고 있다는 사실에 약간 반가운 마음이 들었다.

귀명비흔을 안다는 것은 소군을 안다는 뜻이 아니겠는가.

"귀명비흔을 아느냐?"

은한의 목소리가 뾰족해졌다.

"내가 어찌 사저인 구나찰의 무공을 모르겠느냐?"

그녀는 역시 소군을 알고 있었다.

화무린은 뛸 듯이 기뻤다. 그에게 소군은 너무도 각별한 존재가 아닌가?

그 자신은 아직 선명하게 깨닫지 못하고 있지만, 그에게 소군은 세상에 단 하나뿐인 여자였다.

"네가 소군의 사매라는 말이냐?"

그렇게 묻는 화무린의 목소리에는 반가움이 역력하게 배어 있었다.

하지만 은한으로서는 놀라움의 연속이었다. 그녀는 화무린을 만난 이후 계속 놀라고 있었다.

놀라도 그냥 놀라는 것이 아니라 속을 완전히 뒤집어놓는 놀라움이었다. 그녀에게 화무린은 놀라움 그 자체였다.

화무린이 나찰의 녹면을 갖고 있다는 사실은 백 번 양보를 하여 그럴 수도 있다고 치자. 하지만 그가 귀녕비흔을 배웠다는 사실은 진정 놀라운 일이었다.

또한 그런 것들은 다 차치하고라도, 그가 사저의 이름까지 알고 있다는 사실은 그 모든 것들을 다 합친 것보다 더 놀랍고 또 불가해한 일이 아닐 수 없었다.

이름을 안다는 것은 사적인 교류가 있다는 뜻이었다.

야차나 나찰에겐 절대 있을 수도 없는 일이었다.

순간 은한은 가슴과 머리가 동시에 싸늘하게 식었다.

"너는 사저와 어떤 사이냐?"

그리고 목소리는 몇 배나 더 싸늘해졌다. 그녀는 머릿속으로 하나의 가설을 세우며 그런 질문을 던졌다.

순간 화무린은 아차 싶었다. 나찰이 지켜야 할 것들이 무엇무엇인지는 명확하게 모르겠지만, 나찰이 팔대지옥에 떨어진 자와 사사로운 친분을 맺어서는 안 될 것이라는 사실 정도는 충분히 짐작할 수 있었다.

사실 화무린과 소군은 친분 정도가 아니었다.

두 사람은 서로 알몸을 보고 보이기도 했으며, 몇 마디 말로는 설명하기 어려운 깊은 이성(異性)을 나누기도 했었다.

더욱 중요한 것은, 어쩌면 두 사람이 서로 사랑하고 있을지도 모른다는 사실이었다.

"너는 그 찢어 죽여도 시원치 않을 년하고 내가 과연 무슨 사이일 것 같으냐?"

화무린의 임기응변은 빠르고도 놀라운 것이었다.

그는 이를 갈듯이 내뱉었을 뿐만 아니라 소군이 눈앞에 있으면 당장이라도 요절을 낼 듯한 기세였다.

그리고 과연 그것으로 은한의 의구심을 어느 정도 씻어버리는 데에 성공했다.

'그럼 그렇지. 설마 사저가 저따위 놈하고…….'

하늘은 은한에게 강(强)한 것만 부여한 것이 아니었다. 강한 골격에 순진함이라는 살을 입혀준 것이다.

"그건 그렇다 치고, 하면 귀명비흔은 어떻게 배운 것이냐?"

화무린은 그녀가 자신의 말에 먹혀들었다고 판단하고는 태연히 대꾸했다.

"너는 소군 그 잔인한 년과 같은 소속이냐?"

그는 소군에게는 미안하지만 되도록 자신과 그녀가 좋지 않은, 아니, 견원지간이라는 사실을 자꾸 피력할 수밖에 없었다. 그래야만 추후 소군이 안전할 것이기 때문이다.

그리고 순진한 은한은 화무린의 그 말에 조금 미심쩍은 것이 남아 있던 것을 다 털어버리고 고개를 끄덕였다.

"그렇다."

"그렇다면 네 상관에게 물어봐라."

"무엇을?"

"나는 선택된 몸이다."

"……."

그 말에 은한은 결국 입을 다물 수밖에 없었다.

그녀도 구중천에 들어온 사람들 중에서 극소수가 선택된다는 사실과 아울러 몇몇 나찰이 선택된 사람들을 담당하고 또 보호한다는 사실을 알고 있었다.

하지만 은한이 맡고 있는 '선택된 사람' 은 없었다. 또한 같은 사부이며 상관을 모시고 있는 소군이 '선택된 사람' 을 담당하고 있는지의 여부조차도 방금 전까지 모르고 있었다.

그것은 철저한 비밀에 붙여지는 사안이므로 은한이 모른다고 해서 결코 이상한 일이 아니었다.

그렇다면 두어 가지 의문이 자연스럽게 생겨났다.

소위 '선택된 사람' 인 화무린이 어째서 아직도 구중천에 오르지 않고 팔대지옥에서 얼쩡거리고 있는 것인지, 게다가 나찰의 녹면은 왜 필요했던 것인지 하는 사실이었다.

그것에 대해서 생각하던 은한은 머리가 지끈지끈 아파왔다.

눈앞의 이놈은 놀라움 투성이일 뿐만 아니라, 괴이하기 짝이 없는 놈이었다.

정말이지 생각할수록 머리만 아파왔다.

화무린이 '선택된 몸' 이든, 나찰의 녹면을 지니고 있든 이제는 은한의 손을 떠났다. 그녀는 더 이상 화무린의 생살여탈권을 쥐고 있지 않았다.

"지금 구중천으로 올라가겠느냐?"

은한이 냉정하게 물었다.

"아니, 나중에 천천히 올라가지."

화무린은 마치 산책이라도 다녀올 것처럼 대꾸했다.

"그렇다면 어서 가라."

은한은 손을 저으며 떠나라는 시늉을 했다.

그러자 화무린은 마빈을 부축해서 일으켰다.

"갑시다."

그 즈음의 마빈은 화무린의 행동과 말에 너무 놀라 있었고 그것들의 대부분을 이해할 수가 없는 상태였다.

화무린의 암습에 나찰이 당한 것부터 시작해서, 그가 나찰의 녹면을 갖고 있는 것, 또한 그가 나찰의 무공을 배웠다는 사실, 그중에서도 가장 모를 것은 그가 '선택된 사람'이라고 말한 것이었다.

마빈은 '선택'이 무엇인지 모르고 있었다.

따지고 보면 그는 화무린에 대해서는 모르는 것투성이였다.

황궁에서만 생활한 주자운이 어떻게 해서 그를 알고 있는 것인지를 비롯하여 그가 하는 모든 행동과 말들이 전부 그랬다.

"그지는 놔두고 가라."

은한은 화무린에 대한 복수를 마빈에게 할 생각이었다. 그런 그녀의 말투는 명령에 가까웠다.

화무린은 빙그레 미소를 지으면서 은한에 대한 마지막 농락을 느긋하게 품속에서 꺼냈다.

그것은 신물이 가득 담긴 조그만 가죽 주머니였다.

절그럭, 절격!

화무린은 가죽 주머니를 흔들어 보이면서 태연히 말했다.

"이 안에 든 것은 신물이다. 대충 삼십 개 이상은 되지. 확인해 보겠느냐?"

"……."

은한의 크게 입이 벌어지며 얼굴에는 기가 막히다는 표정이 가득 떠올랐다.

어떻게 된 놈이, 도대체 바닥을 알 수 없는 무저갱(無底坑) 같은 놈이었다.

이게 끝인가 싶으면 또 나오고, 그게 마지막이려니 여기면 또다시 놀라운 것을 끄집어내기 일쑤였다.

그렇다고 호락호락할 은한이 아니었다.

평소 일무차착(一無差錯)의 성격이라서 면도(面刀)라는 별명으로 불리는 그녀가 아닌가.

"확인해야겠다."

휙!

그녀의 말이 떨어지자마자 화무린은 망설임없이 가죽 주머니를 그녀에게 가볍게 던져 주었다.

그녀가 그것을 돌려주지 않을지도 모른다는 생각 따위는 추호도 하지 않는 듯했다.

든든한 배포는 화무린의 또 하나의 성격이었다.

탁!

순간 은한은 가죽 주머니가 무슨 벽력탄이나 암기 뭉치라도 되는 양 본능적으로 신형을 날려 뒤로 삼 장여나 물러나는 바람에 가죽 주머니는 땅에 떨어지고 말았다.

"확인하자는 게 아니었느냐?"

화무린은 진지한 얼굴로 물었다.

그의 진지함이 은한을 더욱 수치스럽게 만들었다.

만약 그가 조롱이라도 했다면 벌컥 화라도 내면서 반박하겠건만, 그의 진지함은 은한의 수치심에 아예 부채질을 해댔다.

은한은 온몸의 피가 얼굴로 다 몰리는 것 같은 모욕을 느꼈다.

그녀는 방금 전의 행동을 명령한 자신의 본능이 너무나도 저주스러웠다.

더구나 그 본능이라는 것은 평소에 그녀가 가장 자랑스럽게 여기는 것들 중 하나였기에 더욱더 그랬다.

"……"

가죽 주머니를 열어본 은한은 눈을 크게 떴다가 다시 가늘게 좁혔다.

가늘고 긴 속눈썹이 바르르 떨리고 있었다.

정말이지 할 말이 없었다.

가죽 주머니 속에는 적게 잡아도 족히 삼십 개는 넘을 듯한 신물들이 그득 담겨 있었다.

부글거리는 심정 같아서는 저 얄미운 놈에게 가죽 주머니를 돌려주고 싶지 않았다.

아니, 당장 공격을 퍼부어서 지니고 있는 나찰의 면구마저도 뺏은 뒤 가장 잔인한 방법으로 죽이고 싶었다.

죽여서 감쪽같이 시체를 없애고 나면 모든 것은 끝이다. 또한 그녀에겐 그럴 만한 능력이 있었다.

하지만 그녀는 또한 부러질지언정 휘어지지 않는 강골의 기질도 갖고 있었다. 그녀는 죽으면 죽었지 규칙을 어기는 짓 따위는 절대 하지 못하는 성미였다.

"이름이 뭐냐?"

은한은 가죽 주머니를 손에 쥐고 차갑게 물었다. 그녀는 이 날까지 한 번도 누군가의 이름을 물은 적이 없었다.

그러나 눈앞의 이놈 이름은 꼭 알고 싶었다. 아니, 반드시 알아야만 했다.

그래서 만약 인연이 닿아 언젠가 그를 다시 만나는 날이 도래한다면, 기필코 오늘의 빚을 이자까지 쳐서 돌려받기 위해서였다.

"자신의 이름을 먼저 밝히는 게 예의가 아니냐?"

은한은 당장이라도 화무린을 쳐죽이고 싶은 것을 꾹꾹 눌러 참았다, 반드시 저 가증스러운 놈을 만나게 해달라고 기원하면서.

“은한.”

은한은 가죽 주머니를 화무린에게 던져 주며 냉랭하게 말했다.

“성깔머리하곤 어울리지 않는 예쁜 이름이로군.”

화무린은 가죽 주머니를 품속에 갈무리하며 중얼거렸다.

그래도 은한은 또 참았다.

너무 참아서 눈물이 다 나올 지경이었다.

“갑시다. 자운이 눈 빠지게 기다리고 있을 것이오.”

그런데 화무린이 이름을 말해주는 대신 마빈을 부축한 채 몸을 돌리자 그녀는 뜨악한 표정을 지었다가 발끈해서 외쳤다.

“이름을 말해주고 가야지!”

화무린은 도리어 눈을 크게 떴다.

“왜 그래야 하는데?”

“네 이름을 알려면 내 이름을 먼저 밝히는 것이 예의라고 네가 방금 말했잖느냐?”

화무린은 마빈의 팔을 어깨에 두르고 등을 보인 채 걸음을 옮기며 히죽 웃었다.

“넌 모르고 있었군? 난 원래 예의 같은 거 모르는 놈이야.”

“……”

은한은 철퇴로 뒤통수를 한 대 호되게 얻어맞은 듯한 얼굴로 화무린을 멀뚱히 바라보았다.

머리가 멍해졌으며 딛고 서 있는 땅이 갑자기 아래로 끝없이 꺼져들었다.

"푸핫핫핫핫!"

그때 마빈이 아픈 것도 잊은 채 고개를 뒤로 젖히면서 파안대소를 터뜨렸다.

웃음이 터져 나오려고 목구멍과 뱃가죽이 근질거려서 죽을 맛이었는데 웃음을 터뜨리니 속이 다 시원했다.

"재미있소?"

화무린이 마빈에게 넌지시 물었다.

"핫핫핫핫! 재미있네! 내 평생 이렇게 통쾌하게 웃어보기는 처음일세! 으윽!"

마빈은 눈물을 흘리면서 웃다가 옆구리를 움켜잡았다.

"아이구~ 핫핫핫! 이러다가는 상처 때문이 아니라 웃겨서 죽을 것 같네! 푸학학학!"

마빈은 화무린에게 매달려서 사지를 버둥거리면서 정말 금방이라도 숨이 끊어질 것처럼 웃어댔다.

화무린은 얼굴이 새빨갛게 변해 있는 은한을 아랑곳하지 않고 명랑하게 웃었다.

"하하하! 한아, 나중에 군아를 만날 때 함께 나오면 이 오빠가 맛있는 것 많이 사주마!"

　그의 끝말은 십여 장 밖에서 들려오고 있었다. 마빈을 데리고 쾌풍운을 전개하여 쏜살같이 쏘아가는 중인 것이다.

　화무린의 모습이 시야에서 사라졌을 때에야 은한의 참고 참았던 분노가 마침내 폭발했다.

　"아아악―! 기필코 네놈을 죽이고야 말 테다―!"

第二十九章

# 연리지(連理枝)

　화무린이 마빈을 부축한 모습으로 은신처에 들어서자 이제나저제나 노심초사 기다리고 있던 주자운이 마빈을 발견하고는 눈물을 쏟으면서 달려왔다.

　"마빈!"

　그녀는 마빈의 가슴에 얼굴을 묻고 몸을 떨면서 흐느꼈다. 화무린을 만났을 때와는 또 다른 기쁨이 그녀를 휘감았다.

　"살아 있었구나… 무사해서 정말 다행이야……."

　주자운의 행동에 마빈은 당황스러웠다. 그는 비틀거리면서 주자운을 떼어내고 공손히 무릎을 꿇었다.

　"소저, 속하가 불민하여 걱정을 끼쳤습니다."

다른 사람들이 있는 곳에서 '공주'라는 호칭으로 부를 수는 없어서 '소저'라고 하는 마빈이었다.

그때 한옆에 서 있던 단궁천이 마빈의 자세를 보면서 가볍게 눈을 빛냈다.

마빈은 오른쪽 무릎을 꿇고 왼 무릎을 세웠으며 오른 주먹을 바닥에 댄 채 고개를 숙이고 있었다.

그것은 다름 아닌 군신지례(君臣之禮)였다.

경륜이 풍부한 단궁천은 그것을 한눈에 알아본 것이다. 하지만 그는 아무 내색도 하지 않았다.

"어서 일어나라."

주자운이 말하는데, 화무린은 알아차리지 못해도 단궁천은 그녀의 언행에서 기품이 우러나오는 것을 발견했다. 오랜 세월 자연스럽게 몸에 밴 기품이었다.

"으윽!"

마빈은 일어나려다가 옆구리를 움켜잡고 다시 주저앉았다.

"다친 거야?"

"별…것 아닙니다."

주자운이 다가서며 걱정스레 묻자 마빈은 비지땀을 흘리면서도 애써 미소를 지어 보였다.

"막내야, 내가 상처를 치료할 테니 그 후에 너는 이걸 그에게 발라주어라."

단궁천이 마빈에게 다가가며 품속에서 작은 주머니를 꺼내 주자운에게 내밀었다.

그 안에는 단궁천이 지궁계의 식물들 중에서 발견한 약초를 말려 빻은 가루가 들어 있었다. 그러니까 금창약인 셈이었다.

단궁천은 능숙한 솜씨로 마빈의 상처를 치료했다.

그때 화무린은 은신처의 실내를 둘러보다가 한쪽 구석에 웅크린 채 앉아 있는 한 사람을 발견했다.

앉아 있다기보다는 얼굴을 어깨에 묻은 채 거의 눕듯이 벽에 기대어 있는 사람이었다.

한눈에도 비루먹은 당나귀처럼 뼈만 앙상한 몰골이었으며, 옷은 거의 걸치고 있지 않은 데다 처음에 주자운을 봤을 때보다 더 새카만 모습이었다.

"꼬마야, 이리 오너라."

치료를 마치고 일어선 단궁천이 화무린의 시선을 좇다가 그를 발견하고 손짓을 하며 불렀다.

그 사람은 세상에서 가장 느린 짐승보다 더 느린 동작으로 이쪽을 쳐다보다가 금방이라도 쓰러질 듯이 비틀거리면서 일어나 흐느적거리면서 다가왔다.

그가 화무린들에게 다가오는 시간은 마치 억겁 같았다.

뼈에 가죽만 입혀놓은 것 같은 피골상접한 몰골이었다.

뺨도 눈도 움푹 꺼져서 퀭한 데다 가까이 다가오지도 않았는데 몸에서 심한 악취가 풍겼다.

화무린으로서는 생전 처음 보는 얼굴이었다. 그가 왜 이곳에 있는지 모를 일이었다.

"이 녀석이 둘째 네가 찾는 이름과 같다더구나."

화무린이 의아한 표정으로 단궁천을 쳐다보자 그는 어깨를 으쓱하면서 설명했다.

"아닙니다, 형님. 잘못 데려왔군요."

화무린은 씁쓸히 고개를 가로저었다.

그가 몸을 돌리려고 할 때 꾀죄죄한 그 사람이 화무린의 목소리를 듣는 순간 지금껏 썩은 생선 같던 눈에 생기를 떠올리면서 간신히 더듬거렸다.

"나… 함도야."

화무린은 뚝! 멈추고 다시 그를 쳐다보았다.

"나야… 축록방주 아들 함도… 모르겠어?"

순간 그를 보는 화무린의 눈빛이 가볍게 흔들렸다.

함도와 함께 있었던 시간이 길지 않았고 몇 마디밖에 말을 나눌 기회가 없었지만, 이 목소리는 함도가 분명했다.

예전에는 걷는 것조차 힘들 정도로 비곗덩어리였던 함도였지만, 지금은 너무 말라서 서 있는 것조차 힘들어 보였다. 팔대지옥이 그를 이 지경으로 만든 것이었다.

함도는 마치 물에 빠져 허우적거리다가 조각배라도 발견한 듯한 표정을 온 얼굴에 짓고 있었다.

또한 어느덧 목소리에는 힘이 실렸고 눈빛도 강해졌다.

"너 이 자식! 우리 아버지가 은자 삼만 냥을 너에게 주는 조건으로 나를 잘 보살피라고 했건만 넌 약속을 어겼어! 그러고도 살기를 바라는 것이냐?"

마빈의 상처에 금창약을 발라주고 일어서던 주자운은 적잖이 놀라서 화무린을 바라보았다.

그러나 함도를 쳐다보는 화무린의 눈에서는 싸늘한 경멸이 쏟아져 나왔다.

턱!

"미안하다, 둘째야. 아무래도 내가 사람을 잘못 데려온 것 같구나. 이놈을 원래 있던 곳에 다시 데려다 주고 오마."

"앗! 왜, 왜 이럽니까? 사람 잘못 본 게 아니라구요! 난 함도가 맞다구요!"

그때 누가 말릴 사이도 없이 단궁천이 함도를 달랑 들어 옆구리에 끼고는 입구로 성큼성큼 걸어가자 함도는 버둥거리면서 미친 듯이 비명을 질렀다.

"그런 것 같군요, 형님. 부탁합니다."

화무린은 가볍게 고개를 숙인 뒤 마빈 쪽으로 몸을 돌렸다.

"아, 안 돼! 이봐! 내가 함도라니까! 너 이 새끼! 우리 아버지가 알면 넌 죽은 목숨이다!"

단궁천이 갑자기 뚝 걸음을 멈추고 옆구리에 끼고 있는 함도를 굽어보며 조용히 물었다.

"네 아비는 뭐 하는 인간이냐?"

"축… 록방주입니다."

함도의 어눌한 대답.

"글쎄, 축록방이 뭐냐니까?"

"하, 하오문입니다."

함도의 기가 팍 죽은 대답.

단궁천은 너무 같잖아서 기가 막힌다는 표정을 지었다.

"꼬마야, 잘난 네 아비에게 고자질하려면 네놈이 일단 여기서 살아서 나가야겠지?"

"……."

그때부터 잠시 동안 함도는 할 말을 잃었다.

"너 혼자 힘으로 살아나갈 자신이 있느냐?"

"……."

이날까지 죽지 않고 버텨온 것만 해도 기적인 함도였다. 앞으로 한 달, 아니, 열흘도 버틸 여력이 없는 그이기도 했다. 단궁천의 말에 그는 기가 팍 꺾였다.

"또 한 가지. 저기 무린이가 구중천에서 살아나가면 손가락으로 파리를 눌러 죽이듯이 네 아비를 죽일 만한 실력자가 될 것 같다는 생각이 들지 않느냐?"

"……."

함도는 움찔 놀라며 화무린을 쳐다보았다. 이 순간의 화무린의 모습은 마치 염마왕 같았다.

함도의 머리는 장식품이 아니었으니 단궁천의 말이 무슨 뜻인지 모를 리 없었다.

"아직도 네 아비에게 고자질하고 싶다는 생각이 드느냐?"

"……."

함도는 여전히 아무 말도 하지 못했다.

그 대신 장작개비처럼 마른 온몸을 벼락을 맞은 듯이 부르르 격렬하게 떨었다.

뒤늦은 깨달음이 찾아든 것이다.

지난 반년 동안 이루 형용하기 어려울 정도의 무수한 고통은 그의 육신을 피골상접하게 만들어놓았다.

그러나 단궁천의 몇 마디는 아직도 기름이 끼어 있는 그의 머리통 속을 한순간에 깨끗이 씻어주었다.

"저를… 내려주십시오."

함도가 여전히 몸을 떨면서 그보다 더 떨리는 목소리로 간신히 입을 열어 단궁천에게 부탁했다.

단궁천이 내려주자 그는 비틀거리지 않으려고 애쓰면서 곧장 화무린에게 걸어와 그 앞에 털썩 무너지듯이 무릎을 꿇더니 깊숙이 머리를 조아렸다.

전혀 뜻밖의 행동이었다.

"제발… 거두어만 주신다면, 소인 함도는 죽는 날까지 당신의 종이 될 것을 맹세합니다."

너무도 돌변한 행동이었다.

그러나 그의 행동에 놀란 사람은 아무도 없었다. 여기에 있는 사람들은 예전의 그들이 아니었다.

이들은 이미 오래전에 변해 있었으며, 지금도 빠르게 변신을 꾀하고 있는 중이었다.

그러므로 이들은 함도가 지금보다 더 예상치 못한 반응을 보인다고 해도 결코 놀라지 않을 것이다.

실제로 중이 돼보지 않는 한 절을 모르고 불법의 심오함을 깨닫기는 어려운 법이다.

단궁천의 깨우침은 함도라는 기름 그릇에 불을 붙인 것이다.

함도는 조금 더 기어가서 화무린의 발을 끌어안고는 발등에 입을 맞추는 행위조차 서슴지 않았다.

아마 이보다 더한 견마지심(犬馬之心)은 없으리라.

"소인은 이제야 깨달았습니다……! 소인은 한 마리 돼지였고 벌레였습니다. 아니, 그보다 못한 존재였습니다."

사실 그의 깨달음은 지금 단궁천에 의해서 찾아온 것이 아니었다. 팔대지옥 속을 벌레처럼 전전하면서 생사를 넘나들며 숱하게 깨달았던 것들이 가슴속에 꼭꼭 묻어져 있다가 이제야 비로소 터져 버린 것이다, 익을 대로 익은 종기가 터지듯이.

사람들의 시선이 화무린에게 향했다.

화무린은 함도를 쳐다보지도 않은 채 나직이 중얼거렸다.

"네가 네 아버지를 살렸다."

함도는 또다시 몸을 후드득 떨었다.

그는 또 한 가지 사실을 깨달았다, 장차 화무린이 축록방주를 죽이려고 했다는 사실을.

아니, 그는 자신이 너무 많은 것들을 모르고 있다는 사실마저도 깨달았다.

그는 오늘 새로 태어났다.


"무린아."

"말씀하십시오, 형님."

화무린을 은신처 밖 공터로 불러낸 단궁천이 음성을 낮추며 조용히 물었다.

"너는 구중천에 올라 무슨 무공을 배울 생각이냐?"

지금으로서는 가장 중요한 문제였다.

화무린은 씁쓸한 얼굴로 고개를 가로저었다.

"저는 무공에 대해서 아는 게 없습니다. 그래서 천하에서 가장 빠른 검법을 요구할 생각이었습니다."

"쾌검이라. 그것도 좋군."

단궁천은 고개를 들고 지궁계의 회백색 낮은 천장을 올려다보면서 조용히 말을 이었다.

"네가 무엇 때문에 구중천에 왔는지는 모르겠으나, 장차 네가 하려는 일은 무공이 누구보다도 강해야 해결할 수 있을 테지?"

"그렇습니다."

화무린은 대답하면서도 단궁천에게 자신의 신세 내력에 대해서 설명하지 못한 것이 못내 마음에 걸렸다.

단궁천은 마음 말을 쉽게 잇지 못했다. 그가 지금 하려는 말이 그만큼 꺼내기 어렵다는 뜻일 것이다.

이윽고 그는 화무린을 정면으로 주시하며 낮게 힘주어 말했다.

"무린아, 구중천에 오르면 '천지조화검(天地造化劍)'을 가르쳐 달라고 요구해라."

무림이나 무공에 대해서는 문외한인 화무린으로서는 처음 들어보는 검법이었다.

하지만 그 이름만으로도 범상치 않음이 느껴졌다.

천지간에 존재하는 모든 것들을 마음대로 부리는 것이 천지조화가 아니던가. 검법으로 천지조화를 실현할 수만 있다면, 가히 천하무적일 것이다.

"천지조화검은 어떤 무공입니까?"

"내가 아는 한 천상천하제일무공이다."

단궁천은 잘라서 말했다.

화무린의 예상이 맞았다. 더 이상 무슨 말이 필요하겠는가.

무림도 아니고 천하도 아닌, 천상천하를 통틀어서 제일 강한 무공이라는 것이다.

화무린은 가슴이 뛰었다. 그가 적잖은 흥분을 느끼고 있을 때 단궁천이 설명을 덧붙였다.

"너는 '삼천쟁(三天爭)' 이란 말을 들어보았느냐?"

"들어봤습니다."

사람으로 태어나서 말귀를 알아들을 나이가 되면 가장 먼저 듣게 되는 얘기가 '삼천계' 와 '삼천쟁' 에 대한 것이라고 해도 결코 지나침이 없을 것이다.

삼천계는 '천상성계' 와 '천중인계', '천외신계' 로 나누어지며, 인간들이 살고 있는 소위 천하라고 하는 것이 '천중인계' 라는 것.

그러나 진정한 의미에서의 '천하' 는 삼천계를 통튼 세 개의 천하를 가리킨다는 것.

'천상성계' 의 '천성족' 은 삼천계를 수호하고 다스리는 불과 수천 명으로 이루어진 '성족(聖族)' 혹은 '용족(龍族)' 으로 불리고, 천외신계는 인간과 성족의 중간, 즉 반신반인(半神半人)의 송속이지만 '천성족' 을 인정하지 않으며 삼천계 전체를 제패하려는 야망으로 끊임없이 전쟁을 일으키는 종족이라는 것.

그러나 그것은 누천년 동안 정확한 기록조차 없이 그저 늙은 할아버지가 아이들을 불러 모아놓고 들려주는, 호랑이 담

배 피우던 시절의 옛이야기처럼 전설로만 면면히 이어져 내려오던, 이른바 설화(說話)에 불과했다.

그러나 사실 수천 년 세월 동안 천외신계는 수십 차례에 걸쳐서 '삼천쟁' 이라는 것을 일으켰다.

하지만 너무도 장구한 세월이 흐르는 동안 역사는 퇴색했고, 그에 대한 기록은 하나둘씩 사라져 버렸기 때문에 근대에 이르러서는 다만 전설로만 전해져 내려올 뿐이었다.

그런데 오십 년 전, 천외신계가 천중인계를 침공하여 거의 수중에 넣을 뻔했다가 천상성계의 응징으로 패퇴당했던, 이른바 '삼천쟁' 이 다시 일어나면서 빛바랜 역사의 뒷전에 웅크리고 있던 전설은 마침내 현실 속으로 걸어나왔다.

하지만 그것은 어디까지나 '무림(武林)' 이라는 한정된 세계의 현실에 국한된 일이었다.

그러므로 무림에 적(籍)을 두고 있거나 관가, 혹은 그 방면에 관심이 있는 사람들만이 '삼천쟁' 의 발발과 진행, 그리고 결말에 대한 지식을, 그것도 극히 부분적으로만 알 수 있었을 뿐이다.

천하의 실력있고 명망 높은 사가(史家)들이라고 해도 무림사(武林史)에 대해서는 자세하게 기록을 남기지 않으려는 것이 대체적인 추세이다.

기록을 위해서는 무림이라는 특수한 세계에 대한 깊은 통찰력과 해박한 지식, 그리고 이해가 필요했기 때문이다.

그런데 그런 역량을 갖춘 사람이 아주 드물뿐더러, 설혹 가뭄에 콩 나듯이 있다고 하더라도 기록을 남기는 일에는 흥미가 없었고, 기록을 남기고 싶어하는 사람은 그런 역량을 갖추지 못했다.

더구나 '삼천쟁'의 주역이라고 할 수 있는 천상성계와 천외신계에 대해서는 거의 알려진 바가 없는 상황이어서 기록으로 남길 만한 자료나 근거가 극히 미비했다.

그런 이유 때문에 그나마 겨우 기록이라고 남겨진 것들의 대부분은 '삼천쟁'으로 인해서 주로 천중인계의 무림이 입은 피해와 대응, 봉기(蜂起) 같은 것들이 주로 다루어졌을 뿐, 천상성계나 천외신계에 대한 기록은 거의 전무했다.

말 그대로 서과피지(西瓜皮舐), 즉 수박 겉핥기였다.

게다가 세월이 흐르면 뽕나무밭도 변해서 바다가 되는[桑田碧海] 법이다.

마지막 '삼천쟁'이 일어난 지 고작 오십여 년이 흘렀을 뿐이며, 그 당시 몇몇 사람들이 비록 부분적으로나마 그때의 상황들을 기록으로 남겼다.

하지만 그것들마저 이제는 고서점(古書店)에서도 취급하지 않을 정도의 천덕꾸러기가 돼버리고 말았다.

천중인계는 또다시 현실의 풍요와 부침(浮沈)에만 몰두하는 과거의 전철을 밟고 있는 중이었다.

마치 다시는 '삼천쟁' 같은 것이 일어나지 않을 것처럼, 설혹 일어난다고 해도 오십여 년 전처럼 또다시 천상성계가 천외신계를 물리쳐 줄 것이라고 굳게 믿는 듯했다.

단궁천의 목소리는 나직이, 그리고 무겁게 가라앉아 있었다.

"'삼천쟁' 당시 천외신계의 여황인 천녀황을 물리친 분은 천상성계의 젊은 성존(聖尊)이었다. 성존은 천상성계의 왕인 성제(聖帝)의 아들을 가리키는 호칭이다."

어린 시절에 책이라면 밥보다 좋아했던 화무린이었지만 지금 단궁천이 말하는 것은 금시초문이었다.

"그 당시 성존은 천녀황을 물리쳤으며 그녀의 심복 수하인 무쌍신을 각각 격패시켰는데, 그때 성존이 사용한 수법이 천지조화검이며 겨우 오성밖에 터득하지 못했다는 것이다."

천상성계 일천 명의 천성고수(天聖高手)를 이끌고 온 성존이 각각 천녀황과 무쌍신을 물리쳐서 전세를 크게 역전시켜 그 이후 무림의 구파일방, 오대문파, 정, 사, 마의 정예 고수들 십만여 명을 규합하여 삼만(三萬)의 천외신군(天外神軍)을 대륙 밖으로 몰아낸 일은 지금까지도 인구에 회자되고 있는 전설의 일각이었다.

"천지조화검은 바로 천상성계의 절학인 것이다. 아마도 천상성계에는 많은 절학이 있겠지만 현재로서 세상에 알려진 것은 그것 하나뿐이다. 구중천에 그것이 있을지는 의문이지만, 있다면 너는 반드시 그걸 익히도록 해라."

단궁천은 진중히 당부하면서 화무린을 쳐다보다가 가볍게 표정이 변했다.

화무린의 얼굴이 대리석처럼 단단하게 굳어진 데다 눈에서 번갯불 같은 것이 번뜩이고 있었기 때문이다.

무언가를 극도로 억제하는 듯한, 슬쩍 건드리기만 해도 걷잡을 수 없이 폭발할 것만 같은 그런 모습이었다.

그것은 더할 수 없는 분노, 그리고 살기였다.

단궁천은 방금 자신이 한 말들 중에서 어느 한 대목 때문에 화무린이 그런 반응을 보이는 것이라고 판단했다.

그래서 화무린의 가문이 필시 '삼천쟁'으로 인해서 피해를 입었으며, 천외신계에 원한이 있을 것이라고 추측하게 됐다.

하지만 단궁천은 묵묵히 그를 응시할 뿐 그의 감정에는 개입하지 않았다.

화무린의 분노와 살기는 오래가지 않았다. 그의 표정은 평소보다 조금 더 차가워진 상태로 되돌아와 있었다.

그러나 단궁천은 그의 분노와 살기가 다만 얼굴에서 사라셨을 뿐이라는 것을 알았다.

아니, 평소 그의 심장과 머리는 방금 전에 보여주었던 그런 엄청난 분노와 살기로 가득 차 있을 것이라는 사실을 미루어 짐작할 수 있었다.

정녕코 놀라운 인내심이었다.

단궁천은 화무린이 결코 범상한 소년이 아니라는 사실을 이미 감치한 상태였다.

다만 그 범상치 않음의 실체를 구체적으로 모를 뿐이었는데, 방금 그것의 한 조각을 아주 잠깐 발견할 수 있었다.

"무쌍신이 천외신계 종족입니까?"

화무린의 목소리는 평소와 다름이 없는 것 같았는데, 만약 예리한 사람이라면 평소보다 약간 더 냉정해졌다는 사실을 감지할 수 있을 것이다.

"그렇다. 내가 알기로는 그들이 천외신계에서 천녀황 다음으로 강한 인물이다. 제이인자인 셈이지."

"육천군도 천외신계 인물입니까?"

"육천군?"

화무린의 물음에 단궁천은 적잖이 놀랐다. 무림에 웬만큼 식견이 있는 사람들이라고 해도 천외신계의 여황인 천녀황이라는 이름을 겨우 들어봤을 정도일 것이다.

그러나 무쌍신을 알고 있는 사람은 드물다.

오십 년 전 '삼천쟁' 당시, 천외신군군과의 최후의 대격전에 참가했던 구파일방이나 오대문파의 수뇌부, 사파나 마도의 우두머리들만 알고 있는 정도였다.

단궁천도 그 당시 대격전에 참가했던 화산파의 장문인인 사부에게 들은 얘기였다.

"무린, 네가 육천군까지 알고 있다니 정말 뜻밖이로군. 네

말이 맞다. 육천군은 무쌍신 바로 아래 신분, 그러니까 천외
신계 제삼위의 인물들이지."

이 즈음 화무린의 표정과 음성은 완전히 평소의 그것으로
돌아와 있었다. 다만 두 눈 깊숙한 곳에서 작은 광채가 일렁
이고 있을 뿐이었다.

"그들의 실력은 어느 정도입니까?"

무쌍신과 육천군. 바로 그들 여덟 명이 부친을 죽이고 모친
과 누나를 납치해 갔다.

화무린이 죽어서 한 움큼의 재가 된다고 해도 절대 잊지 못
할 이름인 것이다.

적을 알아야 하는 것은 당연하다.

그들 여덟 명의 실력을 가늠할 수 있어야지만 화무린 자신
이 목표를 정할 수 있을 것이다.

"나도 들은 얘기가 많지 않아서 잘 모르겠다만, 천외신계
에는 대략 이십 개의 계급이 있는데, 그중에서 십오위 정도의
인물들이 구파일방과 오대문파의 장문인이나 장로 정도와 맞
먹는다고 들은 기억이 있다."

"……."

화무린은 갑자기 가슴이 답답해졌다.

"그러니까 이인자인 무쌍신이나 삼인자인 육천군의 무공
수위가 어느 정도일지는 가히 상상할 수도 없는 수준이겠
지."

단궁천의 음성이 허허로워졌다.

천외신계에 대해서 설명하다 보니 부지중에 자신이나 무림의 내로라하는 절정고수라는 존재들이 문득 벌레 같다는 생각이 들었기 때문이다.

그가 쳐다보니 화무린은 우뚝 서서 먼 허공을 응시하며 무언가 깊은 생각에 잠겨 있었다.

단궁천은 그런 화무린을 보며 나름대로 추측해 보았다.

오십 년 전 '삼천쟁' 당시 무림, 즉 천중인계는 자신들이 누구에게 무슨 이유로 당하는지도 모르는 상태에서 정말 묵사발처럼 짓밟혔었다.

그 후 천상성계가 출현하고 나서야 천성고수들을 이끈 인물이 성제의 아들 성존이며, 그가 격패한 자가 천외신계의 여황인 천녀황이라는 사실이 비로소 드러났다.

그나마도 극소수의 무림인들, 즉 정, 사, 마의 우두머리들이 그런 사실을 천성고수들에게 들었을 뿐이다.

그러므로 무림의 구파일방이나 오대문파, 명문세가들은 천외신계의 하위 계급에게 멸문되거나 지리멸렬했다는 뜻이다.

그런데 지금 화무린은 천외신계의 무쌍신과 육천군을 들먹이고 있는 것이다.

그것은 화무린이 그들에게 깊은 원한이 있다는 뜻이 아니고 무엇이겠는가.

하지만 그것은 결코 있을 수 없는 일이었다.

무림의 그 누구도, 어떤 문파도 천녀황과 무쌍신, 육천군에게 직접적으로 멸문당한 적이 없었다. 최소한 단궁천이 알고 있는 바로는 그랬다.

더구나 '삼천쟁'은 오십 년 전에 일어났으니 적어도 화무린의 조부 대(代)일 것이다.

그렇다면 그는 조부의 원수를 갚으려 하는 것인가?

'대체 무린 이 아이는……'

단궁천은 머릿속이 실타래처럼 헝클어져서 복잡한 눈빛으로 화무린을 응시했다.

한참 만에야 화무린이 허공을 응시한 채 나직이 읊조렸다.

"알겠습니다. 소제는 무슨 일이 있어도 천지조화검을 익히고야 말겠습니다."

천지조화검이 천상성계 성존의 무공이며, 그가 천녀황과 무쌍신을 격패한 적이 있다면 화무린도 그 무공을 익혀야만 그들을 상대할 수 있을 것이라는 결론에 도달한 것이었다.

그러나 그때까지도 화무린은 꿈에서조차 상상하지 못했다, '천지조화검'과 자신이 익힌 '조화무극심법'이 하나의 뿌리에서 파생되어 나온 하늘의 무공이라는 사실을.

화무린이 조심스럽게 물었다.

"형님, 그런데 천지조화검이라는 것을 알고 있는 사람이 무림에 많습니까?"

단궁천은 확신하듯 대답했다.

"삼십 년 전까지는 단 두 명뿐이었다."

화무린의 얼굴에 안도하는 기색이 설핏 떠올랐다가 사라졌다.

"오십 년 전, 당시 화산파 장문인이셨던 사부님께선 운 좋게도 천상성계의 성존과 조우하여 그들 일행을 안내하는 역할을 맡으셨다. 얼마 후 성존이 천녀황과 무쌍신을 격패하고 난 다음에 사부님께선 용기를 내어 성존에게 그 수법이 무엇이냐고 물으셨지."

그것은 천중인계의 인간이 성존과 대화한 최초의 시도이자 마지막이었다.

그 후 사람들은 성존의 신위(神威)에 감히 그의 얼굴을 쳐다보는 것조차도 엄두를 내지 못했을 정도였으므로, 말을 거는 것은 아예 꿈도 꾸지 못했다고 한다.

"성존은 잠시 허공을 응시하다가 사부님을 보며 온화한 표정으로 대답했지."


"천지조화검이오."


"사부님께선 그 후 이십여 년 동안 함구하고 계시다가 내가 구중천으로 가겠다고 아뢰자 비로소 말씀해 주셨다.”

화무린의 뇌리를 스치는 것이 있었다.

“구중천에 천지조화검을 요구하라는 뜻이었습니까?”

“그래. 하지만 나는 그러고 싶은 생각이 없다고 말씀드렸다.”

“어째서입니까?”

“한마디로 말해서, 내 능력으로는 백 년 동안 연마해도 천지조화검을 일성(一成)조차 익힐 자신이 없었기 때문이다. 신의 절학을 어찌 나 같은 일개 범부(凡夫)가 익힐 수 있겠느냐?”

화무린은 씁쓸한 표정을 지었다.

“형님이 그러실 정도면 소제는 아예 엄두도 못 내겠군요.”

단궁천은 고개를 저었다.

“아냐. 넌 할 수 있을 거야.”

“소제의 뭘 보고 그렇게 장담하십니까?”

“꼭 무얼 봐서라기보다는 어떤 막연한 느낌 같은 것이지. 너라면 꼭 해낼 수 있을 것 같은 믿음의 느낌 말이야.”

그것은 단궁천의 솔직한 심정이었다.

사실 그는 화무린을 우연히 만난 것이 아니라 얼마 전부터 줄곧 지켜봐 오고 있었다.

목적은 화무린의 은신처를 차지하기 위해서였지만, 유심

히 지켜보는 중에 그가 결코 평범한 소년이 아니라는 사실을 여러 차례 느낄 수 있었다.

그리고 직접 만나 대화를 해보고 또 겪어보니 그가 생각했던 것보다 더 뛰어난 소년이라는 사실을 알게 된 것이다.

화무린의 씁쓸한 미소가 조금 더 짙어졌다.

"나중에 형님을 실망시켜 드릴 것 같아서 부담이 되는군요."

척!

단궁천은 손을 화무린의 어깨에 얹고 진지하게 말했다.

"실망이니 부담 같은 것 신경 쓰지 말고 이왕 하는 것, 한번 죽기 살기로 해봐라."

"알겠습니다, 형님."

화무린은 말은 그렇게 했지만 이미 마음속은 천지조화검을 배우고 싶다는 거센 열망에 휩싸여 있었다.

"만약 구중천에 천지조화검이 있다면, 그래서 배우게 된다면 얼마가 걸리든 오성 이상 익히기 전에는 무림에 나오지 마라. 그것 때문이라면 나는 널 평생 기다려도 상관없다."

"그럴 각오입니다."

잠시 침묵이 흘렀다.

화무린은 무언가를 기다리는 듯 가끔 단궁천을 쳐다봤지만 그는 아무 말 없이 뒷짐만 진 채 허공을 응시하고 있었다.

이윽고 화무린은 조심스럽게 입을 열었다.

“형님, 소제는 구중천에 선택됐습니다.”

단궁천은 허공을 보며 대수롭지 않게 대꾸했다.

“그 얘긴 들었잖느냐.”

그는 오히려 은신처 입구로 걸어가며 묵직하게 말했다.

“자, 이제 가야 할 시간이다.”

“형님.”

화무린의 부름에 단궁천은 걸음을 멈추고 돌아보았다. 그는 화무린의 표정에서 그가 아직 할 말이 남았다는 것을 감지했다.

“할 말이 있느냐?”

“잊으셨습니까? 소제는 선택됐고 또 나찰의 면구가 있으니까 두 가지 무공을 더 배울 수 있습니다.”

“너…….”

그러자 단궁천은 어이가 없다는 표정을 지었다.

“천지조화검이 천상성계의 절학이라는 사실을 잊었느냐?”

“그런데요?”

화무린은 눈을 말똥거리면서 오히려 단궁천이 이상하다는 듯 쳐다보았다.

이럴 때의 그의 표정은 영락없는 대여섯 살 아이의 순진무구한 모습이었다.

“너는 천지조화검만으로 부족하다고 생각하는 것이냐?”

“무공을 하나밖에 선택할 수 없다면 천지조화검으로 만족하겠지만, 지금은 두 개를 더 선택할 수 있잖아요.”

“그래서 무공 두 가지 이름을 더 가르쳐 달라?”

“네.”

화무린의 눈망울이 더 똘망똘망해졌다.

“이거야…….”

그리고 단궁천의 얼굴에는 더 어이없는 표정이 떠올랐다.

평생, 아니, 서너 번의 생을 살아서 연마한다고 해도 소기의 수준을 이룰까 말까 한 천지조화검이거늘 두 가지 무공에 욕심을 부리다니, 이 아이는 생각했던 것보다 철이 없구나, 라는 생각이 단궁천의 뇌리를 스쳤다.

“무린아.”

단궁천이 진중한 얼굴로 나직하게 부르자 화무린은 무공 이름을 가르쳐 주는 줄 알고 귀를 쫑긋 기울였다.

“과유불급(過猶不及)이다.”

그의 음성은 엄숙했다.

“다다익선(多多益善)이죠.”

화무린이 냉큼 대꾸했다.

“허어…….”

지나침은 하지 않은 것만 못하다는 단궁천의 말에 많을수록 좋다는 화무린의 대답이니 기가 찰 노릇이었다.

이윽고 화무린은 단궁천의 마음을 읽은 듯 조용히 자신의 생각을 말했다.

"소제를 철이 없다고 여기실 줄은 알고 있습니다. 하지만 소제의 생각은 이렇습니다. 밭을 갈 때는 호미가 필요하지만 물을 퍼 담을 때는 바가지가 필요하고, 또 물고기를 잡아야 할 때는 그물이나 낚시가 필요합니다. 천지조화검이 천상천하제일무공이라고 하지만 궁극적으로 검법이라는 한계를 극복하지는 못할 것입니다. 즉, 호미라는 얘기죠. 소제는 바가지도 그물도 필요합니다."

단궁천은 화무린의 논리정연한 말에 고개를 끄덕였다.

"네 말은 곧 수기응변(隨機應變)이라 그거로군."

"그렇습니다."

단궁천은 화무린의 말에 충분히 공감했고 또 그의 말이 옳았다. 하지만 천지조화검은 특별했고 또 달랐다.

그가 타이르려고 할 때 그를 망연자실하게 만드는 화무린의 말이 들려왔다.

"만약 구중천에 천지조화검이 없을 경우도 생각해야 돼야 하는 것 아니겠습니까?"

"이런, 내 정신이……."

단궁천은 손바닥으로 자신의 이마를 쳤다. 만약 구중천에 천지조화검이 없다면, 낙담한 화무린은 그저 막연하게 '가장 빠른 검법'을 가르쳐 달라고 할 것이 분명했다.

천하에 쾌검은 수두룩하다. 또한 이 사람에게 물어보면 이게 제일 빠른 쾌검이고, 저 사람에게 물으면 저게 가장 빠른 쾌검이라고 말할 것이다.

즉, 보는 견해나 시각에 따라서 지검(遲劍)이 쾌검이 되고 쾌검이 지검이 되는 것이다.

가게에 가기 전에 무엇을 살 것인지 정하고 가야지, 만약 그냥 불쑥 들어갔다가는 마음에 들지도 않는 물건을 사기가 십상인 법이나 다르지 않다.

절대 그래서는 안 된다.

어떻게 해서 구중천까지 왔으며, 팔대지옥에서 얼마나 혹독한 고통을 견뎌 지금에 이르렀는데, 그 대가로 대충 아무것이나 배울 수는 없는 일이 아닌가.

하지만 화무린의 의도는 그런 게 아니었다. 그는 순전히 욕심이 생겼기 때문이다.

세 가지 무공을 배울 수 있는 자격을 갖추었는데도 두 가지를 포기해야 한다는 사실이 너무 아쉬웠다.

그것은 마치 굴러 들어온 복을 싫다고 걷어차는 것이나 마찬가지라는 생각이 들었다.

사람의 앞날이란 어느 누구도 모르는 것이다.

일단 구중천에 세 가지 무공을 요구하고는, 이곳에서는 천지조화검 만을 익힌 뒤 나머지 두 가지 무공은 구결만을 외웠다가 나중에 차차 익혀도 될 것이다.

그것은 자신에게 주어진 정당한 요구를 하자는 것이니 무리한 일도 아니었다.

쉬운 말로 내 밥그릇 내가 찾아 먹겠다는 뜻이었다.

단궁천이 잠시 무언가 생각하더니 진중히 입을 열었다.

"곤륜파의 실전된 절학인 잠룡백팔수(潛龍百八手), 그리고 혈객(血客)의 파천묵인강(破天墨刃罡)을 요구하도록 해라."

화무린은 의아한 표정을 지었다.

"곤륜파는 알지만, 혈객이라는 이름은 정파 인물이 아니었을 것 같은 느낌이군요?"

"혈객은 정파도 마도도 아니었다. 그는 오직 싸움만을 위해서 존재하는 인물이었으며, 무림사를 통틀어 그 누구보다 강한 초절정고수였지. 삼백여 년 전 혈객의 검 아래 죽은 고수들 숫자가 천 명을 넘게 되자 마침내 구파일방 열 명의 장문인이 합세하여 그와 결전을 벌였다."

구파일방은 무림의 기둥이다. 그들 열 명이 한꺼번에 나섰을 정도였다면 혈객은 과연 대단한 인물임에 틀림없었다.

"그래서 어떻게 됐습니까?"

"무공산(武功山) 천애봉(天涯峰)에서 그들 열한 명은 십 주야 동안 쉬지 않고 싸웠지. 그 결과 구파일방 장문인 네 명이 죽었으며 여섯 명이 중상을 입었고, 혈객은 돌이킬 수 없는 중상을 입은 상태에서 스스로 절벽 아래로 몸을 던졌지."

화무린은 고개를 끄덕였다.

"장문인들에게 죽임을 당하지는 않겠다는 뜻이었군요."

"그렇다. 이후 혈객은 무림에 두 번 다시 나타나지 않았지

만, 누천년 무림사에서 혈객을 빼놓고는 어느 누구라도 천하
무적을 논할 수 없게끔 되었지."

화무린은 적이 감탄했다. 혈객에 대해서 자세히는 모르지
만 마음에 드는 인물이었다.

"굉장한 인물이었군요. 형님은 어떠신지 몰라도 소제는 혈
객이라는 인물에게서 장부의 기개 같은 것이 느껴집니다."

단궁천은 가볍게 고개를 끄덕였다.

"그런 것 같군."

"어쨌든 소제는 잠룡백팔수와 파천묵인강이 마음에 듭니
다. 고맙습니다, 형님."

단궁천은 물끄러미 화무린을 응시하다가 두 손을 그의 어
깨에 얹으며 온화하게 말했다.

"무린아, 나는 하늘이 연 매 대신 너를 내게 보내주었다고
생각한다. 부디 대성해서 만나자."

화무린은 가슴이 뭉클했지만 내색하지 않으려 애쓰며 공
손히 고개를 숙였다.

"형님, 건강하십시오."

화무린의 부친은 죽을 당시 사십오 세였다. 그는 큰아버지
같은 형인 단궁천을 다시 만나기를 간절히 소원했다.

두 사람은 서로의 두 손을 굳게 잡았다.

말은 없었지만 맞잡은 손을 통해서 형제의 절절한 뜻이 오
갔다.

“작은오라버니.”

주자운의 음성에는 벌써부터 이별의 슬픔이 축축하게 젖어들어 있었다.

그녀는 단궁천처럼 떳떳하게 화무린을 밖으로 불러내지도 못하고 여러 사람이 있는 곳에서 그와의 이별을 맞이해야만 했다.

“왜? 할 말 있니?”

“…….”

속도 모르는 화무린은 건성으로 물었다.

이제 이곳에서 헤어지고 나면 언제 다시 만나게 되는지 모르는 일이었다.

매년 중추절에 북경 영정하의 도연정에서 만나기로 약속했지만, 그때가 오 년 후가 될는지 십 년 후가 될는지 아무도 기약할 수 없는 일인 것이다.

만약 세 사람 중에 누가 잘못되어 죽기라도 한다면, 지금 여기에서 보는 게 마지막 모습이 되지 않겠는가.

주자운은 자신과 화무린이 운명적인 인연이라서 죽지 않고 살아 있다가 장차 만나게 되면 누구도 떼어놓지 못할 연리지(連理枝)가 될 것이라고 앞날을 내다봤었다.

하지만 그것은 그저 운명일 뿐이었다. 서로의 가슴에서 우러나는 연정(戀情)이며 감정이 아닌 것이다.

　서로 다른 나무의 나뭇가지가 마주 닿아 오랜 세월 동안 부대끼다가 마침내 결이 통하여 하나가 되어야지만 연리지를 이루는 법이고, 연리지가 됐을 때 마침내 사랑이 이루어지는 것이다.

　그런데 그녀는 조금 전까지도 그저 막연히 자신들 두 사람은 운명적이기 때문에 반드시 만날 것이고, 깊은 관계를 이어갈 것이라고만 기대했을 뿐, 화무린에 대한 지금 자신의 감정이 어떤 것인지는 조금도 정립되지 않은 상태였다.

　그랬던 그녀가 이제 막상 이별을 목전에 두고서야 무언가 큰 깨달음을 얻게 되었다.

　그것은 애심(愛心)이었다.

　아직 사랑이라고 부르기에는 미흡하지만, 분명한 애정의 마음이 싹 트고 있는 것이었다.

　이제는 아주 오랫동안 못 본다고 생각하자 마음 한 귀퉁이가 떨어져 나가는 것만 같았다.

　그리고 가슴 저 밑바닥에서 싸아… 하며 뭔가 아린 통증이 샘물처럼 솟구쳐 올랐다.

　한 번도 사랑을 해보지 못한 주자운이지만, 그것은 틀림없는 사랑의 발로인 애심이었다.

　그것은 큰 깨달음이었다.

　마침내 주자운의 사랑이 시작된 것이었다.

　"자운아, 불렀으면 말을 해야지."

화무린은 여전히 데면데면한 얼굴로 주자운을 쳐다보았다. 그녀가 별말이 없으면 당장 헤어지기라도 하겠다는 투였다.

툭!

그때 단궁천이 주자운 뒤쪽을 지나가다가 우연인 것처럼 팔꿈치가 가볍게 주자운의 등을 밀치게 됐다.

"아……!"

그 바람에 주자운은 앞으로 밀리면서 화무린의 가슴에 폭삭 안기는 형국이 되고 말았다.

"어… 미안. 이봐, 마빈. 나랑 얘기 좀 하자."

단궁천은 슬쩍 돌아보며 한마디 내뱉고는 마빈과 무슨 얘긴가를 나누는 척 설레발을 떨었다.

사실 그는 아까부터 주자운과 화무린을 지켜보다가 답답함이 치밀어 주자운을 돕는답시고 일부러 그녀를 화무린에게 슬쩍 밀어버린 것이었다.

그는 주자운이 화무린을 좋아하고 있다는 사실을 이미 간파하고 있었다.

주자운 자신도 모르는 사실을 그가 먼저 알아버린 것이다. 그것은 바둑을 둘 때 옆에서 보는 사람이 수를 더 잘 보게 되는 것과 같은 이치였다.

그리고 그는 마빈과 별 얘기도 아닌 것을 하는 척하면서 슬쩍 주자운을 돌아보며 회심의 미소를 지었다.

주자운이 쓰러질 듯 안겨오자 화무린은 급히 두 팔을 내밀어 그녀의 허리를 안았다.

그는 순전히 그녀가 쓰러지려는 것을 부축하려는 의도였는데, 두 사람은 제대로 안기고 안은 자세가 되고 말았다.

주자운은 작은 키가 아니었지만 화무린에 비할 바는 못 됐다.

그는 키가 주자운보다 일 책수(一磔手:엄지손가락과 가운뎃손가락을 벌린 길이) 정도 더 컸으며, 어깨와 가슴의 넓이는 그보다 더 넓고 당당했다.

그러므로 주자운의 섬연(纖姸)한 몸뚱이는 화무린 품 안에 고스란히 안겨들 수밖에 없었다.

열다섯 살 나이에 비해 성숙한 그녀의 몸이었다.

풍만하다고까지 할 수 있는 가슴은 화무린 가슴에 맞닿아 눌렸으며, 본의 아니게 화무린의 두 팔은 그녀의 세류요(細柳腰:버들가지 같은 허리)를 감싸듯 옥죄고 있었다.

콩닥콩닥콩닥…….

주자운의 방망이질치는 심장 박동 소리가 고스란히 화무린의 가슴으로 전해졌다.

화무린이 굽어보자 그녀는 뺨이 노을처럼 붉어진 채 이마를 그의 가슴에 대고 있었다.

너무 부끄러워서 고개를 들지 못하는 것이다. 이것이 애심의 시작이라고 깨달았기 때문에 더 부끄러웠다.

여자에 대해서는 아무리 목석이고 아둔패기인 화무린이지만, 이런 상황이 되자 무언가 느껴지는 것이 있었다.

얼굴이 화끈거렸으며 입 안이 바짝 탔고 가슴이 쿵쿵 울렸다.

그리고는 처음으로 주자운이 손톱만큼 여자로 보였다.

하지만 소군을 대할 때와는 아주 다른 느낌이었다.

소군에겐 편안함과 허물없음, 그리고 일말의 욕정 같은 것이 느껴졌었는데, 주자운은 아니었다.

주자운에게서는 정신과 마음이 느껴졌다. 음심은 추호도 느껴지지 않았다.

그렇다고 지금의 감정이 무엇이라고 꼬집어서 설명할 수 있는 것은 아니었다.

다만 그 역시 이별을 앞둔 주자운이 느끼고 있는 슬픔의 십분의 일 정도를 비로소 느끼게 됐을 뿐이었다.

주자운의 마음이 화무린의 마음으로 스며들어 끈이 되어서 두 마음을 한데 묶기 시작했다.

그리하여 결국 주자운도, 화무린도 정서전면(情緖纏綿)하며 아쉬움을 함께 공유하게 되었다.

하지만 이럴 때 어떻게 해야 하는지 모르는 화무린은 그저 꿀 먹은 벙어리처럼 아무 말 없이 눈만 껌뻑거렸다.

그때 주자운이 가만히 고개를 들고 그를 올려다보았다.

크고 영롱한 두 눈에는 눈물이 가득 고여 있어서 건드리기만 하면 흘러내릴 것만 같았다.

"우린 다시 만날 수 있어요."

"응."

화무린은 이끌리듯이 대답했다.

마빈은 그 광경을 보면서 한 가지 분명한 사실을 느꼈다,
세라 공주가 마침내 한 남자를 사랑하게 되었다는 것을.

第三十章

# 구중천에 오르다

　단궁천은 마지막 순간까지도 그다운 괴행의 족적을 남기는 것을 잊지 않았다.

　이들 다섯 명은 그냥 야차나 나찰을 만나서 자신들이 구중천에 올라갈 수 있는 자격을 갖추었다는 사실을 알리기만 하면 간단하게 처리될 일이었다.

　그런데 단궁천은 굳이 야차 한 명을 제압해서 화산파의 특수한 점혈수법으로 무공을 일시간 폐지시킨 후 겨우 걸음만 걷게 만든 다음에, 목에 긴 줄을 묶어서 그 끝을 잡고는 앞세우고 일행은 그 뒤를 따르게 했다.

　필경 그 괴이한 행렬은 곳곳에 숨어 있는 많은 사람들과 야차, 나찰들을 놀라고 당혹스럽게 만들었을 것이다.

팔대지옥에서는 무슨 행위든 할 수 있다고 했다.

그러므로 제압한 야차를 죽이는 것은 물론이고, 사지를 절단하여 동서남북에 내버려도 무방하다. 그러니 이러는 것 역시 뭐라고 할 사람이 없었다.

그러나 팔대지옥에 떨어진 사람이든 야차나 나찰이든 그 행렬을 봤을 텐데도 아무도 모습을 드러내지 않았다.

목에 줄이 묶인 야차는 자세히 가르쳐 줘도 모를 복잡하기 그지없는 통로들과 기관 장치들을 이십여 군데나 거친 후에 마지막에는 암벽 속에 위를 향해 나선형으로 가파르게 뻗어 있는 돌계단으로 일행을 안내했다.

그그긍!

돌계단 꼭대기를 가로막고 있는 육중한 철문이 무거운 굉음을 토하며 옆으로 밀리면서 열렸다.

철문 밖으로 나온 화무린 일행은 그곳이 어디라는 사실을 즉시 깨달았다.

그곳은 반년 전 그들이 구중천에 처음 도착했을 때 모여 있던 바로 그 광장이었다.

하지만 화무린 일행은 아무도 감격에 겨운 표정을 짓지도 눈물을 흘리지도 않았다.

반년 전의 그들 같았으면 살아서 나왔다는 남다른 감격에 젖을 수도 있었을 것이다.

하지만 지금의 그들은 감격에 젖을 감정이 한 움큼도 남아 있지 않을 만큼 메말라 있었다.

광장의 한복판에는 그들이 떠나가던 반년 전처럼 금비라가 그들을 향해 우뚝 서 있었다.

그는 반년 전에는 지옥으로 떠나가는 그들을 배웅했지만, 지금은 살아서 돌아오는 그들을 맞이하고 있었다.

저벅저벅―

일행은 면구를 벗긴 야차를 앞세운 채 보무도 당당히 금비라를 향해 걸어가 일 장 거리를 두고 멈추어 섰다.

목에 줄이 걸리고 면구까지 뺏긴 데다 점혈수법에 제압되어 운신조차 자유롭지 못한 야차는 차마 금비라의 얼굴을 쳐다보지도 못하고 고개를 푹 숙인 채였다. 그는 살아서 숨만 쉬고 있을 뿐 죽은 목숨이나 다름없는 상태였다.

툭!

"수고했다."

"흐윽!"

단궁천이 야차의 어깨를 슬쩍 건드리자 그는 비틀거리면서 옆으로 밀려갔다가 맥없이 풀썩 수저앉았다.

그가 야차를 제압하여 목에 줄을 묶은 후 일부러 많은 사람들이 볼 수 있도록 하면서 여기까지 끌고 온 것과 방금 슬쩍 밀친 것은 일종의 시위였다.

그것이 금비라와 구중천에 어떻게 보일는지, 어떤 대가를 치를지는 알 바 아니었다.

그저 그렇게라도 해야 꽉 막혔던 속이 조금이라도 뚫릴 것 같았던 것이다.

단궁천에 가슴속에 맺힌 것이 태산이라면, 지금의 이것은 그저 모래알 하나에 불과하더라도 말이다.

금비라는 끌려온 야차에게는 신경조차 쓰지 않았다. 대신 그의 금빛 면구에 뚫린 두 개의 눈구멍에서 날카로운 빛이 뿜어지며 일행을 한차례 훑었다.

예전 같았으면 그의 눈빛을 접하는 순간 오금이 저렸을 일행이지만, 지금은 아무렇지도 않은 기색들이었다.

금비라의 시선은 마지막으로 단궁천 오른편에 서 있는 화무린의 얼굴로 다시 돌아와서 멈추었다.

화무린은 눈도 깜빡이지 않은 채 당당하게 금비라의 시선을 마주 주시했다.

그렇다고 얼굴에 어떤 표정을 떠올리거나 일부러 강한 눈빛을 쏘아내려고 애쓰지 않았다.

낭중지추(囊中之錐).

그러나 주머니 속의 송곳은 끝이 뾰족해서 아무리 감추려고 해도 옷을 뚫고 튀어나오는 법이다.

화무린이 반년 전에 비해서 비교할 수 없을 정도로 발전한 것 역시 쉽게 감춰질 수 없는 성질의 것이었다. 금비라처럼 예리한 사람의 눈에는 더욱 그렇게 보일 터이다.

금비라는 화무린의 급성장을 한눈에 간파했다.

화무린의 눈빛은 예전보다 더욱 깊숙하게 가라앉았지만 그 밑바닥에는 내공이 갈무리되어 있었다.

또한 그저 담담하게 서 있는 것처럼 보이지만 그 역시 언제 어느 순간에라도 공격과 방어를 할 수 있도록 나름대로의 자세를 갖추고 있었다.

문득 화무린은 금비라의 눈빛에서 온화함을 느꼈다. 그것은 어쩌면 착각일지도 몰랐다.

하지만 아주 잠깐 금비라의 눈빛이 부드러워지면서 마치 '수고했다' 라고 말하는 것 같은 느낌을 받았다.

그래서 화무린은 문득 삼 년 반 전 악가장에 입문하려다가 하인들에게 뭇매를 얻어맞고 반죽음을 당해 관도상에 쓰러져 있던 자신의 모습을 떠올렸다.

그때 낯선 자가 화무린에게 '살고 싶으냐?' 고 물었고, 화무린은 '강해지고 싶다' 고, '누구든 마음먹기만 하면 죽일 수 있을 만큼 강해지고 싶다' 고 대답했다.

그리고 그 낯선 자는 '구중천으로 가라' 고 가르쳐 주었다. 그자가 바로 금비라였다. 그렇게 금비라는 화무린의 인생을 뒤바꿔 놓은 인물이었다.

탁!

그때 단궁천이 묵묵히 금비라 발 앞에 한 무더기의 물건을 슬쩍 던졌다.

그것들은 나찰과 야차들의 면구, 그리고 수십 개의 신물들이었으며, 이곳에 있는 다섯 명을 구중천에 오르게 하고도 남을 정도의 분량이었다.

금비라는 그것들에게 아주 잠깐 일별을 던진 후 가볍게 고개를 끄덕이며 말문을 열었다.

"좋아. 너희는 지금부터 구중천에 올라 각자 원하는 무공을 배우게 된다."

그러자 화무린 등 다섯 명의 얼굴에 크고 작게 긴장하는 기색이 떠올랐다.

그들은 원하는 무공을 배우기 위해서 구중천에 왔다. 여태까지는 그 자격을 얻으려는 과정이었을 뿐이고, 이제부터 본격적인 무공연마가 시작되는 것이었다.

그들의 메마른 감정도 '구중천에 오른다' 라는 말에는 적잖이 흥분을 느꼈다.

"구중천에서 죽는 자들의 십분의 칠이 팔대지옥에서라면, 나머지 십분의 삼은 무공을 배우는 과정에서다. 열여섯 개의 지옥과 야차, 나찰의 손에서는 벗어났지만, 또 다른 사신(死神)들이 너희를 기다리고 있다."

금비라는 팔대지옥에서 살아 나온 것에 대한 값싼 치하 따위는 하지 않았다.

하지만 그의 말은 팔대지옥에서와는 또 다른 팽팽한 긴장과 두려움을 다섯 사람에게 심어주기에 부족함이 없었다.

“너!”

금비라는 턱으로 단궁천을 가리켰다.

“저 문으로 들라.”

이어서 오른쪽으로 팔을 뻗었다.

그그긍!

둔중한 음향과 함께 금비라가 가리킨 벽면이 안쪽으로 열리면서 하나의 통로가 나타났다.

일행의 시선이 일제히 그곳으로 향했다.

그리고 그들은 통로 안쪽 위로 비스듬히 뻗어 있는 계단을 발견했다.

“저곳은 팔부중의 한 곳으로 가는 통로인가?”

단궁천이 금비라가 가리킨 통로에서 시선을 거둔 후 그를 보며 묵직하게 물었다.

약간의 불교적인 지식이 있는 사람이라면 금비라와 야차와 나찰이라는 이름만 듣고도 자연스럽게 팔부중을 떠올릴 수 있을 테고, 더불어 구중천과 팔부중을 연관시켜 여러 가지를 상상할 수 있었을 것이다.

더구나 죽은 영혼이 간다는 지옥보다 더 지옥 같은 이곳 팔대지옥의 참담한 고통 속에서의 상상력은 그 무엇보다 극단적이면서도 첨예했을 터이다.

하물며 삼십 년 동안이나 팔대지옥에서 생활하면서 수많은 상황들을 겪었으며 또 많은 사람들을 만난 단궁천의 경험과 그것이 밑바탕된 상상력이야말로 어느 누구보다 사실에 거의 근접하지 않았겠는가.

화무린은 구중천에 팔부중이 있다는 사실을 반년 전에 금비라에게 들었고, 그 사실과 자신이 선택됐다는 사실을 단궁천에게 말해주었다.

단궁천으로서는 구중천은 도대체 무엇 때문에 '선택' 이라는 것을 하며, '선택된 사람' 들은 어떤 용도로 쓰여지는 것인지에 대해서는 알지 못했다.

구중천에 팔부중이 있다고 했는데 이들이 팔대지옥에서 만난 것은 야차와 나찰뿐이었다.

야차와 나찰은 야차왕인 금비라에 속해 있으므로 이들은 팔부중 가운데 하나인 금비라만 보고 겪은 셈이었다.

달리 말하면 다른 칠부중에 관계되는 인물들은 한 번도 만난 적이 없는 것이다. 구중천에 팔부중이 모두 존재하고 있음에도 불구하고 말이다.

"너희와 팔부중의 인연은 내가 처음이고 또 마지막이다."

금비라는 단궁천의 정곡을 찌르는 듯한 질문에도 흔들림이 없었으며 대답은 간단했다.

특별한 일이 없는 한 구중천에 오는 사람들 대부분은 처음에 바로 이곳에서 팔부중의 하나인 금비라를 대면하고 난 후 팔대지옥에서 그의 수하들, 즉 야차, 나찰들과 생사쟁투를 벌일 뿐이며, 그래서 살아남은 경우 구중천에 올라 원하는 무공을 배우고 이곳을 떠나면 그만이라는 뜻이었다.

하지만 그의 간단한 대답을 간단한 의미로만 곧이곧대로 받아들이는 사람은 아직 생각이라는 것을 제대로 할 줄 모르는 함도 혼자뿐이었다.

'흠! 구중천에 팔부중이 있는데도 불구하고 무공을 배우러 온 사람들이 금비라와 그에 속한 야차, 나찰만 볼 수 있었다는 것은, 다른 칠부중은 구중천의 다른 일을 맡고 있다는 뜻이겠군. 그렇다고 그들 모두가 무공을 가르치는 일에만 매달려 있다는 생각은 들지 않아. 그러니까 구중천이 돈을 받고 무공을 가르치는 것은 위장일 뿐이고 본업은 다른 데 있다는 얘기겠지. 아마도 '선택받은 사람' 들이 그것에 관계될 테지.'

단궁천은 쏘는 듯한 눈빛으로 금비라의 눈을 마주 쳐다보면서 그렇게 말하고 싶은 것을 꾹 참았다.

그는 금비라가 가리킨 통로로 걸어가기 전에 화무린과 주자운 두 명의 의제를 차례로 보면서 가볍게 고개를 끄덕여 보였다. 그 간단한 동작에는 여러 가지 뜻이 담겨져 있었고, 물론 두 사람은 그것을 충분히 알아차렸나.

단궁천은 다른 사람에게는 눈길조차 주지 않은 채 통로를 향해 성큼성큼 걸어갔다.

쿵!

그는 한 번도 뒤돌아보지 않았고, 그가 통로 안쪽으로 들어서자마자 굳게 문이 닫혀 버렸다.

"너!"

금비라의 턱이 이번에는 함도를 가리켰다.

그긍!

금비라가 방향을 가리키진 않았지만 그가 함도를 지목하는 것과 동시에 방금 전 단궁천이 들어갔던 통로에서 오른쪽으로 그리 멀지 않은 벽면의 한 곳이 열리자 일행의 시선이 반사적으로 일제히 그곳으로 향했다.

함도는 어제의 함도가 아니었다. 반년 동안 팔대지옥에서의 혹독한 고행도 그를 변화시키지 못했는데, 몇 시진 전 화무린에게 버림받을 뻔하면서 큰 깨달음을 얻었고, 그 결과 의식구조가 완전히 바뀌어서 새 사람이 된 상태였다.

불가에서는 백정도 칼만 놓으면 부처가 될 수 있으며, 고개만 돌리면 피안(彼岸)을 발견할 수 있다고 설파한다.

함도는 화무린으로 인해서 십칠 년 동안 간직하고 있던 우둔함을 떨쳐 버렸고, 마음의 눈을 통해서 화무린의 진가를 발견함으로써 자신이 가야 할 길을 결정했다.

그는 화무린 발 앞에 무릎을 꿇고 이마를 차가운 바닥에 댔다. 그의 십칠 년 평생에 거의 해보지 않은 동작이었지만, 마치 오래전부터 꾸준히 연습했던 것처럼 자연스럽게 보였다.

"주인님이 어디에 계시든 소인이 반드시 찾아가겠습니다. 부디 대성하십시오."

그 광경을 주시하던 금비라의 눈이 약간 빛났다가 사라졌
다.

함도는 식탐과 주색만을 인생의 목표로 삼았기에 학문과
는 거리가 먼 무식한 인간이었다.

그래서 그럴싸한 인사말을 제대로 구사할 줄은 모르지만,
진심을 말할 줄은 안다.

모르긴 해도 그는 이제부터 오직 한 사람 화무린에게는 진
심만을 말할 것이다.

그는 일어나 통로를 향해 큰 걸음으로 걸어갔으며 단궁천
처럼 한 번도 뒤돌아보지 않았다.

"너!"

금비라의 턱이 이번에는 주자운을 가리켰다.

순간 마빈의 몸이 극도로 경직됐다. 또다시 주자운과 떨어
져야 할 시간이 됐기 때문이다.

"부탁 하나 합시다."

그때 화무린이 금비라에게 불쑥 입을 열었다.

금비라는 묵묵히 화무린을 쳐다보았다.

"이늘 두 사람이 함께 있도록 해줄 수 없겠소?"

물론 화무린이 말하는 두 사람은 주자운과 마빈이었다.

그들 두 사람은 전혀 예기치 않았던 일에 깜짝 놀라 화무린
을 쳐다보았다.

주자운은 목석 같기만 한 화무린의 느닷없는 제의에 눈물

이 날 정도로 고마움을 느꼈다.

그녀가 화무린과 함께 지낸 시간은 불과 며칠뿐이었고, 그나마도 그는 줄곧 무뚝뚝함으로 일관했었다.

하지만 그녀가 그의 속이 부드럽고 겉은 단단한 외강내유(外剛內柔)의 성격이라는 사실을 깨닫는 것은 그리 어렵지 않았다.

그런데 이제 오랫동안 헤어져 있어야 하는 마지막 순간에 그가 속 깊은 배려를 겉으로까지 표현하자 주자운은 깊은 감동을 받았다.

이 부탁의 결과가 어떻든 상관없었다. 그녀는 화무린에게 싹 트기 시작했던 애심이 지금 이 순간 갑자기 쑥쑥 더 커지고 있는 것을 생생하게 느꼈다. 더불어 그와 이별하는 것이 방금 전보다 더욱 힘겹고 슬퍼졌다.

마빈은 가볍게 흔들리는 눈빛으로 화무린의 옆얼굴을 쳐다보았다.

화무린의 옆얼굴은 대리석을 깎아 조각한 것처럼 단아했다.

마빈은 그가 준수한 용모라는 사실을 그제야 깨달았다. 여태 신경 써서 본 적이 없었던 것이다.

마빈의 느낌은 주자운과는 다른 것이었다.

화무린은 주자운을 구했을 뿐만 아니라 마빈의 목숨을 두 번이나 구해주었다.

사람들은 원한은 골수에 새기지만 은혜는 가슴에 묻은 채 죽을 때까지 잊지 않는 법이다. 그리고 원한은 때에 따라서 변하기도 하지만 은혜는 변치 않는다.

특히 사내 중에 사내라고 할 수 있는 마빈 같은 인물에겐 원한과 은혜의 구분과 깊이가 더욱 뚜렷하고 깊을 터이다.

그는 이미 주자운을 상전으로 모시고 있는 몸이었지만, 마음속으로는 화무린을 주자운과 똑같은 존재로 받아들이고 있었다.

그 역시 이 부탁의 결과가 어떻든 상관없이 화무린의 배려를 고이 간직할 것이다.

금비라는 즉시 대답하지 않고 묵묵히 화무린을 주시하다가 예의 땅속 밑바닥에서 스며 나오는 듯한 목소리를 흘려냈다.

"그 대가로 너는 무엇을 지불할 생각이냐?"

화무린은 그럴 줄 알았다는 듯 금비라 발 앞에 놓여 있는 물건들을 턱으로 가리켰다.

"저 중에 나찰의 면구가 내 것이오. 그것을 포기하겠소."

"안 돼요!"

"그러면 안 됩니다!"

주자운과 마빈이 놀라서 동시에 외쳤다.

그러나 화무린도 금비라도 두 사람의 외침에는 전혀 신경 쓰지 않았다.

외침의 여운이 아직도 허공중에서 맴돌고 있었지만 두 사람은 화무린과 금비라의 완벽한 무반응 때문에 자신들이 아무 소리도 내지 않았던 것 같은 착각마저 느꼈다.

"좋다."

이윽고 금비라가 고개를 끄덕였다.

"가가……."

"화 공자……."

주자운이 기어코 눈물을 흘리면서 바라보는데도 화무린은 그녀에게 눈길조차 주지 않았다.

"너희 둘은 저기다."

그궁!

금비라가 한쪽 방향을 가리키는 것과 동시에 벽면이 열리며 하나의 통로가 나타났다.

단궁천과 함도가 들어간 방향과는 반대편이었다. 하지만 주자운과 마빈은 화무린을 쳐다보면서 차마 걸음을 떼지 못했다.

와락!

"가가!"

순간 주자운이 몸을 날려 화무린의 품에 안겨들었다. 그리고 금세 그의 앞섶이 주자운의 눈물 때문에 축축해졌다.

사실 화무린은 이런 장면과 분위기에 익숙하지 않았다. 그래서 애써 주자운을 외면하고 있었던 것인데 그녀가 갑자기 안겨들자 당황하고 말았다.

그는 주자운의 행동에 어떻게 대처해야 할는지 잠시 망설이다가 마빈을 쳐다보았다.

"자운을 부탁하오."

마빈은 포권을 하며 공손히 허리를 굽혔다.

"신명을 다하겠습니다."

그는 마음속으로는 무릎을 꿇고 부복하고 있었다. 그가 처음 화무린에게 말했을 때에는 '하게'라며 말을 놓다시피 했었지만, 지금은 변해 있었다.

"자운아."

화무린은 주자운을 떼어내 두 손으로 그녀의 뺨을 감쌌다. 손바닥에 그녀의 눈물이 흥건하게 느껴졌다.

"전에 네가 나한테 뭐라고 말했었지?"

주자운은 눈물이 멈추지 않는 눈을 들어 화무린을 바라보았다.

"우리는 반드시 다시 만날 거예요."

그녀는 자신이 이처럼 눈물이 많으며 감정이 풍부한 줄은 예전에는 까맣게 모르고 있었다. 그리고 그녀의 감정과 눈물샘을 지배하고 있는 것은 화무린이었다.

"그때쯤이면 우린 지금과 많이 달라져 있을 거야."

'그래요. 아마도 저는 당신 없이는 살아갈 수 없는 여자가 되어 있겠지요.'

주자운은 마음속으로만 그렇게 말했다.

"헤어짐이 있어야 만남도 있는 것이다. 어서 가라."

화무린은 뜻 깊은 말을 하며 그녀의 등을 방금 열린 통로 쪽으로 가볍게 떠밀었다.

하지만 그녀는 몇 걸음 떠밀리듯이 걸어갔다가 멈춰 서서 다시 화무린을 돌아보았다.

지금 이 순간 그녀는 화무린과 함께 있을 수만 있다면 모든 것을 잃고 희생해도 좋다고 생각했다.

만약 화무린이 지금이라도 손을 내밀어 모든 것을 포기하자고, 그래서 자신들 둘만을 위해서 살자고 말한다면 그녀는 서슴없이 그 손을 잡을 준비가 되어 있었다.

사랑은 그래서 크고도 위대했다. 진실한 사랑 하나만 있다면 모든 것을 희생할 수도 있는 것이다.

하지만 화무린의 가슴에서는 아직 주자운에 대한 사랑이 만들어지지 않았다.

설혹 그렇다고 해도 포기하기에는 너무나 큰 원한과 해야 할 일을 가슴에 품고 있었다.

마빈이 조심스레 이끌자 주자운은 떨어지지 않는 걸음으로 통로로 향했다.

통로의 절반을 걸어가는 동안 그녀는 무려 십여 차례나 화무린을 돌아보았으며, 눈물은 더욱 걷잡을 수 없이 흘러내렸다.

그러던 어느 한순간 그녀는 입술을 힘껏 깨물며 통로를 향해 똑바로 걸어갔다.

이윽고 통로 앞에 이르러서야 마지막으로 화무린을 돌아보았다.

화무린이 입가에 담담한 엷은 미소를 머금고 있는 것이 솟구치려는 눈물 너머로 아스라이 보였다.

그녀는 더 이상 눈물을 흘리지 않았다. 그 대신 아련한 표정으로 화무린을 바라보면서 조그맣게 중얼거렸다.

"사랑해요."

바로 옆에 서 있던 마빈은 그 말을 들었지만 이제는 놀라지 않았다. 그는 이미 그녀가 여태껏 보여주었던 행동으로 인해 그녀가 화무린을 깊이 사랑하고 있음을 짐작했다.

그러나 화무린은 뒷머리를 망치로 호되게 얻어맞은 것 같은 멍한 표정을 지었다.

주자운이 비록 조그맣게 중얼거렸지만 구십 년의 공력을 지니고 있는 그는 그 말을 또렷하게 들을 수 있었다.

'사랑해요' 라는 말은 처음에는 극한의 혼란을, 그리고 잠시 후에는 찌는 듯한 한여름의 무더위에 불어오는 청량한 산바람 같은 깨달음을 쏟아 부었다.

그제야 그는 주자운의 여러 행동들을 이해할 수 있었다.

누이동생으로서는 많이 지나친 듯했던 그녀의 말과 행동들, 그리고 방금 전까지만 해도 무언지 알지 못했던 그 복잡한 눈빛과 눈물의 의미를.

쿵!

주자운과 마빈이 떨어지지 않는 발걸음으로 통로 안으로 들어가자 석문이 육중하게 닫혔다.

닫힌 석문을 쳐다보는 화무린의 눈빛과 마음은 복잡하게 헝클어져 있었다.

"너는 포기한 것보다 훨씬 더 큰 것을 얻었군."

주자운의 중얼거림을 금비라가 듣지 못했을 리 없었다. 그는 화무린을 보며 여태까지의 음성과는 약간 다른 음색으로 말했다.

하지만 화무린은 금비라의 말뜻을 이해하지 못했다. 그는 그 말뜻을 몇 년이 더 지난 후에야 이해하게 될 것이다.

저벅저벅—

"따라와라. 너는 이쪽이다."

그의 음색은 예전으로 돌아가 있었고, 화무린은 복잡한 마음의 헝클어진 실타래 끝을 잡은 채 한쪽 방향으로 걸음을 옮겼다.

다른 사람과는 달리 화무린은 금비라가 직접 안내했다. 선택된 사람이기 때문이다.

*　　　*　　　*

구 층의 거대한 탑.

즉, 구중천이다.

맨 아래층이 먹처럼 검은색이며 폭이 자그마치 삼백여 장에 이르렀고, 이층은 붉은색인데 폭이 이백오십여 장에 달했다.

그곳 이층의 어느 석실 안에 석탁을 마주하고 화무린과 금비라가 앉아 있었다.

"원하는 무공을 말해라."

"당신이 날 선택했소?"

금비라의 말에는 대답하지 않고 화무린은 전부터 궁금하게 여기던 것을 불쑥 물었다.

"무공 종류를 모른다면 내가 대신 정해줄 수도 있다."

금비라는 질문으로써 화무린의 질문을 묵살했다.

"당신이 날 선택했는지의 여부를 알고 싶소."

화무린 역시 금비라의 말을 묵살했다.

금비라는 금면 사이로 두 줄기 번뜩이는 안광을 뿜으며 주시했지만 화무린은 요지부동이었다.

"구중천에서는 질문을 불허한다."

"불허라……."

화무린은 묘한 미소를 흘리면서 중얼거렸다.

"불허라는 것은 깨지려고 존재하는 게 아니겠소? 또한 당신 지위라면 그 정도는 말해줄 수 있을 것 같은데."

"왜 내가 너를 선택했을 것이라고 생각하느냐?"

과연 화무린의 말이 설득력이 있었던 것인지 금비라가 한 걸음 물러섰다.

"삼 년 반 전, 제남 악가장 근처 관도 상에 쓰러져 있는 내게 처음으로 구중천을 알려준 사람이 당신이라고 믿고 있소. 당신은 그때 이미 나를 선택하려고 점찍었던 것 같소."

화무린은 반년 전에 북경 외곽 홍교 위에서 금비라를 만났을 때 그가 삼 년 전의 그 사람이라고 짐작했다.

그리고 반년이 지난 지금은 그가 이미 삼 년 반 전에 자신을 선택했을 것이라 짐작하고 있었다. 둘 다 확인되지 않은 짐작일 뿐이었지만 그는 확신하고 있었다.

"어떻게 나라는 것을 알았느냐?"

"반년 전 북경 외곽에서 다시 만났을 때, 처음에는 느낌뿐이었지만 목소리를 들은 후 당신이라는 것을 확신했소."

불과 몇 마디의 목소리를 기억하고 있다가 삼 년이나 지난 후에 사람을 알아본다는 것은 결코 쉬운 일이 아니다.

"네 짐작이 맞았다."

금비라는 가볍게 고개를 끄덕이며 짧게 말했다.

화무린은 금비라가 자신이 삼 년 전의 그 인물이며, 화무린을 선택한 장본인이라는 사실을 수긍한 것으로 받아들였다. 그는 묵묵히 금비라를 응시했다.

하지만 금비라는 왜 쳐다보느냐고 묻지 않은 채 역시 묵묵히 화무린의 눈을 마주 쳐다보았다.

이 사람과의 인연은 자신이 구중천에 오기 전부터 시작해서 아직까지 이어지고 있으니 결코 평범하지 않은 인연이라고 화무린은 생각했다.

만약 한 가지 사실을 더 확인하게 된다면 자신과 금비라의 인연은 앞으로도 계속 이어지게 될 것 같았다.

구중천이 선택한 사람은 나찰이 담당하여 관리한다는 말을 소군에게 들었다.

팔대지옥에서 화무린을 담당한 나찰은 소군이었다.

소군은 화무린과 친해지는 과정에서 자신의 사부에 대해서 가끔 언급했다. 그리고 그 당시 화무린은 어쩌면 그녀의 사부가 금비라일지도 모른다고 추측했다.

그러나 그 추측은 지금 거의 확신으로 변해 있었다.

금비라는 삼 년 반 전 악가장 근처에서 화무린에게 구중천이라는 곳을 가르쳐 주면서 이미 그를 선택할 것을 결정했다고 조금 전에 말했다.

그리고 그는 그 후 삼 년이 지나 북경 외곽에서 화무린을 만나 그를 구중천으로 직접 데리고 오기까지 했다.

그런 그가 팔대지옥에 떨어진 화무린에게 신경 쓰지 않을 리가 없었다.

그가 자신이 선택한 화무린을 자신의 제자인 소군에게 담당하도록 한 것은 너무도 자연스러운 순서가 아니겠는가.

화무린이 금비라에게 마지막으로 확인하고 싶은 것은 그가 소군의 사부인가 하는 것이었다.

그러나 그는 확인을 보류했다.

자신이 그 사실을 알고 있다는 것을 금비라에게 드러내고 싶지 않았기 때문이다.

두 눈으로 호랑이를 보고 있으면서도, 그것이 호랑이인지 굳이 확인하려고 손을 대서 만졌다가는 물릴 수도 있는 것이다.

그가 팔대지옥에서 터득한 여러 경험 중에는 '감춘다' 라는 것도 포함되어 있었다.

그는 어느새 자신을, 자신의 능력을 때와 장소에 따라서 적절하게 감춰야 한다는 이치를 깨우치고 있었다.

자신을 다 드러낸다는 것의 결과는 좋은 일보다는 나쁜 일이 더 많은 법이다.

비록 그것이 하잘것없는 능력이라고 해도, 그것을 감추거나 드러내는 단순한 행동 하나 때문에 장차 미래의 운명이 완전히 뒤바뀔 수도 있는 것이다.

화무린은 이제 마지막으로 금비라를 한 번 더 놀라게 만들 시간이 됐다고 생각했다.

화무린이 원하는 무공, 즉 천지조화검의 이름을 밝힌다면 처음에 금비라는 그게 무슨 무공이냐고 되물을 것이고, 화무린의 설명을 듣고 난 후에야 놀라게 될 것이다.

"나는 천지조화검을 배우고 싶소."

"……."

화무린의 조용한 말에 금비라는 아무 말도 하지 않았다.

하지만 화무린은 금비라의 금면에 뚫린 두 개의 눈구멍 안에서 그의 두 눈동자가 심하게 흔들리고 있는 것을 똑똑히 목격했다.

금비라가 놀라고 있다.

아니, 눈빛으로 미루어 대경실색하고 있었다.

그렇다면 그는 천지조화검이라는 이름을 이미 알고 있었던 것이 분명했다.

지금 그는 말을 안 하는 게 아니라 놀라움 때문에 말을 못 하고 있는 것이었다.

단궁천은 화무린에게 천지조화검이라는 이름을 말하면서 그것을 알고 있는 사람은 천하에 사부와 자신 두 명뿐이라고 했었다.

그런데 지금 금비라가 천지조화검을 알고 있는 것처럼 놀라고 있지 않은가?

단궁천의 사부가 제자인 단궁천 외에 다른 사람에게 친지조화검에 대해서 말해준 것인가?

아니면 천상성계의 성존이 단궁천의 사부 말고 다른 사람에게도 언급했던 것인가?

그러나 지금으로선 알 길이 없었다.

과거 오십여 년 전 삼천쟁 당시 천상성계의 성존이 천외신
계의 여황인 천녀황을 물리쳤던 절학이 천지조화검이다.

금비라가 그것을 알고 있다는 것은, 구중천의 다른 인물들
도 알고 있을 가능성이 크다는 사실의 반증이었다.

금비라는 수양이 깊은 인물이다. 그런 그가 잠시가 지나도
록 놀라움을 삭이느라 입을 열지 못하고 있었다.

화무린은 금비라가 알고 있다는 사실 때문에 또 그 나름대
로 놀라고 있었다.

"음! 너… 천지조화검에 대해서 얼마나 알고 있느냐?"

한참 만에야 금비라는 묵직한 신음을 흘리면서 입을 열어
물었다. 그는 그 물음으로서 자신이 천지조화검을 알고 있었
다는 사실을 인정했다.

화무린은 그에게 굳이 감추어야 할 이유가 없다고 생각했
다. 단궁천도 비밀을 지키라는 식의 말은 하지 않았다.

또한 화무린은 자신과 금비라가 웬만큼은 인연이 있다고
여기고 있기에, 그와 비밀을 공유하는 것도 그리 나쁘지는 않
다고 생각했다.

"천지조화검은 삼천쟁 당시 성존이 천녀황을 물리쳤던 천
상성계의 절학이 아니오?"

화무린의 말투는 마치 그것에 대해서 꽤나 많이 알고 있는
듯한 냄새를 풍겼다.

하지만 사실 그것이 그가 알고 있는 전부였으며, 금비라도

그렇게 판단했다.

천상성계 사람이 아닌 한 그보다 더 자세히 알고 있다는 것은 불가능한 일이었으므로.

금비라는 처음에는 화무린이 천상성계와 밀접한 관계가 있는 것이 아닐까 하고 반신반의했지만 그의 대답을 듣고는 그건 아니라고 판단했다.

그렇더라도 천지조화검이라는 말을 알고 있다는 것은 그냥 지나칠 수 없을 정도로 대단한 일이었다.

"단궁천에게 들었느냐?"

금비라가 평소와는 다른 진중한 음성으로 물었다.

이번에는 화무린이 크게 놀랐다.

"형님을 어떻게 아시오?"

그는 놀란 나머지 단궁천을 '형님' 이라고 지칭하고 말았다.

그 말 때문에 금비라는 화무린과 단궁천이 의형제를 맺은 사실을 짐작하게 될 것이다.

하지만 금비라는 그것에 대해서는 언급하지 않았다. 자신이 관여할 일이 아닌 것이다. 그리고 단궁천을 어떻게 아느냐는 화무린의 물음에도 대답하지 않았다.

하지만 화무린은 미루어 추측할 수 있었다. 구중천은 이곳에 들어오는 모든 사람들에 대해서 거의 완벽한 신원 조회를 하고 있었다는 사실을.

아무리 그렇다고 해도 일곱 살 때 가문이 멸문하여 장장 구 년 동안이나 떠돌이 생활을 했던 화무린에 대해서는 조사가 불가능했을 것이다.

"그렇소. 형님에게 들었소."

화무린의 솔직한 대답에 금비라는 더 이상 묻지 않았다.

화무린의 짐작대로 구중천은 이곳에 들어오는 사람들에 대해서 최대한 조사를 한다.

방파나 문파에 속했거나 무림에서 약간이라도 명성을 날렸던 사람들은 어느 누구도 구중천의 촘촘한 조사의 그물망을 빠져나가지 못한다.

금비라는 단궁천이 화산파 전대 장문인의 제자라는 사실을 알고 있었기 때문에, 그가 사부에게 천지조화검에 대해서 들었을 것이라고 유추할 수 있었다.

삼천쟁 당시 화산파의 장문인, 즉 단궁천의 사부가 최일선, 그것도 성존 측근에서 활약했음을 들어서 알고 있는 금비라였다. 그랬기에 화산파 장문인이 성존에게 천지조화검에 대해서 들었을 가능성에 대해서도 조심스럽게 미루어 짐작할 수 있었다.

"음! 이것은 나 혼자 결정할 수 없는 일이다."

금비라는 또다시 무거운 신음을 흘렸다.

그의 말은, 다른 무공이라면 자신이 결정할 수 있다는 뜻이었고, 구중천에서 천지조화검을 가르칠 수도 있음을 시사하고 있었다. 다만 더 윗선의 결정이 필요하다는 것이었다.

최소한 화무린은 금비라의 말을 그렇게 해석했다.

"그리고 파천묵인강이라는 무공도 배우고 싶소."

화무린은 금비라의 심각함을 아는지 모르는지 전혀 개의치 않고 느긋하게 덧붙여 말했다.

그는 원래 세 가지 무공을 배울 수 있는 자격이 있었지만, 주자운과 마빈을 함께 있도록 해주는 대가로 나찰의 면구를 포기했기 때문에 두 가지를 선택할 수 있는 것이다.

그러나 금비라는 화무린의 말을 듣지 못한 것처럼 뭔가 깊은 생각에 잠겨 있었다.

第三十一章

# 구중천주(九重天主)

실내는 검소하기 짝이 없었다.

나무로 만든 평범한 침상 하나와 의자가 두 개 딸린 나무 탁자, 그리고 욕실과 변소까지 갖추어져 있었다. 다만 밖을 내다볼 수 있는 창은 없었다. 사방이 꽉 막힌 밀실이었다.

화무린은 서성이면서 실내를 꼼꼼하게 살펴본 후 탁자 앞 의자에 앉아 있었다.

금비라는 화무린을 이 방에 데려다 준 후 가버렸다. 그게 벌써 세 시진 전의 일이었다.

그사이에 화무린은 제 집인 양 목욕을 했으며 한 명의 야차 가 가져다준 간단한 식사까지 마쳤다.

밖으로 통하는 문은 굳게 닫혀 있었다. 이곳은 석실이라서 문 역시 석문이었고, 실내에서는 석문을 열 수 있는 어떤 방법도 없는 것 같았다.

그는 금비라가 오래 걸릴 것 같아서 한숨 잘까 하다가 침상 위에서 가부좌를 틀고 앉아서 운공에 들어갔다.

시작한 지 반 시진이 지나자 그의 몸에서 은은한 금빛의 기체가 흘러나오기 시작하더니 긴 띠를 이루어 몸과 한 자 정도의 거리를 두고 느릿하게 오른쪽으로 회전했다.

그는 그런 사실을 전혀 모르고 있었지만, 얼마 전 구십 년 공력이 된 이후부터 운공을 할 때면 이런 현상이 일어나기 시작했었다.

금빛 기체는 천천히 회전하면서 점차 투명해져 가더니 끝내 반투명하며 흐릿한 금막(金幕)을 형성했다.

금막이 머리 꼭대기까지 전신을 완벽하게 감싸서 그의 모습이 흐릿하게 내비쳤다.

사실 화무린이 부친으로부터 전수받은 조화무극심법은 모두 오 단계까지였다. 그렇지만 각 단계마다 심법구결이 따로 있는 것이 아니다.

다만 공력이 증진됨에 따라서 처음 일단계부터 마지막 오 단계까지 자연적으로 발전되었다.

현재 그는 구십 년 내공으로 조화무극심법의 이단계 전반부에 들어선 상태였다.

그리고 금막은 조화무극심법으로 운공한 내공의 실체(實體)가 일부분 체외로 배출되어 형상화한 모습이었다.

금막은 호신강기(護身罡氣)로서 운공을 할 때나 적으로부터 공격받을 때 몸을 보호하는 역할을 한다.

만약 화무린이 실전에서 조화무극심법을 운용하여 공력을 일으킨다면 충분히 금막, 즉 호신강기를 일으킬 수 있지만, 그는 그런 자신의 능력을 까맣게 모르고 있었다.

또한 조화무극심법의 이단계에서는 단순한 호신강기였던 것이, 삼단계, 사단계로 올라갈수록 점점 더 상상을 불허하는 위력을 발휘하게 된다.

화무린은 금막으로 전신을 보호한 상태로 세 시진 동안이나 운공을 계속했다.

만약 그사이에 금비라가 실내에 들어와 이 광경을 목격했다면 화무린의 운명이 바뀌는 것뿐만 아니라, 구중천은 수십 년 동안 차곡차곡 계획해 온 천하에 대한 대계(大計) 자체를 전면적으로 수정해야만 할 것이다.

하지만 다행인지 불행인지 금비라는 화무린이 운공을 끝내고 나서도 나타나지 않았다.


"천지조화검에 대한 것은 중차대한 일이라 나 혼자 결정할 수 있는 일이 아니다."

구중천 아홉 명의 천제(天帝) 중 창천제(蒼天帝)는 오랜 생각 끝에 무거운 어조로 입을 열었다.

크고 화려한 태사의에 앉아 있는 창천제의 면전에 공손한 자세로 시립해 있던 한 명의 중년인은 놀라움 때문에 움찔 가볍게 몸을 떨었다.

중년인은 창천제의 말에 반사적으로 어떤 생각을 떠올렸다.

"마침 천주(天主)께서 머물러 계시니 상의드려야겠다."

창천제는 태사의에서 일어나 단을 내려섰다.

그의 말은 중년인이 방금 반사적으로 떠올렸던 생각을 정확하게 증명시켰다. 그는 자신이 조금 전에 창천제에게 보고한 내용이 중요하다고는 생각했지만 천주께 직접 상의할 정도일 줄은 예상하지 못했었다.

천주.

즉, 구중천 아홉 명의 천제 중에서 으뜸인 균천제(鈞天帝)를 달리 부르는 칭호다.

"은겸(銀謙), 너도 같이 가자."

창천제가 석문을 나서며 말하자 중년인 은겸은 부지중 부르르 몸을 떨었다.

그는 구중천에 종사한 지난 이십오 년 동안 천주를 단 한 번 본 적이 있을 뿐이었다.

그가 청년이었던 이십오 년 전 구중천에 처음 발탁되어 천주를 알현(謁見)했을 때였다.

은겸은 이십오 년 동안 구중천에 충성을 다한 결과 창천제의 수족이나 다름없는 창천삼령(蒼天三令) 중 한 명인 '금비라' 라는 지위에 올랐다.

그는 자신의 거처에서 잠을 잘 때와 직속상전인 창천제를 만날 때만 얼굴에서 금면을 벗는다.

저벅저벅—

창천제가 앞서고 은겸이 뒤따르는 두 사람의 규칙적인 발자국 소리만이 구중천 팔층의 복도를 울렸다.

왼쪽으로 완만한 곡선을 그리며 이어진 복도의 바닥과 양쪽 벽, 천장은 모두 매끄러운 청석(靑石)으로 이루어졌으며 창이나 문 같은 것은 하나도 없었다.

그러나 사실 양쪽 벽 안쪽에는 수많은 석실들이 이어져 있었으며, 모든 석문들은 복도의 어느 한 부분을 작동해야만 열리도록 장치되어 있었다.

물론 구중천에 소속되지 않은 사람이 그 장치를 찾으려고 한다면 부지하세월(不知何歲月)일 것이다.

창천제는 복도 끝에 이르자 위로 비스듬히 뻗은 계단을 서슴없이 오르기 시작했다.

계단은 금색(金色)이었으며, 그것은 구중천의 최상층인 구층, 즉 균천으로 향하는 길이라는 의미였다.

은겸이 왼발을 들어 금색 계단을 밟기 직전, 그의 송충이처럼 굵은 눈썹과 각진 턱이 자신도 모르게 작은 경련을 일으켰다.

그에게 있어서 천주는 삼라만상의 그 어떤 존재보다 극상의 절대자(絶對者)였다.

이십오 년 전 철모르던 청년 시절에 자신이 어떤 심정으로 천주를 알현했는지 기억조차 나지 않았다.

하지만 지금의 그는 더 이상 철모르던 청년이 아니다. 구중천이 어떤 곳이며, 천주가 어떤 존재인지 너무도 잘 알게 되었기 때문에 걸음을 옮겨 천주의 거처가 가까워질수록 온몸에서 진땀이 배어나는 것을 어쩌지 못했다.

구층은 보이는 모든 것이 금색이었다. 사람의 그림자도 보이지 않는 것은 팔층과 다름이 없었다.

은겸은 이십오 년 만에 두 번째로 구층의 금색 바닥을 밟았다. 그러나 감회는 추호도 느껴지지 않는 대신 현기증을 느낄 정도로 긴장이 고조되었다.

저벅저벅—

여전히 두 사람의 발자국 소리만이 공허하게 복도를 울렸다.

아무도 보이지 않지만, 만약 허가받지 않은 자가 침입할 경우 구층으로 오르는 계단을 단 한 칸도 딛지 못한 채 불귀의 객이 되고 만다는 사실을 은겸은 잘 알고 있었다.

스르룽—

창천제가 멈춰 선 곳 바로 앞의 벽이 미약한 소리를 내며 좌우로 갈라졌다.

"어서 오세요, 창천제님!"

들어서는 두 사람의 전면에서 은방울을 흔드는 것 같은 영롱한 옥음이 흘러나왔다.

은겸은 그 목소리를 듣는 순간 상대가 누구인지를 기억해 내는 것보다 더 빨리 그 사람에게 시선을 던졌다.

'아!'

순간 그는 눈앞이 환해지는 것을 느끼며 하마터면 입 밖으로 탄성을 터뜨릴 뻔했다.

그리고 그때 그의 머리가 은방울 옥음을 낸 사람의 이름을 한 걸음 늦게 기억해 냈다.

'봉선(鳳扇)!'

눈앞에서 그 누구와도 비교할 수 없을 만큼 아름다운 미소를 지으면서 서 있는 미모의 금의여인은 천주의 좌우호법 용장봉선(龍將鳳扇) 중 좌호법인 봉선이 틀림없었다.

은겸은 이십오 년 전 천주를 알현하기 직전에 용장과 봉선을 단 한 번 본 적이 있었다.

그런데 봉선은 이십오 년 전에 이십 세가량의 나이였는데, 지금도 변함없는 이십 세의 나이로 보였다.

그녀의 왼손에는 이십오 년 전처럼 눈보다 더 희게 빛나는 하나의 백옥적(白玉笛)이 쥐어져 있었다.

"은겸님도 오셨군요?"

품이 넓은 선녀 같은 금의를 입은 봉선이 은겸을 발견하고
는 이십오 년 전에 그의 가슴을 마구 설레게 만들었던 그 화
사한 미소를 다시 지어 보였다.

"오랜만이죠? 이십오 년쯤 된 것 같군요."

봉선은 바로 어제 일처럼 짤랑거리며 옥음을 흘려냈다.

은겸은 봉선이 일개 수하인 자신의 이름은 물론 만났던 횟
수까지 기억하고 있자 적잖이 놀라고 감격했다.

"헛헛헉! 봉선은 한동안 보이지 않더니만 한층 더 아름다
워져서 나타났군!"

백발이 성성한 신선 같은 풍모의 창천제가 껄껄 웃자 봉선
은 소녀처럼 가볍게 얼굴을 붉혔다.

"천주의 명으로 조사할 것이 있어서 삼 년 동안 중원 곳곳
을 누비고 다녔어요."

그녀는 두 사람을 금룡과 금봉이 구름 사이에서 어우러져
꿈틀거리는 금색 조각이 새겨진 벽 앞으로 안내했다.

"천주께선 용장의 보고를 듣고 계세요. 안으로 드시지요."

스르릉―

조각이 새겨진 벽이 중앙에서 좌우로 갈라지는 것과 동시
에 창천제가 익숙하게 안으로 들어섰다.

"은겸님도 들어가세요."

봉선이 머뭇거리고 있는 은겸에게 갈라진 벽 안쪽을 가리
키며 다시 한 번 미소 지었다.

은겸은 고개를 푹 숙인 채 주춤거리면서 창천제의 발뒤꿈
치만 보면서 뒤따랐다.

실내는 꽤 넓었다. 하지만 이곳이 과연 구중천 천주의 처소
인가 하는 의구심이 들게 할 정도로 실내의 풍경은 평범하다
못해서 초라하기까지 했다.

넓은 한쪽 벽면은 전체가 서가였으며 빛바랜 고서들이 빼
곡하게 들어차 있었다.

그리고 입구의 맞은편은 역시 전체가 십여 개의 연창문(連
窓門)으로 이루어졌으며, 하나 건너 하나씩 절반이 열려 있어
서 눈부신 햇살과 싱그러운 바깥 공기가 동시에 실내로 스며
들었다.

창 아래쪽 왼쪽 끝에서 오른쪽 끝까지 낮게는 삼층에서 높
게는 오층까지 길게 놓여 있는 화대(花臺)에는 온갖 방란(芳
蘭:향기로운 난초)들이 절반 이상 꽃을 피우고 있어서 마치 난
총(蘭叢:난초의 숲)을 방불케 했다.

그 난총 옆 평범한 나무 탁자 앞에 한 명의 초로인이 팔짱
을 낀 채 앉아서 창밖을 응시하고 있었다.

색이 바랜 금의단삼을 입고 뭔가 깊은 생각에 잠겨 있는 청
수하고 단아한 용모의 인물.

그가 바로 천주인 균천제였다.

그의 외양에서는 특별하다던가 범접하기 어려운 기운 같
은 것은 조금도 느껴지지 않았다.

그저 중원 어디에서나 조금만 신경 써서 찾으면 만날 수 있는 그런 외모였고 풍모였다.

"결론을 말씀드리자면, 성존께선 구 년 전 겨울에 돌아가신 것으로 추정됩니다."

천주의 옆 일 장 거리에 공손히 시립한 채 보고하는 인물은 청삼을 입었으며, 어깨에는 한 자루 고색창연한 붉은색의 검을 멘 삼십대 중반의 장한으로 곧 용장이었다.

준수함을 넘어서 여자처럼 곱상한 용모에 호리호리 여린 체구만 보면 영락없는 백면서생의 모습이었다. 그래서인지 그가 메고 있는 검은 유약한 백면서생이 그저 호신용으로 지니고 다니는 것처럼 보였다.

창천제는 용장의 뒤쪽 이 장 거리에 서 있다가 그의 말을 듣고는 안색이 크게 변했으나 잠시 후 착잡한 표정으로 남몰래 한숨을 불어냈다.

그때 천주가 여전히 창밖에 시선을 고정시킨 채 나직하게 입을 열었다.

"너의 말은 무쌍신과 육천군이 흉수라는 것이냐?"

용장은 지체없이, 그러나 조심스럽게 대답했다.

"십오 년 전, 천외신계의 무쌍신과 육천군이 중원에 잠입했다가 구 년 전에 돌아갔던 사실을 저희가 이번에 중원에 가서야 뒤늦게 알아냈습니다."

용장이 지금 보고하고 있는 내용은 봉선과 함께 지난 삼 년 동안 중원 대륙 곳곳을 종횡하면서 알아낸 사실들을 최종적으로 정리한 것이었다.

"저희가 천신만고 끝에 성존의 행적을 발견하여 찾아갔을 때에는 이미 돌아가신 후였습니다."

"운제(雲弟)가 북경에서 화운락이라는 이름으로 살았었다고?"

"그렇습니다. 대성학이라고 불리셨을 만큼 당대의 대학자로서 이름을 날리시면서 북경 천화장에 거주하셨습니다."

성존이라고 불릴 수 있는 사람은 천상성계의 지고무상한 존재인 성제의 아들뿐이다.

그런데 그 성존을 아우[弟]라고 부르는 천주였다.

"운제는 본 계에서도 훌륭한 석학이었으니 속세에서야 무슨 말이 필요했겠는가."

창천제와 용장봉선은 비로소 천주의 음성에 허허로움이 깃들어 있는 것을 감지했다.

"저희가 찾아갔을 때 북경 천화장에는 다른 사람들이 살고 있었으며 장원 이름도 달랐습니다. 그래서 저희는 성존이 계신 곳을 잘못 찾아간 것이 아닌가 생각했습니다만, 그 장원이 예전에는 천화장이었으며, 그곳에 살았던 대성학 화운락 일가는 한 명의 생존자도 없이 강도들에게 몰살당했다는 말을 들었습니다."

"그래서 네 생각은 그 강도들이 천외신계의 무쌍신과 육천군이었다는 게냐?"

용장은 침착하게, 그리고 단정적으로 공손히 대답했다.

"그렇습니다. 대성학 화운락 일가가 몰살당한 것은 지금으로부터 구 년 전입니다. 그리고 무쌍신과 육천군은 십오 년 전에 중원에 잠입하여 구 년 전에 돌아갔습니다."

굳이 그의 설명이 아니더라도 그 말을 듣고 있는 사람들은 머릿속으로 다음 상황을 그려내고 있었다. 거기에 용장의 구체적인 결론이 더해졌다.

"무쌍신과 육천군 팔 인(八人)이 중원에 잠입한 목적은 당연히 성존 부부를 찾는 일이었을 것입니다. 그리고 그들을 마침내 육 년 만에 성존 부부를 찾아내어 일가를 몰살시켰으며, 직후 천외신계로 돌아간 것입니다."

잠시 침묵이 흘렀다.

용장이 조심스럽게 쳐다보자 천주는 오른손을 들어 팔꿈치를 탁자에 괴고 손으로 이마를 덮듯이 감싼 채 손가락으로 양쪽 암골(巖骨:관자놀이 위에 오목한 부분)을 지그시 누르고 있었으며, 눈은 감고 있었다.

용장봉선이 천주를 모신 세월은 장장 육십여 년이었다. 두 사람이 아는 한 천주는 하늘이 무너지더라도 꿈쩍하지 않을 강건하고 고매한 성품의 소유자였다.

그리고 실제로도 용장봉선은 지난 육십여 년 동안 천주가 온화하게 미소를 짓거나 조용한 모습 외에 노하거나 슬퍼하는 격한 감정을 겉으로 드러내는 것을 한 번도 본 적이 없었다.

그런 천주가 지금 최초로 감정을 겉으로 드러내고 있었다.

손으로 이마를 지그시 짚은 채 약간 시름에 잠긴 듯한 모습일 뿐이지만, 용장봉선과 창천제는 그가 상심하고 있다는 사실을 알 수 있었다.

은겸은 창천제 뒤에 서서 아예 고개조차 들지 못하고 있었기 때문에 천주의 그런 모습을 볼 수 없었다.

"화운락이 성존인 것은 틀림없느냐?"

중인은 천주가 성존 일가의 몰살을 받아들이려고 하지 않는 것을 느꼈다.

구중천의 절대자인 그는 지금 물에 빠진 채 한 올의 지푸라기라도 잡으려 하고 있었다.

"저희가 알아낸 여러 정황으로 미루어 봤을 때 화운락은 성존이 분명합니다. 게다가 화운락을 직접 만난 적이 있다는 사람을 어렵게 찾아내서 그의 말을 자세히 들어보니 틀림없는 성존의 용자(容姿:용모)며 성품이었습니다."

조금 전까지 천주는 절대자며 신이었으나 지금은 친동생의 죽음을 슬퍼하는 인간의 모습이었다.

그는 간절한 희망을 품고 중얼거리듯이 입을 열었다.

"일가라는 말은 운제에게 가족이 있었다는 뜻이 아니냐?"

"확인 결과 성존께서는 부인 외에 일녀일남, 즉 두 분의 자녀를 두셨습니다."

"천녀황에게 그 아이들은 조카다. 설마 무쌍신과 육천군이 조카들까지 죽였겠느냐?"

천상성계 성제의 아들이 연관된 전대(前代)의 비사(秘事)를 발설하는 것은 지난 오십여 년 동안 금기시되어 왔었다.

오직 성제의 혈족만이 입에 담을 수 있지만, 그들도 성존이 얽힌 비사에 대해서는 극도로 말을 자제했다.

용장은 더욱 허리를 굽혔다.

"송구합니다. 그것에 대해서는 확인된 바가 없으므로 드릴 말씀이 없습니다."

"할 말이 없다?"

"구 년 전, 천화장에 있던 사람들은 하인과 하녀들까지 삼십여 명이 몰살당했습니다. 그러나 성존과 부인, 자녀 분들의 시신은 끝내 발견되지 않았다고 합니다."

천주의 음성에 다시 약간의 희망이 내비쳤다.

"그렇다면 생사불명이로군. 그들이 죽었다고 단정하는 것은 섣부른 것이 아니냐?"

한 가지를 너무도 간절히 희원하다 보면 다른 것은 보이지도, 생각나지도 않게 마련이다.

정도의 차이는 있겠지만, 절대자인 천주도 그런 점에서는 예외가 아닌 것 같았다.

"성존의 무위는 본 계에서 세 번째로, 오십 년 전 천녀황과의 일 대 일 대결에서 그녀를 굴복시켰을 정도로 고강하셨습니다. 하지만 구 년 전의 상대는 무쌍신과 육천군이었습니다. 그들 팔 인의 합공은 오십 년 전 천녀황의 두 배에 달합니다. 더구나 성존의 부인은 무공을 전혀 모릅니다.”

천외신계 서열 이위인 무쌍신과 삼위인 육천군이다. 그들 팔 인의 합공은 가히 상상을 불허하지 않겠는가.

천주는 형으로서의 애잔함을 끝까지 놓지 않았다.

“그들이 제압되어 천외신계로 끌려갔을 가능성은 없느냐?”

“천녀황이 자신의 여동생에게 벌을 내리기 위해서 성존의 부인을 산 채로 데려갔을 가능성이 있기는 하지만, 천상성계에 대한 천녀황의 증오심을 감안해 봤을 때, 성존과 두 자녀 분의 생존은 기대하기 어렵습니다. 더구나 성존께선 올곧고 강직한 성품이십니다. 제압되기보다는 끝까지 가족을 지키려다가 장렬한 최후를 맞이하셨을 가능성이 더 큽니다.”

천주는 말이 없었다. 아우나 조카들이 생존했을 가능성이 실오라기만큼도 없기 때문이었다.

상대는 무쌍신과 육천군이다. 그런 인물들이라면 실수 같은 것은 하지 않았을 것이다.

“성존 일가의 몰살 직후 속하는 본 천의 전 정보망을 동원하여 두 자녀 분의 행방을 찾고 있습니다.”

용장은 ‘그러나 아직 이렇다 할 소식은 없습니다’ 라는 말은 속으로 삼켰다.

그는 그 말을 끝으로 입을 다물었다. 천상성계 성제 일족의 죽음을 보고하는 것은 차라리 자결하는 것보다 어려운 일이어서 보고를 마친 그의 온몸은 땀으로 축축하게 젖어 있었다.

"아하! 바보 같은 아우야! 천녀황의 여동생과 사랑에 빠졌으면 차라리 둘이서 아무도 찾을 수 없는 이역만리 먼 곳으로 도망쳐서 숨어 살 것이지, 어째서 중원 한복판에 있다가 그 같은 변을 당했단 말인가?"

천주는 창밖을 응시하며 탄식을 토해냈다.

금비라 은겸은 허리를 굽힌 채 시선을 바닥에 두고 있어서 보질 못할 뿐이지 말까지 들리지 않는 것은 아니었다.

그는 자신이 절대자 천주와 불과 삼 장의 거리를 두고 있다는 사실 때문에 거의 숨조차 제대로 쉬지 못하고 있다가 천주와 용장의 대화를 듣고는 혼비백산할 정도로 놀랐다.

대화를 정리하면 대충 이런 뜻이 된다.

오십 년 전 삼천쟁 당시, 어떤 경로를 통해서인지는 모르지만 성존은 천외신계의 여황인 천녀황의 여동생과 사랑에 빠졌다.

삼천쟁이 천외신계의 패배로 끝났지만 두 사람은 각자의 고향으로 돌아가지 않았다.

그리고 두 사람은 대명천지 한복판인 북경 천화장에 칩거하여 지난 사십구 년 동안 살아왔다.

즉, 두 사람이 심산비처에 숨어서 살 것이라는 천외신계와 천상성계 사람들의 계산이 빗나갔던 것이다.

그러나 천녀황의 특명을 받았을 것으로 추측되는 무쌍신과 육천군이 중원에 잠입하여 육 년여 동안 수색한 끝에 두 사람, 아니, 성존 일가를 찾아내어 성존과 두 자녀를 죽이고 천녀황의 여동생은 제압하여 천외신계로 끌고 갔다.

은겸은 자신의 귀로 직접 들은 사실들을 쉽사리 믿을 수가 없었다. 그가 알기로는 구중천 아홉 명의 천제들과 용장봉선만이 천상성계 사람, 즉 천성족이었다.

그는 천중인계, 즉 인세의 사람으로서 신들의 대화를 듣게 된 것이었다.

"창천, 그런데 무슨 일로 왔소?"

그때 은겸의 귀에 천주의 잔잔한 음성이 들려왔다.

창천제는 천주에게 가볍게 고개를 숙였다.

"천주의 심기가 불편하시면 나중에 다시 찾아뵙겠습니다."

"아니, 괜찮소. 이리 앉으시오."

절대자는 상심을 마음속 한 귀퉁이에 밀어놓고 평소의 온화한 얼굴로 창천제를 맞이했다.

창천제는 탁자의 천주 맞은편에 앉았지만 자세를 흐트러뜨리지 않은 채 공손히 입을 열었다.

"선천자(選天者) 중에서 천지조화검을 요구하는 자가 있습니다.”

선천자란 구중천이 선택한 사람을 가리킨다. 반면에, 팔대지옥을 자력으로 통과한 사람은 ‘과옥자’ 라고 부른다.

용장봉선은 적잖이 놀란 표정이지만, 천주는 안색이 조금도 변하지 않았다.

“어떤 자요?”

천주의 조용한 물음에 창천제는 은겸을 쳐다보았다.

“은겸, 네가 말씀 아뢰어라.”

은겸은 방금 전 경악적인 말의 충격은 깡그리 잊은 채 가늘게 몸을 떨면서 그 자리에 무릎을 꿇고 부복하며 머리를 조아렸다.

“그는 화무린이라는 이름이며, 십육 세의 고아 소년입니다. 천지조화검에 대해서는 팔대지옥 내에서 의형제를 맺은 단궁천이라는 자에게 들었다고 하는데, 단궁천은 화산파 제자로서 전대 장문인의 적전제자입니다.”

“그렇다면 화산파 전대 장문인 자하신군(紫霞神君)은 과거 삼천쟁 당시 중원에서 운제의 길잡이 역할을 하다가 천지조화검에 대해서 들었던 게로군.”

창천제는 가볍게 미간을 좁혔다.

“과옥자든 선천자든 구중천에 오른 자가 요구하는 무공은 무엇이나 가르친다는 것이 구중천의 철칙이기는 하지만, 천지조화검은 본 계에서도 성제 직계손에게만 비전되는 절학입니다. 저로서는 결정을 내리기가 쉽지 않습니다.”

학발동안의 용모, 입고 있는 옷은 신선처럼 풍성한 청포, 아무리 적게 잡아도 팔십여 세는 족히 되어 보이는 창천제가 중년인으로밖에는 보이지 않는 천주에게 깍듯한 예우를 갖추는 모습은 실로 진풍경이었다.

하지만 실제 천주의 나이는 백사십팔 세로 백이십삼 세인 창천제보다 훨씬 연상이었다.

천성족은 일단 청년까지는 보통 사람들과 비슷한 성장을 보이지만, 청년부터는 믿기 힘들 만큼 나이를 더디 먹는다.

게다가 절세의 공력과 절학을 지녔으니 반로환동의 경지에 이르러 더욱 나이를 먹지 않는 것이다.

“배우겠다면 가르쳐야지.”

천주가 아무렇지도 않게 하는 나직한 말에 실내에 있는 모든 사람들이 놀랐다.

창천제가 당연한 토를 달았다.

“하지만 천지조화검을 알고 있는 분은 천주뿐이십니다. 설마 천주께서 친히 가르치시렵니까?”

천주는 은겸에게 시선을 던졌다.

“창천의 수하요?”

“그렇습니다. 창천삼령 중 금비라지요.”

은겸은 천주와 창천제가 갑자기 자신에 대해서 말을 나누자 긴장이 한층 더해져서 온몸이 극한으로 수축되어 당장이라도 터져 버릴 것만 같았다.

"일어나라."

그래서 천주의 온화한 말을 전혀 듣지 못했다. 그저 고막이 웅웅 울릴 뿐이었다.

"은겸! 어서 일어나라! 천주의 말씀을 못 들었느냐?"

창천제의 호통성에 은겸은 반사적으로 펄쩍 뛰듯이 일어났다. 그러나 그 행동도 창천제의 말을 정확하게 들어서가 아니라 호통성 때문에 놀라서였다.

"어허~! 그래도 이 녀석이!"

은겸의 고조부뻘이 되는 창천제는 은겸이 정신을 못 차리고 허둥거리자 역정보다는 어이가 없다는 표정을 지었다.

"은겸이라고 했느냐?"

천주가 온화하게 부르자 그제야 은겸은 거짓말처럼 퍼뜩 정신을 차렸다. 마치 찬물을 뒤집어쓴 것 같았다.

털썩!

"소, 속하 은겸! 천주를 뵈옵니다!"

은겸은 다시 부복하면서 더듬거렸다. 하지만 쩌렁쩌렁하게 외쳐서 실내가 마구 떨어 울렸다.

그의 순진한 행동에 천주는 빙그레 미소를 지었고, 창천제는 어이없는 미소를, 봉선은 손으로 입을 가리고 소리없이 웃었다.

"너에게 천지조화검을 전수할 테니 네가 그 아이를 가르쳐라.”

은겸은 더욱 머리를 조아렸다. 사실 그는 너무도 황망하여 천주의 말뜻을 알아듣지 못했다.

“명을 받듭니다.”

천주의 난데없는 말에 창천제는 적잖이 놀랐다.

“천주! 은겸에게 천지조화검을 전수하는 것은 성제의 직계 손에게만 비전되는 유수일인(唯授一人)의 법도에 어긋납니다!”

“괜찮소.”

천주는 대수롭지 않은 듯 손을 저어 창천제의 말과 항의를 일축시켰다.

문득 창천제는 잊고 있던 한 가지를 기억해 냈다.

그것은 천지조화검이 조화무극심법이 바탕이 돼야 대성할 수 있다는 사실이었다.

물론 조화무극심법 역시 천상성계의 성제 직계손에게만 비전되는 절학 중 하나였다.

만약 조화무극심법을 익히지 않은 채 천지조화검을 배운다면, 원래 위력의 십분의 일조차 발휘하지 못한다.

천주는 그런 사실을 알고 은겸에게 천지조화검을 전수하겠다고 결정했을 것이다. 아무리 그렇다 해도 천주의 결정은 파격, 아니, 그 이상이었다.

하지만 구중천의 철칙도 깨지 않는 것과 동시에 완전한 천지조화검을 전수하여 천상성계의 유수일인의 법도를 깨지 않는 방법은 그것뿐이었다.

그래서 창천제는 천주의 방법에 적잖이 감탄했다. 그러나 그는 천주의 깊은 마음을 제대로 헤아리지 못했다.

천주는 은겸이나 은겸이 가르치게 될 고아 소년을 막론하고, 추후 둘 중에 천지조화검의 성취가 뛰어난 사람에게 조화무극심법까지 전수할 생각이었다.

만약 두 사람 다 좋은 성취를 보인다면 둘 다 조화무극심법을 배우게 될 터이다.

그것이 바로 천주가 생각하는 '대도(大道)'였다.

은겸은 물론이거니와 선천자인 고아 소년 역시 결국은 자신의 사람이므로 장차 천하, 즉 삼천계의 평화를 위해 요긴하게 쓰일 테니까 말이다.

창천제는 은겸을 굽어보며 진중히 입을 열었다.

"은겸, 천주께서 친히 네게 천지조화검을 전수하시는 것은 더없는 홍복이다. 어서 감사드리지 않고 무얼 하는 게냐?"

은겸은 천주의 말은 제대로 알아듣지 못하지만, 창천제의 말은 귀에 쏙쏙 들어왔다.

"아앗!"

돌연 은겸이 비명을 지르며 펄쩍 튕기듯이 일어났다.

그의 비명 소리에 중인이 의아한 표정으로 그를 쳐다보

았다.

"왜 그러느냐?"

"서… 설마 천주께서… 속하에게 천지조화검을 전수하신
다는 말씀이십니까?"

은겸의 목소리는 와들와들 떨려 나왔다.

창천제는 그의 뜬금없는 말에 가벼이 헛웃음을 웃었다.

"허헛! 이 녀석이, 여태 그 얘기를 하고 있었잖느냐? 넌 무
얼 들은 게냐?"

"아니 되옵니다! 저 같은 것이 어찌 감히 천상의 절학을!
천부당만부당한 말씀이시니 거두어주십시오!"

은겸은 다시 부복하더니 천주를 향해 깊숙이 머리를 조아
리며 쩌렁쩌렁하게 외쳤다.

뒷북도 이 정도면 할 말이 없었다. 이미 다 결정이 내려진
일을 갖고 한낱 졸개가 된다 안 된다 왈가왈부하고 있으니,
중인은 그의 재롱에 그저 웃음만 나올 뿐이었다.

"은겸, 나를 따라오너라."

천주가 일어나서 서가 반대편 금색 벽으로 걸어가며 말했
다.

스르룽!

장용이 급히 천주를 앞질러 가서 금색 벽의 한 부분을 어루
만지자 벽이 좌우로 널찍하게 열리고, 천주는 벽이 다 열리기
도 전에 안으로 들어갔다.

"어서 천주를 따라가지 않고 뭘 꾸물거리는 게냐?"

창천제가 은은히 호통을 쳤지만 은겸의 몸뚱이는 부복한 채 바닥에 딱 들러붙어서 꼼짝도 하지 않았다.

"창천제님……."

"어허! 그래도 이놈이!"

"속하는……."

은겸은 지금 자신에게 닥친 이 상황보다는 차라리 죽는 게 더 편할 것 같았다.

그는 이날까지 생각이 정리되고 마음이 인정한 후에야만 비로소 행동으로 옮기던 습관이 몸에 배어 있었다.

하지만 지금은 생각이나 마음이 정리되기는커녕, 몸조차 제 뜻대로 움직여지지 않았다.

"은겸님, 어서 가세요. 천주께서 기다리고 계십니다."

봉선이 섬섬옥수를 뻗어 은겸을 부축해서 일으켰다.

평소 같았으면 봉선의 손길에 기절초풍할 은겸이지만, 지금은 그렇게 한가한 상황이 아니었다.

"으헉!"

봉선의 말에 벽이 열린 안쪽을 쳐다보던 은겸은 심장이 목구멍 밖으로 튀어나오는 듯한 소리를 냈다.

벽 안쪽은 연공실이었는데, 천주가 그곳에 뒷짐을 지고 서서 누군가를 기다리고 있는 듯한 모습을 발견한 것이다.

그 누군가는 바로 자신이었다. 천주께서 하찮은 자신을 기다리고 계신 것이다.

　다음 순간 은겸은 거의 구르다시피 천주를 향해 달려갔다.

　은겸은 그날부터 닷새 동안 연공실에서 천주와 함께 기거
하며 나오지 않았다.

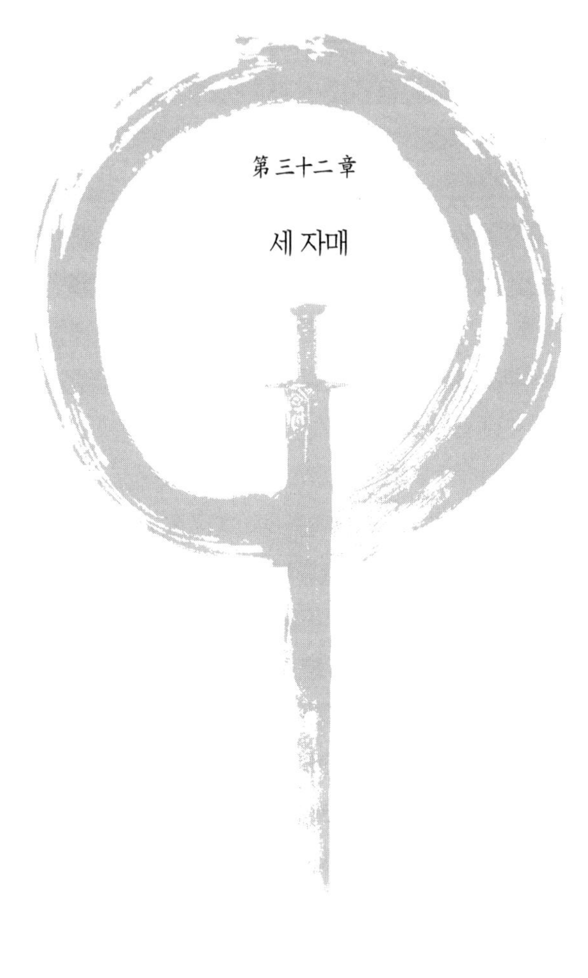

第三十二章

세 자매

"구중천을 찾아내라."

한 명의 백의소녀가 자신의 발 앞에 거의 엎드리다시피 부복해 있는 여덟 명의 인물을 향해 조용한 음성으로 명령했다.

"일 년여 동안 인계(人界)를 주유해 본 결과, 꺼림칙한 존재는 구중천 한군데뿐이라는 결론을 내렸다."

사람들의 왕래가 완벽하게 통제된 울창한 숲 속 한복판에 자리한 한 채의 장원 내전은 엄숙하다 못해서 질식할 것 같은 분위기가 가득 지배하고 있었다.

그 이유는 순전히 태사의에 오연히 앉아 있는 백의소녀 한 사람 때문이었다.

십칠, 팔 세가량의 나이. 가냘프고 호리호리하며 큰 키.

무엇보다도 그녀에게서 가장 먼저 눈에 띄고 느껴지는 두 가지는, 아름답다는 것과 차갑다는 사실이었다.

그것도 그저 웬만큼 아름답고 차가운 것이 아니었다. 천하의 그 어떤 절색미녀라 해도 백의소녀와 아름다움을 겨룰 수 없을 정도였으며, 그 아름다움의 주인인 그녀의 온몸이 하나의 얼음덩이인 것처럼 차가웠다.

아니, 차가움이 아름다움보다 더 지독했는데, 내전이 금방이라도 폭발할 것 같은 분위기의 원인은 아마도 그녀가 뿜어내고 있는 극한지기(極寒之氣) 때문인 것 같았다.

절대완미(絕對完美)와 절대극한(絕對極寒)이라는 배치되는 두 가지를 동시에 갖고 있는 백의소녀.

그녀의 발에서 일 장 거리 바닥에는 흑포와 혈포를 입은 두 인물이 부복해 있었다.

그리고 그 뒤 반 장 거리에는 여섯 명의 각기 다른 복장을 한 인물들이 나란히 부복해 있었다.

숨소리조차 흘러나오지 않았고, 머리카락 한 올 흔들리지 않는 완벽한 정(靜)의 상태였다.

앞쪽에 부복한 두 인물.

무쌍신이라는 놀라운 별호를 지닌 그들 중 오른쪽의 혈포인이 감히 고개도 들지 못한 채 공손히 아뢰었다.

"여황 폐하, 이미 일 년 전에 속하의 제자 아이를 구중천에

잡입시켰나이다.”

“그래? 잘했다.”

좀처럼 치하라는 것을 모르는 백의소녀의 입에서 듣는 것만으로도 고막이 얼어터질 것 같은 냉음(冷音)이 흘러나왔다.

설백(雪白)이라는 이름을 갖고 있으며, 천외신계의 여황인 천녀황이 바로 그녀였다.

“그래서 어찌 되었느냐?”

혈포인, 어깨에 핏빛 대도 한 자루를 메고 있는 혈도신(血刀神)은 조심스럽게 아뢰었다.

“구중천에서 나온 자가 제자 아이를 데려갈 때 미행하려고 했으나 놈들이 네 마리 대붕(大鵬)이 끄는 비행교를 이용하여 하늘로 날아갈 줄은 예상하지 못했기에 실패했었습니다.”

무쌍신과 육천군이 육 년여 동안 중원을 헤맸던 목적은 오직 성존 부부를 찾아내기 위해서만은 아니었다.

그들의 또 다른 목적은 중원의 동정을 살피는 것이었는데, 더 정확하게 말하자면, 혹시 천상상계가 중원에 남겨두었을지 모르는 그 어떤 존재나 세력을 찾아내려는 것이있다.

그리고 그들은 마침내 최종적으로 구중천이 의심스럽다는 결론을 내렸다.

“구중천이 동해(東海)에 있다는 것만은 확실합니다. 현재 수백 척의 배를 띄워 은밀하게 수색하고 있습니다.”

"네 제자는?"

"그 아이라면 구중천의 팔대지옥을 너끈히 통과할 것입니다."

"듣자니 구중천에서는 한 가지 무공을 가르쳐 준다던데, 그 아이에게 무엇을 배워 오라고 시켰느냐?"

혈도신의 입가에 흐릿한 미소가 피어났다.

여황의 면전에서 웃는 행위는 불경에 속하지만 그는 자신이 이제 말하게 될 사실이 구중천의 정곡을 찌르는 것이라고 여겼기에 득의한 미소를 참을 수가 없었다.

"천지조화검을 요구하라고 일러두었습니다."

"천지조화검?"

혈도신은 미소를 짓는 것으로도 모자라서 무엄하게도 고개를 약간 들고 조심스럽게 여황을 쳐다보았다. 그녀가 눈을 약간 크게 뜨는 모습이 시야에 들어왔다.

성공이었다.

여황께서는 혈도신의 안배를 마음에 들어 하셨다.

"재미있군. 잘했다."

설백은 가볍게 고개를 끄덕였다.

말로는 재미있다고 했지만 얼굴에는 한 올의 웃음기도 떠올라 있지 않았다.

그녀는 평생 웃어본 적이 없는 여자였다. 웃음보다는 공포나 살심, 짓밟음 같은 것이 훨씬 더 익숙했다.

"이제는 천지조화검도 내게는 전혀 위협이 되지 않는다."

중얼거리는 설백의 눈 깊숙한 곳에서 흐릿한 득의함과 자신감이 번뜩였다.

그녀는 장장 사십 년 동안의 폐관에서 마침내 천외신계 전설의 절학을 대성했다.

그녀의 무공은 오십 년 전에 이미 다섯 기운을 조절하여 최고봉에 도달한다는 오기조원(五氣調元)의 경지였다. 공력으로 치자면 이 갑자 반, 무려 백오십 년이었다.

그러나 그것은 오십 년 전의 얘기다. 지금 그녀는 화경(化境)에 이른 상태였다. 즉, 내공이 얼마라고 표현할 수 없는 절대의 경지에 오른 것이다.

오십 년 전 그녀의 외모는 삼십대 중반이었는데, 오십 년이 흐른 지금은 오히려 십칠, 팔 세로 더 어려 보였다.

무공이 화경에 이르렀으니 마음만 먹으면 아예 어린아이로 돌아갈 수도 있는 것이다.

"이번에는 절대 오십 년 전의 전철을 밟지 않으리라."

그렇게 중얼거리는 천녀황 설백의 두 눈에서 서늘한 안광이 계류저럼 흘러나왔다.

"그런 일은 없을 것입니다."

무쌍신의 다른 한 명, 흑포인 흑멸신(黑滅神)이 녹슨 쇠끼리 비비는 듯한 목소리를 흘려냈다.

딴에는 최대한 공손한 어조였지만, 듣는 사람들은 스스로의 귀를 잘라내고 싶을 정도였다.

"본 계의 전력은 오십 년 전과 비교해서 무려 세 배 이상 증진됐습니다. 특히 여황 폐하의 신위(神威)는 오십 년 전과 비교할 수 없을 지경에 이르셨습니다."

그의 말은 결코 과장이 아니었다. 오십 년 전에는 삼만 명이던 천외신계의 천외무적군이 이제는 십만 명이 됐으며, 그들 각자의 실력은 예전보다 두 배 이상 강해졌다.

그것은 수적으로는 세 배 많아졌지만, 실력까지 계산한다면 여섯 배 이상 강해진 것이나 진배없었다.

또한 흑멸신의 말처럼 천녀황 설백은 오십 년 전보다 얼마나 더 강해졌다고 비교 자체를 할 수가 없을 정도의 수준이 되었다.

간단히 말하자면, 오십 년 전에 그녀를 격패시켰던 성존 정도는 이제는 십 초, 아니, 오 초 안에 한 줌의 핏물로 만들어 버릴 수 있다는 것이었다.

설백은 나직이 입을 열었다.

"삼천계를 일통하는 것은 본 계 필생의 숙원이었다. 그것을 내 대(代)에서 이루어야 한다, 반드시!"

여황의 음성은 조용했지만, 그 말에 함축된 의미는 측량할 수 없을 만큼 깊고도 무궁했다.

그녀의 말은 부복해 있는 팔 인의 머리와 가슴을 가공할 무게로 짓눌렀다.

"그년은 어디에 있느냐?"

갑자기 설백의 목소리가 여느 때보다 더욱 싸늘하게 변했다.

흑멸신이 이마를 바닥에 밀착시켰다.

"이곳에 계십니다."

"끌고 와라."

설백의 음성이 방금 전보다 더 싸늘해졌다.

그녀의 말에 육천군 중 오른쪽 끝에 부복한 인물, 즉 첫째인 대천군(大天君)이 즉시 일어나 바람처럼 내전 밖으로 나갔다.

설백의 오른편에는 한 명의 옥색 경장을 입은 소녀가 미동조차 없이 우뚝 서 있었다.

그녀는 설백과 비슷한 십칠, 팔 세의 나이로 보였으며 용모도 매우 흡사했다.

즉, 지독하게 아름답다는 뜻이다. 하지만 설백에게 있는 극한지기가 그녀에게는 없었다.

천외신계의 전대 황제는 세 명의 딸을 두었다.

그중 장녀가 설백이고, 오른편에 서 있는 옥의소녀가 막내, 그리고 이제 끌려오게 될 여자가 둘째였다.

잠시 후 내전 밖으로 나갔던 대천군이 한 명의 여자를 데리고 들어왔다.

반백의 머리와 역시 반백의 짧은 수염을 기른 초로인인 대천군은 제대로 걷지도 못하는 여자의 팔을 조심스럽게 잡은 채 안으로 이끌고 있었다.

죄인이라고는 하지만 여황의 친동생이라서 대천군의 행동은 극도로 조심스러울 수밖에 없었다.

무쌍황과 육천군 팔 인이 부복한 채 무릎걸음으로 뒤로 물러나고, 여자가 설백의 면전 일 장 반 거리에 섰다.

여자는 사십대 중반 정도로 보였으며, 머리카락이 백설처럼 새하얗게 세었고, 영양실조에 걸린 사람처럼 피골상접한 모습이었다.

그녀의 이름은 설란(雪蘭).

천녀황의 바로 아래 동생이며, 사랑을 위해서 친족과 가족을 등진 채 정인(情人)을 따라 떠났던 여자였다.

천녀황 설백은 오십여 년 전에 성존에게 패해서 겨우 목숨만 건졌던 일보다, 그 성존을 사랑하여 친족을 배신하고 떠난 친동생 설란에 대한 증오심이 더 컸다.

"언니……."

서 있기조차 힘들어 보이는 설란이 언니 설백을 바라보면서 얼굴에는 가득 반가운 표정을, 두 눈에는 눈물을 담은 채 정겹게 떨리는 목소리로 입을 열었다.

그러나 설란을 굽어보는 설백의 두 눈에서는 이제껏 볼 수 없었던 새파랗고 흉흉한 살기가 줄기줄기 뿜어져 나왔다.

"닥쳐라! 어째서 내가 네년 언니라는 말이냐?"

그런데도 불구하고 설란은 비틀거리면서 설백을 향해 두어 걸음 다가들었다.

"보고 싶었어요, 언니……."

그녀는 설백 옆에 서 있는 막내 설영(雪瑛)을 바라보았다. 두 눈에 가득 고였던 눈물은 비처럼 뺨을 타고 흘러내렸다.

"영아……."

"작은언니."

막내 설영도 눈물을 흘리면서 기쁘고도 반가운 표정을 만면에 떠올리며 단상에서 한 걸음 내려섰다.

"어째서 저년이 네 언니냐?"

그때 설백의 싸늘한 목소리가 설영의 몸을 칭칭 묶어버렸다.

설영은 움찔하며 걸음을 멈추었다.

설백의 시선은 설란의 얼굴에 고정되었지만, 냉엄한 목소리는 막내 설영에 대한 냉엄한 경고였다.

"네가 다시 한 번 저 역적 년을 언니라고 부른다면 너도 저년과 똑같이 취급해 주겠다."

설영은 놀라서 단 아래로 내렸던 발 하나를 급히 올렸다.

그리고는 급히 눈을 내리깔았다. 그러지 않으면 자신도 모르게 작은언니를 쳐다볼 것 같았고, 그럼 그녀에게 향한 그리움과 동정심을 감추지 못할 것 같았기 때문이다.

그때 설란이 더 이상 서 있지 못하고 풀썩 그 자리에 쓰러지듯이 주저앉았다.

붙잡혀 있던 지난 구 년여 동안 겨우 목숨을 연명할 정도의 곡기만 입에 넣었던 그녀였다.

구 년여 전까지만 해도 그녀는 북경 천화장에서 너무나 사랑하는 남편, 그리고 자신의 아이인 두 남매와 함께 세상에 부러울 것 없이 행복하게 살고 있었다.

그녀가 선택한 사랑이었고 인생이었다. 처음에는 사랑하는 사람과 단 하루만 살다가 죽어도 좋다고 여겼는데, 장장 오십여 년이나, 그것도 아들딸까지 낳고 오순도순 살았으니 무슨 여한이 남아 있겠는가.

그녀가 남편 성존을 만난 것은 삼천쟁이 막바지에 이르렀던 늦봄 어느 날 눈이 부시도록 풍광이 아름다운 호숫가에서였다.

정말 믿을 수 없게도, 두 사람은 만나는 순간 서로에게 걷잡을 수 없이 끌렸으며, 몇 마디 대화를 주고받은 후에는 사랑을 느끼기 시작했다.

그렇게 두 사람은 천외신계 천녀황의 동생과 천상성계 성제의 아들이 아닌, 그저 평범하고도 순수한 남녀 설란과 동방운(東方雲)으로서 만났다.

두 사람은 불과 반나절을 함께 보낸 후 자신들이 서로의 운명이라는 사실을 절감했고 또 확인했다.

망망대해를 표류하다가 육지를 발견했을 때의 심정이 그

와 같았을 것이며, 엄동설한에 얼어 죽기 직전 활활 타오르는 따뜻한 모닥불을 쬐는 심정이 당시 두 사람의 심정이었을 것이다.

두 사람은 이틀 후 그 자리에서 다시 만나 둘만의 먼 길을 떠나기로 굳게 약속했다.

두 사람이 그 즉시 떠나지 못한 이유는 다음날 두 사람에게 아주 중요한 일이 있었기 때문이다.

그러나 두 사람은 헤어진 지 하루 만에 다시 만나게 됐다.

성존과 천녀황이 일 대 일 대결을 약속했던 장소에서였다.

설란은 자신이 첫눈에 마음을 빼앗긴 청년이 언니와 대결할 사람이라는 사실에, 성존은 설란이 자신과 대결할 천녀황의 여동생이었다는 사실에 놀라움을 금치 못했다.

하지만 그 놀라움도 끝끝내 두 사람이 피운 사랑의 불을 꺼트리지는 못했다. 천 장 높이에서 쏟아져 내리는 폭포를 어찌 인력으로 막을 수 있겠는가.

마침내 삼천계의 사활이 걸린 성존과 천녀황의 일 대 일 대결이 벌어졌고, 이백여 초 만에 천녀황의 패배로 끝났다.

성존은 피를 흘리면서 쓰러져 있는 천녀황을 죽여야만 했다. 그래야만이 천외신계의 '삼천계 제패'라는 헛된 야망을 그 자리에서 종식시킬 수 있었다.

하지만 그는 천녀황을 죽이지 않았다. 아니, 못했다. 그가 천녀황을 죽이려는 순간, 설란이 달려나와 눈물을 흘리며 언니를 살려달라고 애원했기 때문이다.

치욕을 느낀 천녀황은 자기를 죽이라고 악을 써댔지만 성존은 말없이 검을 거둔 후 설란을 품에 안은 채 그 자리에서 유유히 사라져 갔었다.

천녀황은 멀어지는 성존과 설란을 보면서 피눈물을 흘리며 저주를 퍼부었다.

자신이 살아 있는 한 기필코 두 사람을 찾아내서 가장 처참히 죽이고야 말겠노라고.

이후, 천상성계와 천외신계는 각각 다른 목적으로 암암리에 두 사람의 행적을 찾아 헤맸지만 뜻을 이루지 못했다.

하지만 천녀황의 저주는 장장 오십 년이 흐른 작금에 이르러서야 마침내 이루어지고 말았다.

"다행이에요. 언니와 영아를 만나게 돼서……."

설란은 힘없이, 그러나 잔잔한 미소를 지으며 설백과 설영을 바라보았다.

"지난 오십여 년 동안 내내 언니와 영아에게 미안했어요. 그리고 너무나 보고 싶었어요. 그런데 이제 봤으니 됐어요."

그녀의 힘없어 보이는 미소는 누가 보더라도 진심이었다.

설백은 입가를 비틀어 올려서 미소를 지었다. 냉소였다.

"내 명령으로 수하들이 네 남편인 성존을 죽였다. 그런데도 아무렇지 않느냐?"

설란의 얼굴에 아지랑이처럼 아스라한 표정이 떠올랐다. 먼 옛날을 회상하는 것이다.

"처음 만났을 때, 우린 단 하루만이라도 함께 있기를 원했지만 하늘의 도우심으로 오십여 년이나 함께 있을 수 있었어요. 차고도 넘치는 행복을 누렸으니 무슨 여한이 있겠어요?"

그녀의 말은 절반만 맞고 절반은 틀렸다.

사랑하는 사람들이 가장 소원하는 것은 숨이 끊어지는 마지막 순간까지 해로하는 것이다.

처음에는 단 하루만 함께 있어도 좋겠다는 마음이었어도, 세월이 흐르면 소원도 커지게 마련이다.

사실 그녀는 사랑하는 사람과 십 년, 이십 년, 오십 년을 함께 살면서 이대로 죽는 날까지 변함이 없기를 마음속으로 조심스럽게 소원하게 되었다.

그러면서 자신이 뒤늦게 낳은 남매가 커서 혼인을 하고 그 아이들이 낳은 손주들의 재롱을 보며 즐거워하다가 어느 날인가 정인과 함께 고요히 죽음을 맞이하고 싶었다.

그러나 설란은 그것이 과욕이라는 것을 알고 있었다. 그런 줄 알면서도, 그 과욕이 지속되기를 바라는 간절한 마음이었다.

그녀는 천화장이 무쌍황과 육천군에게 멸문된 후 이곳에 갇혀 있었던 지난 구 년 동안 너무나도 남편과 아이들을 그리워한 나머지 검었던 머리가 백발로 세어버렸다.

"지난 오십여 년 동안 저는 언니와 영아가 보고 싶어서 가슴속에 응어리가 생겼어요. 하지만 이제 그 소원도 풀었으니 죽어도 여한이 없어요."

그녀의 진심 어린 고즈넉한 음성이 실내를 잔잔하게 울렸다.

그녀는 구 년 전 천화장의 멸문 때 남편이 죽는 광경을 자신의 눈으로 생생하게 목격했다.

남편은 처음에는 무쌍황의 공격에 중상을 입어 비틀거렸고, 그 다음에는 육천군의 집중 공격에 마침내 숨이 끊어졌다.

설란과 성존 동방운이 처음 만났을 때 설란의 나이는 이십세, 동방운은 이십칠 세였다.

오십 년이 지났으니 지금 설란은 칠십 세, 동방운이 살아 있다면 칠십육 세가 됐을 것이다.

오십 년 전에 무공이 이미 육식귀원(六息歸元)에 이르렀던 동방운은 죽을 때까지 청년의 모습을 유지할 능력이 있었다.

반면에 무공이 없었던 설란은 세월이 흐름에 따라 나이를 먹어 점차 얼굴과 몸이 늙어갈 수밖에 없었다.

동방운은 그런 설란에게 틈틈이 자신의 진기를 아낌없이 주입시켜 그녀가 나이를 먹는 것을 방지했다. 그럴 때마다 동방운의 모습도 조금씩 늙어갔다.

그렇게 동방운의 노력으로 두 사람은 오십 년의 세월을 비숫한 나이로 지낼 수가 있었다.

구 년 전 무쌍황과 육천군이 천화장을 급습했을 당시, 동방운은 예전에 비해 삼분의 이 정도의 공력만을 지니고 있었다. 설란의 노화를 방지하느라 공력을 소비했기 때문이다.

무쌍황과 육천군 팔 인의 합공은 두 명의 동방운이 있어야만 평수를 이룰 수 있을 정도의 위력이었다. 결국 그는 백 초식을 넘기지 못하고 처참한 최후를 맞고 말았다.

동방운이 죽자 설란은 즉시 흑멸신에게 혼혈이 제압되어 정신을 잃어서 그 다음에 벌어진 상황에 대해서는 알지 못했다.

"다만… 우리 아이들… 딸 여옥(如玉)이와 아들 무린이가 어떻게 되었는지……."

설란은 언니 설백을 바라보며 일말의 안타까운 눈빛으로 말끝을 흐렸다.

설란은 자신이 납치되고 남편이 죽은 마당에 여옥과 무린이 살아 있으리라고는 기대하지 않았다.

하지만 어미의 마음이란 그렇지가 않았다. 남들이 다 화를 낭해도 내 자식들만큼은 무사하기를 바라는 것이 어미다.

설백의 동공 속에서 잔혹함이 가볍게 빛났다. 그녀는 무쌍황에게 설란의 두 자식 중에 아들을 놓쳤다는 보고를 듣고 기분이 크게 언짢았었다.

그런데 지금 설란의 말을 듣고 그녀를 더욱 절망에 빠뜨릴 거짓말을 생각해 냈다.

"네가 잡히고 네 남편이 죽은 마당에 자식들이 살아 있기를 바라느냐? 네 자식들의 갈가리 찢어진 시신을 보여주지 못하는 것이 아쉽구나."

"……."

설란의 안색이 해쓱하게 변하면서 크고 서늘한 두 눈에 눈물이 가득 고였다.

하지만 그것뿐이었다. 그녀는 곧 잔잔하게 미소 지으며 나직이 읊조렸다.

"다행이에요. 이제 나만 죽으면 우리 가족은 저승에서 다시 모여서 행복할 수 있을 거예요."

그녀에게 이미 생과 사의 경계나 구속 따위는 무의미했다. 그곳이 어디든, 가족과 함께 있을 수만 있다면 그곳이 바로 그녀 마음속의 무릉도원이었다.

그녀의 말에 설백의 눈가가 가볍게 떨렸다. 설란이 무슨 생각을 하는지 간파한 것이다.

그 순간 설백의 눈이 약간 커졌다. 설란이 어금니에 힘을 주는 것을 발견했기 때문이다.

그것을 발견하는 순간 설백의 오른손이 번개같이 설란을 향해 가볍게 뻗어졌다.

그녀의 일수(一手)는 그저 평범한 장풍이 아니었다. 빠르기는 섬전과도 같았으며 부드럽기는 봄바람 같았지만, 그 한 번

의 동작에 설란은 순식간에 온몸이 마비됐고 입 안에 이물질
을 하나 가득 물고 있는 느낌을 받았다.

주르르―

그녀의 입이 벌어지면서 시뻘건 핏물이 흘러나왔다. 아니,
핏물 속에는 잘게 조각난 살 조각들이 잔뜩 섞여 있었다.

사실 설란은 딸과 아들이 죽었다는 말을 듣자마자 스스로
의 혀를 힘껏 깨물었다. 자결을 하려는 것이었다.

그러나 그녀의 그런 의중을 간파한 설백이 가만히 내버려
둘 리가 없었다.

보통 사람들이 혀를 제대로 깨물면 별다른 조치가 없는 한
다량의 피를 흘리게 되어 일각 안에 죽고 만다.

하지만 주위에 의술을 아는 사람이나 무림인이 있다면 지
혈하는 혈도를 눌러서 죽지 못하게 할 수 있다.

아니, 혀를 깨물기 전에 아혈을 제압하면 아예 원천봉쇄를
할 수도 있다.

그러나 설백은 시간적으로 아혈을 제압할 충분한 여유가
있었음에도 그렇게 하지 않았다.

그녀의 가슴속에 맺힌 증오심은 그렇게 간단히 해소될 성
질의 것이 아니었다.

그녀는 설란을 죽지 못하게 했을 뿐만 아니라 혀를 뭉개 버
려서 자결할 수도, 말을 할 수도 없게 만들어 버렸다.

설란의 벌어진 입에서 피와 조각난 혓바닥이 모조리 쏟아

져 나와 그녀의 앞섶을 새빨갛게 물들였다.

옷에는 크기가 다른 혀의 조각들이 여기저기 붙어 있어서 끔찍한 모습이었다.

정작 당한 사람보다 더 놀란 사람은 설영이었다. 그녀는 성품이 작은언니인 설란처럼 여리고 순수했다.

다만 큰언니인 설백이 무서워서 모든 것을 그녀가 하라는 대로 묵묵히 따를 뿐이었다.

설백은 새로운 복수극 하나를 방금 생각해 냈다. 그녀는 천하대계와 함께 그 복수극을 병행하면서 차근차근 자신의 증오를 상쇄시킬 생각이었다.

"끌어내어 가두고 절대 죽지 못하도록 감시하라."

설백의 명령에 대천군이 즉시 설란을 붙잡고 일으켰다.

끌려가면서 설백과 설영을 바라보는 설란의 표정과 눈빛은 조금도 고통스러워하지 않고 있었다.

아니, 그녀는 오히려 초연한 표정이어서 설백의 마음을 잔잔하게 끓게 만들었다.

'언니…….'

끌려 나가는 설란을 바라보는 설영은 눈물을 흘리지 않으려고 피가 나도록 입술을 깨물어야만 했다.

그녀는 자신들 자매가 어쩌다가 이렇게 돼버렸는지 하늘이 원망스러웠다.

그녀가 목에서 치밀어 오르려는 오열을 간신히 참고 있을 때 설백의 조용한 음성이 들려왔다.

"저년의 딸 이름이 뭐지?"

설영은 자신을 쏙 빼닮은 질녀를 처음 보는 순간 너무나 마음에 들었다.

큰언니 설백은 질녀를 감금하고 혹독하게 대할 것을 명령했지만 설영은 그럴 수가 없었다.

설백이 너무 바빠서 질녀에게까지 신경을 쓰지 못하는 동안 설영은 아무도 모르게 그녀를 돌보며 애정을 쏟아왔었다.

"화여옥이에요."

"천상신계 천성족의 성씨가 동방(東方)이니 그년 이름도 동방여옥이라고 불러야 하겠지."

설백은 지금 자신이 구상하고 있는 계획 때문에 기분이 좋았다. 그 계획이 실행에 옮겨진다면 성존을 죽이고 설란의 혀를 뭉개 버린 것보다 더 통쾌한 복수가 될 것이다.

"동방여옥을 내 방으로 데려와라."

설영은 가볍게 놀랐다가 용기를 내어 조심스럽게 물었다.

"좋은 계획이라도 있나요?"

곧이곧대로 물었다가는 냉혹한 설백에게 무슨 치도곤을 당할는지 알 수 없기 때문에 설영은 자신의 내심을 최대한 감췄다.

설영은 설백의 입가에 득의하면서도 흡족한 미소가 떠오르는 것을 발견했다.

그 미소만으로도 설영은 큰언니가 몹시 악독한 것을 계획하고 있음을 어렴풋이 감지했다.

"동방여옥을 내 제자로 삼겠다."

"제자로……."

설영은 큰언니가 설마 그렇게까지 할 줄은 예상하지 못했다가 크게 놀랐다.

설백의 미소가 더 짙어졌다.

"물론 북경 천화장을 멸문시킨 것이 천상성계이며 큰이모인 내가 그년을 구한 것이라고 말해주면 그년은 장차 천상성계를 쳐부수는 데에 앞장서지 못해서 안달을 하게 될 것이다."

"……."

이른바 동족상잔을 시키겠다는 계획이었다.

설영은 망연자실한 표정으로 가늘게 진저리를 쳤다.

第三十三章

용호상박(龍虎相搏)

　누군가 흐르는 세월을 빗대어서, 달리는 말을 좁은 문틈으로 내다본 것과 같다[隙駒光陰]고 말했다.
　삼 년이라는 세월이 정말 쏘아낸 화살처럼 빠르게 흘렀다.
　그 삼 년 동안 화무린에게는 정말 많은 변화가 있었다.
　예전의 화무린은 팔대지옥에서 죽었고, 그는 구중천에서 새롭게 태어났다.

　쏴아아―
　허공을 가득 뒤덮은 수백 개의 반짝이는 은린(銀鱗)과 청린(靑鱗)들.

즉, 은검과 청강검에서 쏟아져 나온 검광들이었다.

처음에는 은검에서 은린들이, 청강검에서 청린들이 뿜어져 나오는 것 같더니, 그것들은 곧 한데 뒤섞이며 실내의 허공 전체를 희고 파랗게 가득 물들였다. 그 광경은 아름답기까지 했다.

쐐애액!

그러나 다음 순간, 그것들은 고막을 찢어놓을 듯한 파공음과 함께 마치 강물이 절반으로 갈라지듯이 양쪽으로 정확하게 양분(兩分)되면서 아래를 향해 소나기처럼 무섭게 쏟아져 내렸다.

방금 전까지만 해도 아름답게 보이던 은린과 청린들은 이 순간 하나하나가 무서운 흉기로 변해 버렸다.

콰차차차창!

폭이 십여 장에 이르는 넓은 실내 연무장 양쪽에 마주 서 있던 화무린과 금비라 은겸은 수중의 검을 눈부시게 휘두르며 자신들을 향해 비스듬히 쏟아져 내리는 은린과 청린들을 튕겨지게 했다.

아니, 두 사람은 그저 검을 휘두르는 것이 아니라 자신의 전면에 검막(劍幕)을 만들어서 공격을 차단한 것이었다.

"우웃!"

화무린은 낮은 신음을 흘리면서 뒤로 두 걸음 밀려났다. 은겸에 비해서 상대적으로 공력이 약하기 때문이었다.

아니, 그는 은겸과 천지조화검을 함께 연마한 지난 삼 년 동안 언제나 자신의 공력을 실제의 오 할 정도만 사용했다.

그래도 은겸은 화무린의 놀라울 정도로 빠른 공력 증진에 연신 놀라는 반응이었다.

화무린은 구중천에 오른 삼 년 전에 구십 년 공력을 지니고 있었으며, 삼 년 동안 잠을 운공으로 대체하면서 매진한 결과 삼십 년의 공력이 더 증진되어 현재 이 갑자에서 십 년 모자란 백십 년의 공력을 보유하고 있었다.

타앗!

뒤로 두 걸음 물러났던 화무린의 몸이 멈칫하는가 싶더니 탄환처럼 전면의 은겸을 향해 미끄러지듯이 쏘아갔다.

은겸은 밀렸던 화무린보다 반 박자 빠르게 쏘아오고 있었다.

두 사람이 방금 전에 펼쳤던 검법은 천지조화검의 일 초식 풍운만변(風雲萬變)이었다.

즉, 검으로 바람과 구름을 만들되 만 가지 변화를 창출해 내는 검초식이었다.

그러므로 천지조화검 일초식 풍운만변은 구결을 응용하여 무궁무진한 변화를 만들어낼 수 있었다.

은겸의 은검이 조금 전과 같은 수백 개의 은린을 만들어냈다.

그러나 이번에 그는 이 갑자 공력 중 구십 년 공력을 사용하여 검기까지 발출했다.

그러므로 그가 만들어낸 은린은 곧 검기의 조각들인 것이다.

쿠우우!

수백 개의 은린들이 삽시간에 복판으로 모이더니 순식간에 은빛의 굵은 기둥, 즉 은경(銀莖)을 만들었고, 그것이 곧장 화무린을 향해 쇄도했다.

그것은 일초식 풍운만변으로 만들어낼 수 있는 여러 변화 중 하나였다.

은경은 수백 개의 은린 조각으로 이루어졌기 때문에 그것에 적중되면 화무린의 몸은 수백 조각으로 분해되고 말 것이다.

은겸이 발출한 은린들이 은경을 만들 때, 화무린은 좌우 양쪽으로 청강검을 떨쳐 내 두 개의 파란 빛줄기를 발출했다. 그 빛줄기는 은경에 비해 훨씬 가늘었다.

화무린은 사십 년 공력으로 검기를 만들어냈다.

원래 검기라는 것은 최소한 육십 년 공력이 있어야만 시전이 가능한 법이다.

그런데도 화무린이 사십 년 공력으로 검기를 발출할 수 있는 것에는 달리 이유가 있었다.

그가 어릴 때부터 조화무극심법을 익혔기 때문이다. 그의 내공의 근본은 순전히 조화무극심법에 두고 있었다.

천지조화검은 조화무극심법이 바탕이 되어야 비로소 진정한 위력을 발휘할 수 있다.

그러므로 화무린은 천지조화검에 있어서만큼은 조화무극심법을 익히지 않은 은겸에 비해 여러 면에서 우위에 있는 것이다.

만약 화무린이 육십 년의 공력으로 천지조화검을 전개하고, 은겸이 이 갑자의 공력을 사용한다면 위력 면에서는 막상막하를 이루게 될 것이다.

하지만 세상의 모든 무공은 위력만 있는 것이 아니다. 초식에서 위력이 차지하는 범위가 절반이라면, 나머지 절반은 변화나 쾌속함, 세밀한 응용법 등이 차지하고 있다.

그런데 화무린은 조화무극심법을 익혔기 때문에 그 나머지 절반에서 은겸보다 월등할 수밖에 없었다.

그렇기 때문에 화무린이 육십 년 공력으로, 은겸이 전력을 다한 이 갑자 공력에 맞서 대결을 펼친다면 화무린이 이기게 되는 것은 당연한 결과이다.

지금은 화무린이 사십 년 공력으로, 은겸이 구십 년 공력으로 천지조화검을 전개하고 있기 때문에 두 사람의 대결은 팽팽한 양상을 보이고 있었다.

화무린은 지난 삼 년 동안 자신의 진실한 능력을 감추기 위해서 비무를 할 때면 늘 이런 식으로 일관했다.

만약 천지조화검만으로 비무를 한다고 가정했을 때 두 사

람이 전력을 다 발휘한다면 아마도 화무린은 오 초식 안에 은
겸을 쓰러뜨릴 수 있을 것이다.

은경은 순식간에 화무린의 전면 반 장까지 도달했다.

그러나 그는 피하지 않았다. 그 순간 그가 발출한 두 줄기
파란 빛줄기, 즉 청린선(青鱗線)이 좌우로 급격하게 휘어지더
니 왼쪽 것은 은겸의 옆머리를, 오른쪽 것은 옆구리를 향해
일곱 자 거리까지 이르러 있었다.

반 장 거리까지 쇄도한 은경이 더 가까웠으므로 화무린이
더 먼저 그것에 적중될 것은 명약관화한 사실.

하지만 화무린이 은경에 적중된다고 해서 그가 발출한 두
줄기 청린선이 은겸의 양쪽으로 쇄도하던 중에 갑자기 사라
져 버리는 것은 아니다.

일단 발출된 공력은 몸에서 분리됐으므로 독립된 하나의
힘이라고 할 수 있었다. 다만 지속적이지 않고 단발성일 뿐이
다.

그것은 화살을 쏘아냈을 때 화살을 쏜 사람에게 무슨 일이
있더라도 일단 발사된 화살은 계속 날아가는 것과 같은 이치
다.

대결에서의 판단은 늘 순간에 이루어진다. 아니, 그것을 판
단이라고 할 수는 없다.

일촉즉발 위기의 순간에 처해서 계산하고 정리하여 판단
하는 것은 너무 늦다. 판단을 내렸을 때에는 이미 목숨이 끊

어지고 난 뒤일 것이다.

그러므로 대결 중에 내리는 결단은 평소 몸에 배인 싸움 습관이며 본능이라고 해야 옳다.

은겸은 화무린이 피하지 않을 것이라는 사실을 예감했다.

놈은 언제나 그런 식이었다.

둘이 동시에 출수할 경우 공력을 약하게 발휘하는 화무린의 공격이 간발의 차이로 늦게 마련인데, 그럴 때마다 놈은 '해볼 테면 해봐라!' 라는 식으로 외눈 하나 까딱하지 않았다. 그래서 늘 먼저 피하는 쪽은 은겸일 수밖에 없었다.

두 사람의 대결은 단지 비무일 뿐, 서로 죽고 죽여야 하는 실전이 아닌 것이다.

하지만 화무린은 비무도 흡사 실전을 방불케 할 정도로 최선을 다해서 치열하게 했다.

화무린의 그런 행동은 결코 무지몽매함이 아니었다. 그렇다고 배짱이라고 할 수도 없었다.

그것은 '용맹' 이었다, 그것도 천부적인.

지금도 그런 상황이 또 벌어지고 있었다. 틀림없이 은겸이 발출한 은경이 화무린에게 먼저 직중되겠지만, 그렇다고 해서 은겸도 결코 무사하지는 못할 것이다.

하지만 이번만큼은 은겸도 평소처럼 호락호락 물러서고 싶은 생각이 없었다.

단순한 호승심 때문이 아니었다.

천둥벌거숭이 같은 화무린에게 본때를 보여주고 싶은 생각이 일 할쯤 작용한 것은 부인할 수 없는 사실이지만, 화무린이 실전에서도 이런 식으로 어줍지 않은 용맹을 부리다가 돌이킬 수 없는 상황에 처하게 될까 봐 좋지 않은 버릇을 아예 뿌리째 뽑아버리겠다는 것이 더 큰 이유였다.

은겸은 순간적으로 공력을 운용하여 은경의 바깥에 무수히 돌출되어 있는 날카로운 예기를 안쪽으로 향하게 하는 동시에 절반가량의 공력을 회수했다.

그렇게 하면 적중되더라도 묵직한 충격을 받거나 가벼운 내상을 입겠지만 신체가 손상되는 일은 없을 것이다.

또한 은경이 화무린에게 적중되는 순간 얼마간의 반탄력이 생기며 은겸에게 되돌아올 것이다.

그것을 이용하여 뒤로 몇 자 물러난다면 양쪽에서 쇄도하는 두 개의 청린선 정도는 쉽사리 피할 수 있을 것이라는 게 또한 은겸의 계산이었다.

그렇게 되면 화무린은 크게 다치지 않은 상태에서 원숭이가 나무에서 떨어지는 꼴이 되어 다시는 어줍지 않은 용맹 따위를 섣불리 부리지 않을 것이다.

최소한 은겸의 계산은 그랬다. 하지만 일이라는 것은 늘 계산대로만 되는 것이 아니다.

펑!

은경이 적중되며 둔탁한 음향을 냈다.

순간 은겸은 움찔했다.

은경이 맞힌 것은 화무린이 아니라 그 뒤쪽 일 장 거리에 있는 석벽이었다.

화무린의 모습은 감쪽같이 사라져서 보이지 않았다.

순간 가장 먼저 은겸의 뇌리를 스치는 것이 있었다. 은경이 화무린을 맞히지 못하고 일 장 뒤의 석벽을 적중시켰으니 되돌아오는 반탄력의 속도도 그만큼 늦어질 것이라는 사실이었다.

그렇다면 반탄력을 이용하여 뒤로 물러나며 화무린의 공격을 피하려던 계산이 차질을 빚게 될 것이다.

또한 그 일순간의 지체 때문에 그는 자신의 양쪽에서 쇄도하고 있는 두 개의 청린선에 적중당하고 말 것이다.

게다가 화무린은 대체 언제 어디로 사라져 버린 것인가?

하지만 더 이상 생각하고 자시고 할 겨를이 없었다. 두 개의 청린선은 이미 한 자 거리까지 쇄도해 있었다.

스사사사—

그는 절정에 도달한 잠영보를 전개하는 한편 기쾌하게 수중의 은검을 휘둘렀다.

캉!

가까스로 청린선 하나를 피했으며 또 하나를 검으로 튕겨내는 데 성공했다.

하지만 위기는 끝이 아니었다. 어디론가 사라진 화무린이

이 절호의 기회를 놓칠 리가 없었다.

은겸은 방금 전까지 품고 있던 화무린의 어줍지 않은 용맹함을 고쳐 놓고야 말겠다는 생각이 잘못됐다는 것을 깨달았다. 그는 용맹할 뿐 아니라 은겸이 알고 있었던 이상으로 총명했다.

“……!”

다음 순간 은겸은 정수리 위에서 흐릿한 예기를 감지하고 재빨리 위를 쳐다보다가 안색이 급변했다.

‘적멸기류(寂滅氣流)!’

천지조화검의 제이초식 무무조화(無無造化)의 무수한 변화 중 하나가 적멸기류였다.

무무조화에는 없을 ‘무(無)’가 두 가지 있다. ‘무음(無音)’ 과 ‘무형(無形)’이다.

즉, 일체의 소리를 내지도 않으며, 보이지도 않는다는 것이다. 그러나 위력은 풍운조화보다 훨씬 강하다.

들리지도, 보이지도 않는 공격. 무무조화를 상대하는 적은 어떻게 할 바를 모른 채 그저 망연자실 서 있다가 이승을 하직하고 말 것이다.

은겸의 부릅떠진 두 눈에 화무린이 일 장 반 높이에서 거꾸로 쏟아져 내리며 아래를 향해 검을 쭉 뻗고 있는 모습이 보였다.

그리고 눈에 보이지는 않지만, 그 검에서 뿜어진 길이 한

자가량의 무형검기는 느껴졌다.

그것의 예기가 당장이라도 은겸의 온몸을 갈가리 찢어버
릴 것만 같았다.

부우우!

은겸은 방심하지 못하고 벼락같이 검을 휘둘러 머리 위에
한 겹의 검막을 형성했다.

그러나 창졸간에 전개한 검막이라서 적멸기류의 검기를
막아내기에는 역부족이었다.

쩌쩌쩡!

적멸기류가 한 겹의 검막에 적중되면서 공기를 격탕시키
는 기음을 터뜨렸다.

우지직!

그와 동시에 은겸은 머리와 상체가 빠개지는 듯한 통증을
느끼면서 그의 두 발이 단단한 돌바닥 속으로 반 자가량 쑤셔
박혔다.

그나마 불완전한 검막이 적멸기류의 위력을 절반 정도 무
력화시키지 못했더라면, 지금쯤 은겸의 머리와 상체는 흔적
도 없이 사라지고 없을 것이다.

오늘 이 비무에서 은겸만 전력을 다하고 있는 것이 아니었
다. 아니, 화무린은 평소 은겸이 알고 있던 것보다 절반 이상
더 강한 실력을 발휘하고 있었다.

그렇다고 호승심 때문에 숨기고 있던 공력을 드러낸 것은

아니었다.

공력은 여전히 사십 년을 발휘하되, 다만 실력을 극한으로 펼치고 있는 것이었다.

삼 년 전, 구중천의 천주는 금비라 은겸에게 친히 천지조화검을 전수하여 그로 하여금 화무린을 가르치도록 했다.

처음에 은겸은 자기 혼자서 천지조화검의 제일초식 기초 부분을 며칠 동안 열심히 익혀서 웬만큼 이해하고 숙달된 다음에 그 내용을 화무린에게 가르쳤다.

그리고 화무린이 그것을 연마하는 동안 자신은 다음 단계를 연습하여 다시 화무린에게 가르치기를 반복했다.

하지만 그런 방법은 곧 한계를 드러내고 말았다. 화무린이 습득하는 속도가 워낙 빨라서 채 두어 달이 지나기도 전에 은겸을 따라잡아 버렸다.

또한 은겸이 다음 단계를 연마하는 동안 화무린은 허송세월을 보내는 일이 허다해졌던 것이다.

그래서 결국 은겸은 천지조화검을 화무린과 함께 연구하면서 연마하기로 결단을 내릴 수밖에 없었다.

결론적으로 그 결단은 두 사람 모두에게 득이 되었다. 화무린은 더 이상 기다리지 않고 매일 연마할 수 있게 돼서 좋았고, 은겸 역시 가르친다는 부담을 덜어버릴 수 있어서 다행이었다.

아니, 자존심이 조금쯤 상하는 것을 개의치 않는다면 은겸에게 더 이로운 결단이었다.

왜냐하면, 천지조화검의 구결을 분석하고 이해하는 데 있어서 화무린이 은겸보다 몇 배 이상 탁월했기 때문이다.

그 일이 있기 전까지의 은겸은 화무린이 두뇌나 근성, 자질 등이 남들보다 뛰어나다고 생각하고 있었다. 그랬기 때문에 그를 선천자로 선택했던 것이다.

그런데 천지조화검을 함께 연마하기 시작한 지 얼마 지나지 않아서 그는 자신이 화무린을 지나치게 과소평가하고 있었다는 사실을 깨닫게 되었다.

화무린의 능력은 그저 뛰어난 정도가 아니었다. 천지조화검에 대한 분석이나 이해력, 응용력뿐만 아니라, 익혀 나가는 속도와 습득력은 은겸을 기절초풍시키기에 부족함이 없었다.

단적으로, 화무린이 천지조화검 삼초식을 완전히 분석, 이해, 습득하는 데 일 년이 걸린 것에 비해서, 은겸은 이 년 가까이 걸린 것이 좋은 예였다.

그 말은, 화무린이 천지조화검을 일 년 만에 모두 습득한 후 이 년 동안 꾸준히 연마했다면, 은겸은 일 년밖에 연마하지 못했다는 뜻이 된다.

천하의 그 어떤 무공이든 분석하고 이해하는 것이 우선적으로 중요하지만, 그것을 얼마나 노력하고 연마해서 완벽하게 자기 것으로 만드느냐 하는 것은 더 중요한 법이다.

　그런 점에서 삼 년이 지난 현재의 화무린은 천지조화검에 대해서만큼은 은겸을 월등하게 앞서 있는 상태였다.

　은겸이 풍부한 실전 경험과 화무린에 비해서 곱절이나 높은 공력을 지니고 있다지만, 천지조화검에 있어서만큼은 지난 삼 년 동안 언제나 화무린이 우위에 있었다.

　게다가 따지고 보면 은겸은 화무린의 진짜 공력보다 십 년 정도 높을 뿐이었다.

　은겸의 짙은 눈썹이 역팔자로 꺾였다.

　이렇게 된 이상 그로서도 최후의 능력까지 발휘하여 화무린을 꺾을 수밖에 없었다.

　물론 화무린에게 열등감을 느끼고 있기 때문에 그를 꺾으려는 것은 아니었다.

　조금 전까지만 해도 화무린의 단순무식한 용맹함을 고쳐 줘야겠다고 생각했는데 그것은 오판이었다.

　방금 전에 화무린은 풍부한 실전 경험을 갖고 있는 은겸 자신을 보기 좋게 농락하지 않았는가?

　솔직히, 지금 은겸의 가슴속을 지배하고 있는 것은 사내로서의 '호승심'이었다.

　화무린을 석실 바닥에 길게 누여보겠다는.

　어쩌면 그것은 인간의 가장 원초적인 욕망일 것이다. 평소에는 가슴 밑바닥에 잘 갈무리되어 있던 것이 수양과 인내심이 한계에 도달하면 터져 나오는데, 지금 은겸이 그런 상태였다.

후욱!

은겸은 두 발이 발목까지 돌바닥 속에 박힌 채로 즉시 철판교의 수법을 발휘하여 상체를 완전히 뒤로 젖혀서 등이 바닥에 한 자쯤 붙게 했다가, 빙글 반대편으로 몸을 회전시키는 것과 동시에 몸을 일으키면서 위를 향해 힘껏 검을 뻗어냈다.

쿠와앗!

아니, 뻗었는가 싶은 순간 어느새 하나의 번갯불 같은 은빛 빛줄기가 허공에 떠 있는 화무린을 향해 밤하늘을 가르는 유성처럼 뿜어져 가고 있었다.

최고의 쾌속함과 최고의 강함.

바로 천지조화검의 마지막 삼초식인 천지무상(天地無上)이 펼쳐진 것이다.

일초식 풍운조화나 이초식 무무조화가 검기인 데 비해서 천지무상은 검강(劍罡)으로 펼치는 검법이었다.

검강이 모든 검법의 최고봉이라는 것은 주지의 사실이다. 아무리 오묘하고 쾌속하며 위력적인 검법이라고 해도 검강 앞에서는 무용지물일 수밖에 없는 것이다.

과거 천외신계의 천녀황도 성존의 천지무상검이 뿜어내는 검강에 무릎을 꿇지 않았는가.

그러나 은겸은 자신이 천지무상검을 펼치는 것보다 한 박자 빠르게 화무린도 천지무상검을 펼쳤다는 사실을 깨달왔다.

쩌르릉!

고막을 터뜨릴 듯한 굉음이 터졌고 넓은 연공실 전체가 붕괴될 것처럼 거세게 진동했다. 두 개의 가공할 위력의 검강이 격돌했으니 당연했다.

퍼퍼퍽!

"흐윽!"

"컥!"

은겸의 일으켜지던 몸이 수백 장 높이에서 낙하하는 거대한 폭포에 짓밟힌 것 같은 엄청난 충격과 함께 돌바닥을 부수며 그 속에 처박혔다.

화무린 역시 같은 충격을 받고 몸이 쏜살같이 솟구쳐서 천장에 부딪쳤다가 튕겨져서 무지막지하게 바닥에 내동댕이쳐졌다.

웅웅웅—

두 줄기 천지무상검이 격돌한 충격으로 실내 전체가 은은한 여진(餘震)에 떨 뿐, 두 사람은 꼼짝도 하지 않았다.

둘 다 정신을 잃었기 때문이다.

하지만 은겸은 화무린이 이번 비무에서 시종일관 겨우 사십 년의 공력으로 천지조화검을 전개했다는 사실을 그 후로도 오랫동안 몰랐다.

지난 삼 년 동안을 총결산하는 의미를 띤 마지막 대결에서 화무린과 은겸은 순간적인 흥분을 이기지 못하고 승부를 내려고 했다가 둘 다 가볍지 않은 내상을 입게 되었다.

그 덕분에 두 사람은 각각 자신의 거처에서 틀어박혀 열흘 내내 내상을 치료해야만 했다.

그 바람에 화무린의 중원출도는 보름 이상이나 늦어졌다.


"그랬다고?"

천주는 입가에 미소를 머금었다.

요즘 중원의 정세가 심상치 않았던 탓에 특유의 온화한 미소를 잃은 지 오래된 천주였다.

"네, 금비라 은겸과 양패공상을 했다는군요."

"저런."

천주 입가의 미소가 조금 더 짙어졌다.

삼 년 전에 천상성계의 절학 천지조화검을 천중인계 사람에게 가르치기로 결정했던 그였다.

그러니 화무린과 은겸이 천지조화검을 제대로 연마했다는 소식을 창천제로부터 전해 듣고는 흡족해하는 것이 당연했다.

하지만 천주는 두 사람에게 천상성계의 조화무극심법을 전수하는 것은 아직 시기상조라고 판단했다.

"화무린이라는 아이는 제 휘하에 두겠습니다."

창천제는 굳이 하지 않아도 될 말을 했다. 화무린이라는 이름을 한 번 더 입에 올림으로써 자신이 그를 예사롭지 않게 여기고 있음을 천주에게 환기시키려는 의도였다.

"창천 휘하에는 선천고수(選天高手)가 몇이나 되오?"

"화무린이라는 아이까지 십칠 명입니다."

구중천에 선택된 사람, 즉 선천자가 원하는 무공을 다 배우고 나면 선천고수로 불린다.

현재 구중천이 보유하고 있는 선천고수의 숫자는 백육십여 명에 이르고 있다.

그들은 구중천이 세워진 삼십 년 전부터 선발되었으며, 지금은 중원 곳곳에서 자신들의 문파나 일에 매진하고 있다.

"아무래도 조만간 선천고수들을 소집해야 할 것 같소."

천주의 진중한 음성에 창천제의 표정이 가볍게 굳었다.

최초부터 구중천이 존재했던 이유는 오직 천외신계의 야욕을 분쇄하는 것뿐이었다.

선천고수들을 키우고 확보한 것도 같은 맥락이었다. 더 크게 보자면, 구중천이 천하의 온갖 무공들을 모은 후 구중천에 찾아온 사람들에게 무공을 가르친 것도 그런 이유에서였다.

구중천에 찾아오는 사람들에게 은자 일만 냥을 받은 이유는 두 가지였다.

첫째는 일만 냥이라는 금액을 만들어낼 정도의 의지력을 지닌 사람들을 선별하자는 것.

둘째는 그 돈을 모아두었다가 장차 환란이 일어나면 군자금으로 사용하려는 의도였다.

"끝내 천외신계가 발호한 것입니까?"

"팔천(八天)에서 시시각각 전해오는 보고를 종합해 보니 천외신계가 머지않아서 천하대계를 개시할 조짐이 보이오."

"음! 결국……."

팔천이란 구중천에서 균천을 제외한 여덟 개의 하늘을 가리키는 것이다.

"천외신계는 천녀황과 천신녀(天神女), 무쌍황을 비롯하여 총전력의 칠 할가량이 중원 곳곳에 집결해 있소."

천신녀는 천녀황을 분신처럼 따르는 또 한 명의 여자, 즉 여동생을 가리킨다.

그야말로 폭풍 전야였다.

"치밀한 계획을 수립하여 곧 명령을 내릴 테지만, 창천이 먼저 서둘러 중원으로 가주어야겠소."

천주의 조용한 말에 창천제는 일어나서 공손히 허리를 접었다.

"명을 받듭니다."


*　　　　*　　　　*


"말해주시오. 중원에 가서 어떻게 하면 군아를 만날 수 있소?”

화무린은 지난 삼 년 동안 자신의 땀으로 얼룩진 연공실을 떠나기 직전, 마주 선 은겸에게 예의 뚝뚝한 표정과 어조로 물었다.

화무린의 단도직입적인 물음에 은겸의 금면 안 두 눈이 가볍게 일렁였다.

화무린의 말은, 그가 이미 소군이 은겸의 제자라는 사실을 알고 있다는 것이며, 그녀가 삼 년 전에 중원으로 떠난 사실까지도 알고 있다는 뜻이었다.

지난 삼 년 동안 화무린과 은겸은 하루 중에 거의 대부분을 함께 보냈지만 두 사람이 나눈 대화는 오직 무공, 즉 천지조화검에 대한 것뿐이었다.

또한 은겸은 줄곧 금면을 쓰고 있어서 한 번도 진면목을 드러낸 적이 없었다.

그러나 말 못하는 짐승도 삼 년이라는 세월 동안 함께 있으면 정이 들고 친해지는 법이거늘, 하물며 사람은 그보다 더하면 더했지 못하지는 않을 터이다.

삼 년이 지난 지금, 두 사람은 알게 모르게 친밀해져 있었다. 다만 그 자신들이 미처 깨닫지 못하고 있을 뿐이었다.

“음! 그 아이는 임무를 수행하고 있는 중이니 사적으로는 만날 수 없다.”

은겸은 가라앉은 목소리로 묵직하게 대꾸했다. 그의 말은 자신이 소군의 사부라는 것을 인정하는 동시에, 그녀가 어디에서 무엇을 하고 있는지 알고 있다는 뜻이기도 했다.

화무린은 소군에게 그녀가 어디에 있건 반드시 찾아가겠다고 약속했다.

그가 중원으로 돌아가면 복수를 하고 누나를 찾는 것이 급선무지만, 소군을 만나고 싶은 감정도 컸다.

"무슨 대가를 치르면 군아를 만날 수 있게 해주겠소?"

삼 년 전에 화무린은 주자운과 마빈을 함께 있도록 해주는 대가로 나찰의 면구를 포기하는 대가를 치렀다. 그래서 그는 지금도 대가를 지불하겠다고 나서는 것이다.

은겸은 금면 안에서 실소를 머금었다.

그는 삼 년 동안 동고동락하면서 화무린이 남달리 여겨졌지만, 화무린은 아닌 것 같았다.

지금 이놈은 거래를 하자는 것이 아닌가. 은겸은 화무린에 대한 자신의 마음에 찬물이 끼얹어지는 기분을 느끼고 씁쓸한 미소를 지었다.

"그 아이는 낙양에 있다."

은겸은 건조하게 내뱉고는 몸을 돌려 석실을 나갔다.

은겸과 소군은 구중천 수하이다. 그리고 소군은 구중천의 명령을 수행하고 있으므로 그녀의 행적에 대해서 결코 발설해서는 안 될 일이었다.

그는 석실을 나가면서 삼 년 전의 일을 떠올렸다.

언제부터인가 팔대지옥에서의 임무를 마치고 돌아오는 여제자 소군의 얼굴이 밝아져 있었다.

심지어 그녀는 혼자 무엇을 곰곰이 생각하다가 미소를 짓기도 했으며, 곧잘 나직이 소리 내어 웃기도 했다.

그 시기는 소군이 화무린에게 귀명비혼을 가르치고 있던 때였다.

그래서 은겸은 소군과 화무린 사이에 무슨 일이 벌어지고 있음을 눈치 채고 있었다.

하지만 그것 때문에 소군을 꾸짖지 않았고, 굳이 아는 체하지도 않았다.

은겸이 생각하기에 화무린과 소군은 잘 어울리는 한 쌍이었다. 그리고 이제 와서 돌이켜 보니, 소군을 꾸짖지 않기를 잘했다는 생각이 들었다.

지금의 화무린은 삼 년 전과 비교할 수도 없을 만큼 훌륭하게 변해 있었다.

복도를 걸어가는 은겸은 문득 이 년 전에 중원으로 간 자신의 외동딸 은한이 궁금해졌다.

第三十四章

# 중원으로

저벅저벅—

화무린의 규칙적인 발자국 소리가 구중천 일층의 너른 광장을 나직하게 울렸다.

육 척의 후리후리한 키와 딱 벌어진 어깨. 하지만 전체적으로는 약간 마른 듯 조금쯤은 유약해 보이는 체구.

그리 크지 않지만 서글서글하면서도 맑은 정광이 일렁이며 내심을 드러내지 않고 있는 날카로운 두 눈과 우뚝 솟은 코. 그리고 일자로 굳게 닫혀 있는 붉고 강인한 입술. 코밑과 턱의 파르라니 수염을 깎은 모습이 상큼했다.

은겸이 장만해 준 산뜻한 청의경장을 입었으며, 오른쪽 어깨에는 삼 년 반 전 팔대지옥에서 야차에게 죽은 어떤 사람에게서 얻은 청강검을 메었다.

이제 화무린은 더 이상 소년이 아니었다. 어엿한 청년, 사내대장부가 되었다.

아마도 조만간 중원에는 짝을 찾기 어려울 정도의 미남 청년 한 명이 출현하게 될 것이다.

광장 복판에는 그가 구중천에 올 때 타고 왔던 네 마리 대붕이 끄는 비행교가 대기하고 있었다. 이곳에 왔을 때처럼, 이제는 화무린을 중원으로 데려다 줄 것이다.

우여곡절 끝에 구중천에 들어온 지 삼 년 하고도 칠 개월 만에 원래 목적했던 것 이상의 결과를 얻어서 이제 세상으로 나가려고 하는 화무린이었다.

비행교 앞쪽의 대붕 위에는 한 명의 나찰이 올라앉아 전면에 시선을 고정시키고 있었다.

또한 비행교 문 옆에는 한 명의 야차가 서서 화무린이 다가오기를 기다리고 있었다.

팔대지옥에서는 야차가 소름 끼치는 공포의 대상이었지만, 구중천에 오른 사람들에게 야차는 그저 구중천의 심부름꾼 정도로만 보일 뿐이었다.

만약 야차와 싸움이 붙는다면 화무린은 일 초식 만으로 그를 쓰러뜨릴 능력을 지니고 있었다.

척!

화무린이 비행교의 문 앞에 다가서자 야차가 묵묵히, 그러나 정중하게 문을 열어주었다.

화무린은 야차에게는 눈길조차 주지 않고 느릿하게 비행교 안에 몸을 실었다.

실내에는 네 명이 미리 타 있었다. 그들 중 세 쌍의 눈동자가 일제히 날아와 화무린에게 꽂혔다.

어떤 의미도 지니지 않은 그저 평범한 시선이었지만, 과연 팔대지옥을 거쳐 구중천을 수료한 인물들답게 눈빛만으로도 오금을 저리게 할 정도였다.

하지만 화무린은 끄떡도 하지 않았다.

오히려 그는 앉기 전에 느긋하게 네 명의 얼굴을 천천히 둘러보는 여유를 보였다.

"……!"

그러다가 그의 눈길이 한 사람 얼굴에 이르러 딱 멈추면서 가벼운 놀라움이 일렁였다.

그의 시선 끝에는 낯익은 얼굴이 앉아 있었다.

그 얼굴의 주인은 철탑처럼 건장한 체구에 늦가을 붉게 타오르는 단풍 같은 짙은 홍의를 입었다.

그리고 네모 각진 호걸풍의 얼굴에 짙고 굵은 눈썹과 턱까지 뻗은 힘찬 구레나룻. 오른쪽 어깨에는 피처럼 붉은 도 한 자루가 메어져 있었다.

그는 삼 년 칠 개월 전 화무린이 구중천에 올 때 함께 비행교에 탔던 바로 그 홍의청년이었다.

그 당시에 화무린 일행이 구중천 이곳 광장에 도착해서 금비라 은겸의 설명을 듣던 중에 홍의청년이 느닷없이 은겸을 공격했다가 오히려 호되게 혼쭐이 났던 기억이 바로 어제 일처럼 생생하게 되살아났다.

그때 홍의청년의 외모는 소년에서 청년으로 넘어가는 십팔, 구 세가량이었는데, 지금은 완연한 청년, 그것도 풍채가 당당한 호걸의 모습으로 변해 있었다.

그도 팔대지옥에서 살아남아 끝내 구중천에서 원하는 무공을 배우고 이제 이곳을 떠나려는 것이었다.

비행교에 먼저 타고 있던 네 명 가운데서 유일하게 화무린을 쳐다보지 않고 팔짱을 낀 채 지그시 눈을 감고 있는 사람이 바로 홍의청년이었다.

그는 자신을 쳐다보는 시선을 느꼈는지 눈을 반쯤 뜨고 잠깐 화무린을 쳐다봤다가 다시 눈을 감아버렸다.

그가 화무린을 알아보지 못할 리 없지만, 마치 처음 보는 사람을 대하는 듯한 태도였다.

그는 삼 년 칠 개월 전에도 화무린에게 무관심한 태도였는데 지금도 마찬가지였다.

과연 그동안 그의 도발적이며 공격적인 성격이 어떻게 변했는지 모를 일이었다.

펄럭펄럭펄럭—

그으으―

그때 네 마리 대붕이 거세게 날갯짓하는 소리에 이어서 비행교가 둥실 허공으로 떠오르는 느낌이 전해졌다.

비행교가 한차례 크게 흔들렸지만 화무린은 흔들림없이 태연히 빈자리를 찾아 앉았다.

구중천에서는 한 달에 한차례 비행교를 이용하여 수료자들을 중원으로 수송한다.

화무린이 은겸과의 최후의 비무 때 내상을 입은 것이 십칠 일 전의 일이었다.

그렇다면 화무린과 홍의청년은 우연의 일치로 거의 비슷한 시기에 구중천에서의 무공 수련을 마쳤다는 얘기가 된다.

비행교는 한동안 수직으로 높이 상승하는 듯하더니 이윽고 고도를 잡고 한쪽 방향을 향해 기나긴 비행을 시작했다.

그 방향의 끝에는 중원이 있을 것이다.

실내는 적막에 잠겼다. 너무 조용해서 바늘 하나 떨어지는 소리마저 크게 들릴 듯했다.

화무린과 홍의청년은 눈을 감고 있었고 나머지 세 명은 눈을 뜨고 있었는데, 모두 상기된 표정이라는 점에서는 같았다.

입백출일, 즉 백 명이 들어갔다가 겨우 한 명이 살아서 나온다는 구중천이다.

그러므로 눈을 감고 있는 사람이든 뜨고 있는 사람이든 어찌 구중천을 떠나는 감회가 남다르지 않겠는가?

정도의 차이는 있겠지만 모두 끔찍한 팔대지옥을 경험했으며, 각고의 노력 끝에 저마다의 소기의 성과를 거두고 떠나가는 이들의 가슴속에는 아마도 만감이 교차하고 있을 터이다.

화무린은 스스로의 그런 감정을 애써 떨쳐 버릴 필요까지는 없다고 생각했다.

기억이 허용하는 한, 구중천을 한계선으로 하여 그 이전 자신의 모습과 지금의 모습을 차근차근 비교하면서 격세지감을 음미하는 것도 그리 나쁘지는 않았다.

아니, 그는 그것을 좀 더 진득하게 음미해 볼 요량으로 상체를 비스듬히 뉘이고 다리를 꼬아 자세를 편하게 했다.

그랬더니 일부러 떠올리려고 애쓰지 않았는데도 가문인 천화장의 멸문 이후 지금까지의 일들이 오래된 고서의 낡은 책장을 하나씩 넘기듯이 차례로 펼쳐졌다.

그때 누군가 일어서는 기척이 느껴졌다.

하지만 화무린은 눈을 뜨지 않았다.

아무렴 어떠랴.

이제는 구중천을 벗어나지 않았는가. 누가 뭐라고 할 사람은 아무도 없었다.

드륵!

일어선 그 누군가가 창문을 열었다.

상쾌한 바람이 쏟아져 들어와 사람들의 머리카락과 옷자

락을 펄럭였다.

그 바람은 사람들의 감회를 더욱 고조시켰다.

창을 연 사람이 누군지는 모르지만, 여기에 있는 네 명 중에서 가장 마음이 여린 사람인 듯했다.

혹시나 멀어지는 구중천을 보면서 한 방울 눈물이라도 흘리려는 것인가?

화무린은 지그시 눈을 감은 채 추억을 곱씹으면서 중원으로 가고 있었다.


용비(龍飛)는 이미 호두알 정도의 크기로 작아진 망망대해의 작은 섬을 눈을 부릅뜬 채 힘주어 쏘아보았다.

비행교의 열린 창에서 섬까지의 거리는 가깝게 잡아도 족히 삼십여 리는 될 듯했다.

하지만 용비가 이 갑자 반 백오십 년의 공력을 극한으로 끌어올려 주시하자 아무런 장애물도 없이 망망대해 한복판에 우뚝 서 있는 섬의 모습이 일목요연하게 시야에 잡혔다.

섬의 전체적인 모습은 타원형이었으며, 백여 장이 훨씬 넘는 깎아지른 절벽으로 둘레가 이루어졌고, 섬 윗부분의 복판에는 거대한 구멍이 뚫려 있었다. 아마도 분화구인 듯했다.

용비는 삼 년 칠 개월 전 구중천에 올 때 이미 이 갑자 십 년, 즉 백삼십 년의 공력을 지녔었다.

그런 데다 이곳에서도 노력을 게을리 하지 않아 이십 년이 더 증진되었다.

그뿐인가? 일신에는 천외신계 무쌍신 중 혈도신의 일신절학을 고스란히 지니고 있었다.

삼 년 칠 개월 전의 그는 금비라 은겸 정도는 십 초식 안에 쓰러뜨릴 수 있는 능력의 소유자였다.

그런 그가 은겸에게 덤벼들었다가 낭패를 당했던 것은 일종의 연막술이라고 할 수 있었다.

나는 이렇게 형편없으니까 경계하지 않아도 된다는.

용비에게 있어서 지금 이 순간은 그 무엇보다도 중요했다. 이 순간을 위해서 그는 구중천에 왔으며, 팔대지옥을 견뎌냈고, 삼 년 칠 개월을 기다렸다.

사실 그는 혈도신의 제자로서 '구중천의 위치를 알아내라' 라는 임무를 띠고 있었다.

용비는 태양을 보고 비행교가 현재 서북쪽으로 날아가고 있음을 어렵지 않게 알았다.

그렇다면 역으로 계산했을 때 구중천이 있는 섬은 비행교가 도착하게 될 육지로부터 동남쪽에 위치하고 있다는 것이다.

비행교의 속도는 가장 빠른 준마보다 다섯 배 정도의 빠르기였다. 그러니 육지까지 걸린 시간을 계산한다면 구중천까지의 거리가 간단하게 나온다.

파라락!

　창 앞에 서서 꼼짝도 하지 않고 있는 용비의 붉은 홍의 자락이 바람에 거세게 펄럭였다.
　이것으로서 마지막 순간에 임무를 완수하게 된 용비였다.


＊　　　　＊　　　　＊


　중원 제일의 대도(大都)인 북경성에는 무려 백만이 넘는 인간 군상들이 셀 수도 없을 정도로 많은 업종(業種)에 종사하면서 북적대며 살아가고 있다.
　그중 하오문도 하나의 업이라면 업으로서 북경성의 가장 아래 밑바닥 세계를 차지하고 있었다.
　원래 북경성에는 오래전부터 네 개의 하오문이 복닥거리면서 아옹다옹 도토리 키 재기를 하고 있었다.
　온갖 추악하고 비열한 짓들은 죄다 일삼아서 사람들로부터 손가락질받는 하오문이다.
　하지만 물이 위에서 아래로 흐르듯이, 재물이라는 묵직한 것도 예외없이 아래로 가라앉게 마련, 하오문들은 세상 사람들로부터 숱한 욕을 얻어먹는 대신 밑바닥에 쌓이는 재물을 날마다 갈퀴로 거두는 혜택을 누렸다.
　그런데 석 달 전에 북경성 하오문계에 이변이 벌어졌다.
　워낙 밑바닥에서 소리 소문 없이 벌어진 일이라서 사람들

은 모르고 있지만, 하오문에 연관된 밑바닥 계층의 사람들은
그 이변에 민감할 수밖에 없었다.

이변이란 다름 아닌 축록방이라는 하오문이 다른 세 개의
하오문들을 모조리 흡수, 병합해 버렸다는 사실이었다.

더구나 그 일은 석 달 전 어느 날 단 하룻밤 만에 시작되는
것과 동시에 끝나 버렸다.

그야말로 전광석화였다.

오죽하면 병합을 당한 하오문에 속해 있는 중요한 위치의
인물들조차도 다음날 동이 터서야 자신들의 방파가 축록방에
병합됐다는 사실을 알게 되었겠는가.

석 달 전 한 명의 낯선 고수가 북경성 네 개의 하오문 중에
서 두 번째로 세력이 큰 탁오방 부방주를 너무도 간단하게 제
압해 버린 후, 그를 탁오방 문주 앞에 끌고 가서는 대수롭지
않게 한마디 툭 내뱉었다.

"잘 봐라."

그리고는 부방주가 보는 면전에서 탁오방주의 목을 단칼
에 잘라 버렸다.

부방주가 머리를 잃은 탁오방주의 목에서 분수처럼 핏기
둥이 솟구치는 것을 보면서 얼굴이 사색으로 돌변할 때 고수
의 말이 다시 들려왔다.

"죽기 싫으면 네놈 스스로 탁오방을 축록방에 바쳐라."

부방주는 두 번 생각할 것도 없이 그 즉시 축록방에 찾아가

서 자고 있는 축록방주 함중을 깨워달라고 애원했다.

그리고는 잠에서 덜 깬 얼굴로 서 있는 함중 앞에 무릎을 꿇고는 제발 수하로 거두어달라고 처절하게 울부짖었다.

함중은 얼떨결에 탁오방을 상납 받고 공포에 질려서 울고 있는 부방주를 탁오당 당주로 임명했다.

함중은 잠이 깡그리 달아났지만 귀신에 홀린 듯한 기분은 사라지지 않았다.

그래서 그때까지도 가련할 정도로 오들오들 떨고 있는 새로 임명된 탁오당주에게 넌지시 술을 권하면서 어떻게 된 영문인지 알아내려고 부심했다.

바로 그때 밖에서 요란한 소리가 나는가 싶더니 안내하는 수하보다 더 빨리 한 인물이 허겁지겁 달려들어 와 함중 발아래 납작하게 부복했다.

그리고는 울부짖는 말.

"저는 금작문 부문주인 곽청(郭靑)입니다! 부디 본 문을 거두어주십시오! 간청합니다!"

자신을 그렇게 소개한 그는 조금 전에 달려들어 왔던 탁오방 부방주보다 더욱 온몸을 떨어대고 있었다.

그의 머릿속에는 조금 전 자신의 목전에서 목이 뎅겅 잘려죽은 금작문주의 처참한 모습이 너무도 생생하게 남아 있었으니 당연한 일이었다.

금작문주를 죽인 낯선 고수는 공포에 질려서 오줌을 싸고 있는 부문주에게 저승사자처럼 말했다.

"오늘 밤 너를 포함한 금작문 졸개들의 목숨이 사라지길 원하지 않는다면 지금 당장 금작문을 축록방에 바쳐라."

한밤중에 난데없이 탁오방이 수중에 굴러 들어온 것만으로도 이해가 되지 않아서 머리가 터질 지경인데 금작문까지 거두어달라니, 좋고 나쁜 것을 떠나서 알 수 없는 소름이 온몸을 엄습하고 있는 함중이었다.

풍부한 밑바닥 경륜과 천부적인 영리함만을 밑천으로 삼아 빈손으로 오늘날의 축록방을 일구어낸 함중이었지만, 그날 밤 벌어지고 있는 일련의 사건은 도저히 이해할 수가 없었다.

바로 그때 북경성의 마지막 하오문이며 가장 큰 방파인 적구방(赤龜幫)의 부방주가 구르고 엎어지면서 달려들어 왔다.

그 역시 거의 이성을 잃을 정도로 공포에 질려 있는 모습은 앞의 두 명과 같았다.

"바, 방주님! 적구방을 바칠 테니 거두어주십시오! 제발 소인을 살려주십시오! 네?"

여태껏 북경성 열세 개 거리를 저마다 크고 작게 장악한 채 한 치의 양보도 없이 팽팽한 신경전을 벌여온 네 개 하오문이었다.

그런데 그중 세 개 방파가 거의 같은 시각에 앞 다투어 축록방에 찾아와 자진해서 병합을 애원하고 있는 것이다.

함중은 결코 녹록한 인물이 아니었다.

그는 일단 세 명의 부방주, 부문주들을 앉힌 후 흥분이 가라앉기를 기다려 자초지종을 물어보았다. 그렇게 해서 비로소 사건의 전말을 윤곽이나마 알게 되었다.

아니, 확연히 알게 된 것은 아니었다.

단지 한 명의 낯선 고수가 탁오방과 금작문, 적구방에 차례로 나타나 두 명의 방주와 한 명의 문주를 죽이고 나서는 부방주, 부문주에게 축록방에 찾아가서 자파를 바치라고 협박했다는 사실만을 알아냈을 뿐이다.

가장 중요한 것, 그 낯선 고수가 대체 누구며, 무엇 때문에 그랬는지에 대해서는 여전히 오리무중이었다. 짐작조차도 할 수가 없는 일이었다.

부방주들과 부문주가 설명하는 낯선 고수의 모습은 함중으로서는 전혀 기억에도 없는 인물이었다.

그래서 그는 결국 한 가지 께름칙한 상황을 유추할 수밖에 없는 지경에 이르렀다.

낯선 고수는 당연히 무림계의 고수다.

그는 막대한 재물, 아니면 정보 따위, 즉 하오문이 지니고 있는 것을 필요로 하고 있다.

그래서 북경성 네 개의 하오문을 하나로 합쳤다. 그래야만 재물이든 정보든 간단하게 취할 수 있을 테니까.

하지만 그런 상상력에도 불구하고 의문은 여전히 남았다.

어째서 축록방이냐는 것이다.

북경성에는 네 개의 하오문이 있으며, 세력이나 규모 면에서 첫째인 적구방과 둘째인 탁오방이 버티고 있었다.

그런데 왜 하필이면 자기네 축록방을 선택해서 다른 세 방파를 이곳으로 몰아붙였는가.

함중이 골머리를 싸매고 있을 때 낯선 한 명의 사내가 벌컥 방문을 열고 들이닥쳤다.

사내가 들어서는 것과 거의 같은 순간, 앉아 있던 두 명의 부방주와 한 명의 부문주 얼굴이 사색이 되어 미리 약속했던 것처럼 튕기듯이 일어났다.

함중은 세 사람의 그런 행동을 감안하지 않더라도 사내가 누군지 한눈에 간파했다.

사내는 바로 그 낯선 고수였다. 그의 모습은 세 사람이 설명했던 것과 너무도 일치했다.

사내는 극명한 용모라서 굳이 긴 설명이 필요할 것 같지 않았다.

그를 설명하는 데에는 딱 한마디면 충분했다.

'저승사자.'

더도 덜도 아닌 바로 저승사자의 섬뜩한 모습이었다.

육 척에 가까운 큰 키에, 사람이 저렇게 깡마를 수가 있을까 믿기 어려울 정도로 마른 체구, 그리고 헐렁한 회의경장 차림, 살이라곤 없이 거죽만 씌워져 있는 길쭉한 얼굴. 너무

깡마르고 강팔라서 나이를 추측하기조차도 어려웠다.

그리고 사내를 쳐다보는 사람들을 무엇보다도 소름 끼치게 하는 것은 그의 움푹 꺼진 두 눈이었다.

그 한 쌍의 눈에서는 뿌연 잿빛 안광이 안개처럼 흘러나오는 것 같았다.

평소에 하오문도들 사이에서 간이 크기로 소문난 함중마저도 사내의 눈을 쳐다보는 즉시 땀구멍이 오그라드는 것을 느끼며 즉시 외면해야만 했다.

세 사람, 두 명의 부방주와 한 명의 부문주는 뼈마디 부딪치는 소리가 실내를 울릴 정도로 극렬하게 온몸을 떨고 있었다.

함중은 사내가 낯선 고수라는 사실은 간파했지만, 역시 생면부지의 인물이었다.

아니, 그런 인물을 보는 것은 이번 한 번만으로 족했다. 두 번 다시 보고 싶지 않았다.

하지만 낯선 고수는 필경 함중에게 무엇인가를 요구하러 나타났을 것이다.

그러나 그때 아무도 예상하지 못했던 일이 벌어졌다.

묵묵히 서서 함중을 응시하고 있던 낯선 고수가 갑자기 그 자리에 엎드리면서 함중에게 큰절을 올린 것이다.

그리고 그의 입에서 공손한 말이 흘러나왔다.

"아버지, 그동안 별고없으셨습니까?"

“…….”

함중의 최초 반응은 자신의 눈과 귀를 의심하는 것이었다.

그리고 두 번째는 두 눈과 입을 더할 수 없이 크게 벌리면서 경악하는 것이었다.

낯선 고수의 카랑카랑한 음성에 묻혀 있는 귀에 익은 음색을 감지했기 때문이다.

“설마…….”

긴장으로 말라붙은 함중의 입술 사이로 불신에 가득 찬 중얼거림이 흘러나왔다.

그는 ‘설마…’ 라고 중얼거리면서 자신의 귀에 익은 그 음색의 주인공을 떠올렸다가 이내 고개를 절레절레 가로저었다.

그 음색의 주인공은 삼 년 칠 개월 전에 화무린을 따라서 구중천으로 떠났던 자신의 외아들 함도였다.

하지만 눈앞의 낯선 고수는 외아들 함도와는 철저하리만치 아무것도 닮지 않았다.

그러니 그가 함도일 리 없었다.

“소자 도입니다. 몰라보시겠습니까?”

그때 함중의 그런 심중을 알기라도 하듯 낯선 고수가 고개를 들고 함중을 우러러보았다.

그때 낯선 고수의 두 눈에서 흘러나오는 것은 여태까지의 잿빛 안광이 아닌 부드러운 아들의 눈빛이었다.

“네가… 네가 정녕 도아구나……!”

함중의 무릎이 풀썩 꺾이며 낯선 고수 함도 앞에 꿇어앉았다.

“그렇습니다, 아버지. 소자가 살아서 돌아왔습니다.”

함중은 후득후득 몸을 떨면서 눈도 깜빡이지 않은 채 함도를 주시했다.

그러다가 갑자기 고개를 젖히고 우렁차게 웃어댔다.

“으핫핫핫핫! 내 아들이 맞구나!”

한참을 웃고 난 그는 두 팔로 힘주어 함도를 끌어안았다.

“잘 왔다, 내 아들아!”

그의 까칠한 뺨을 타고 두 줄기 눈물이 흘러내렸다.

*　　　*　　　*

산뜻한 청의경장을 입은 한 명의 청년이 성내 거리에 나타나자 지나치던 행인들이 저마다 걸음을 멈추고 그를 쳐다보느라 여념이 없었다.

장담하건대, 행인들은 그날까지 이 청년처럼 헌앙하고 준수한 미남자를 처음 보았다.

청년을 구경하는 데에는 남녀노소의 구분이 없었다. 여인들은 여자라서 얼굴을 붉히고 방심을 떨며 바라보았으며, 남자들은 이성(異性)을 떠나 그저 사람이 어찌 저처럼 잘생길

수가 있을까 하는 심정으로 넋을 잃은 채 쳐다보았다.

처음에 청년은 행인들의 따가운 시선을 불편해하는 것 같
았지만 곧 당당하게 제 갈 길을 걸어갔다.

청년은 다름 아닌 구중천을 떠나 중원에 도착한 화무린이
었다.

비행교가 화무린 일행을 내려준 곳은 북경에서 그리 멀지
않은 바닷가 외딴 곳이었다.

화무린은 일단 북경의 상명을 찾아가 보기로 했다.

그의 목적은 무쌍신과 육천군을 찾아내서 복수를 하는 한
편 그들이 납치해 간 누나를 찾는 것이었다.

십이 년 전 천화장이 핏물로 씻기던 날, 어린 화무린은 부
친에 의해서 정원의 석등(石燈) 속에 숨겨진 채 마당에서 벌
어지고 있던 참극을 목격했다.

그 당시 부친이 죽음을 당하던 광경은 지금도 가끔씩 악몽
을 꿀 정도로 생생하게 기억하고 있었다.

그런데 모친에 대한 기억은 별로 없었다.

부친이 죽은 후 모친이 누군가에 의해서 쓰러지는 것을 본
것 같기도 한데, 우연인지 굵은 나무가 모친 쪽을 가리고 있
어서 제대로 보지를 못했다.

그러나 화무린 자신보다 열한 살이나 나이가 많은 누나가
비명을 지르다가 혼절하여 누군가의 어깨에 걸쳐져서 끌려갔
던 모습은 똑똑히 봤었다.

화무린은 무쌍신이나 육천군에 대해서는 알고 있는 것들
이 거의 없었다.

단지 의형인 단궁천에게서 극히 지엽적인 것을 들어서 알
고 있을 뿐이었다.

무쌍신과 육천군이 천외신계의 인물들이라면, 우선 천외
신계에 대해서 알아보는 것이 순서일 것이다.

마음은 급했지만 우물에서 숭늉을 찾을 수는 없는 일이었
다. 우선 북경이 가까우니까 그곳으로 가서 근 사 년여 만에
상명을 만나보고 난 후 정보에 훤한 하오문에 천외신계에 대
해서 아는 대로 물어볼 생각이었다.

만약 요행히 하오문에서 무쌍신과 육천군에 대해서 무언
가 단서가 될 만한 것을 알아내게 된다면 그쪽으로 가닥을 잡
겠지만, 그렇지 못할 경우에는 낙양으로 가면서 무림의 동향
이나 무쌍신 등에 대해서 알아볼 계획을 세웠다.

은겸의 말에 의하면 낙양에는 소군이 있다고 했다. 현재 화
무린은 그녀가 가장 보고 싶었다. 못 본 지 삼 년이 넘었으니
어떻게 변했을지 궁금한 것이다.

그는 허기를 느끼고 주위를 둘러보다가 대로변에 있는 주
루를 발견하고 그곳으로 성큼성큼 걸어갔다.

第三十五章

파천묵인강

점소이는 주문한 요리를 탁자에 내려놓으면서도 연신 화무린의 준수한 얼굴을 흘끔거렸다.

그러다가 화무린의 앞가슴이 갑자기 들썩이는 것을 발견하고 깜짝 놀랐다.

"고, 공자……."

화무린은 빙그레 미소 지으면서 품속에서 주먹만 한 크기의 백설처럼 흰 털 뭉치를 꺼내 탁자에 내려놓았다.

"으앗!"

점소이는 의아한 얼굴로 쳐다보다가 흰 털 뭉치가 꼬물거리면서 움직이자 소스라치게 놀라서 비명을 질렀다.

흰 털 뭉치는 화무린의 품속에서 동그랗게 뭉쳐 있던 백령예 아령이었다.

화무린은 팔대지옥을 떠나 구중천으로 오를 때 아령을 데리고 갔으며 그 후로도 내내 함께 지냈다.

금비라 은겸에게 아령과 함께 지내도 되느냐고 굳이 허락을 받은 적은 없었다.

하지만 은겸은 처음 화무린의 거처에서 아령을 발견하고서도 별말이 없었다. 그것은 무언의 허락이었다. 이후 화무린은 아령과 함께 지냈으며 중원에도 데리고 나온 것이다.

태어난 지 벌써 사 년이 지났지만 아령은 화무린이 처음 만났을 때에 비해 몸이 별로 커지지 않은 상태였다.

하긴, 다 성장한 백령예 어미가 아령보다 겨우 두 배 크기니까 아령이 백 년쯤 더 자라야 어미 크기가 될 것이다.

점소이는 털 뭉치가 갓 태어난 고양이 새끼보다 더 자그맣고 귀여운 짐승이라는 것을 확인하고서야 크게 안심하더니 이제는 화무린보다 아령을 보느라 정신이 없었다.

아령은 배가 많이 고팠을 텐데도 탁자에 가만히 앉아서 화무린의 얼굴을 말끄러미 바라보았다.

화무린은 점소이에게 빈 접시를 부탁하여 구운 오리의 다리 하나를 떼어내 접시에 담아 아령 앞에 놓아주자 그제야 허겁지겁 먹기 시작했다.

허겁지겁이라고 해봐야 사람들이 보기에는 그저 귀엽고

예쁘기 한량없는 모습이었다.

주루에 있던 사람들은 아령의 먹는 모습을 신기한 듯 쳐다보더니 이내 시선을 거두었다.

그들은 자신들이 본 귀여운 짐승이 전설의 영물 백령예인 줄은 꿈에도 모를 것이다.

저벅저벅—

화무린이 삼 년 칠 개월 만에 중원에서의 식사를 느긋하게 만끽하고 있을 때 이층으로 향한 계단을 오르는 규칙적인 발자국 소리가 들렸다.

이층 창가 자리에 앉아 있는 화무린은 단지 발자국 소리만으로 그들이 두 명이며 무림고수라는 것, 그리고 한 명은 대략 일 갑자의 공력을, 다른 한 명은 사십 년 정도의 공력을 지녔다는 사실까지 간파해 냈다.

그와 같은 능력은 그가 알아내려고 일부러 노력을 기울였기 때문이 아니라, 그냥 발자국 소리를 듣는 순간 극히 자연스럽게 파악된 것이었다.

이를테면 고수로서의 기초적인 능력 같은 것이었다. 그것은 어디선가 흘러온 요리의 냄새를 맡고 그것이 무슨 요리인지 알게 되는 것과 별반 다르지 않았다.

이층에 올라온 두 사람은 상거지 차림으로, 일견하기에도 개방제자가 분명했다.

그들은 계단 끝에 올라서자 잠시 멈춰서 이층 실내를 빠르게 쓸어보았다.

그저 태연한 행동 같았지만 기실 두 쌍의 눈이 실내에 있는 손님들의 모습을 하나씩 날카롭게 훑었다.

화무린은 한입 가득 오리 고기를 씹으면서 자연스럽게 두 거지를 쳐다보았다.

그런데 그중 한 명은 아는 얼굴이었다. 삼 년 칠 개월 전 현조의 부름을 받고 그의 집에 주자운을 데리러 왔던 개방의 백의개(白衣丐)였다.

개방의 신분은 옷을 몇 조각으로 기워 입었느냐로 따지는데, 백의개는 전혀 기워 입지 않은 걸로 봐서 개방의 최하 말단을 가리켰다.

화무린은 그때 그 거지 이름을 전오태라고 기억하고 있다. 그런데 전오태는 그동안 무슨 공을 세웠는지 옷을 세 조각으로 기워 입은, 즉 삼결(三結)제자로 변모해 있었다. 사 년여 만에 백의개에서 무려 세 단계나 수직 상승을 한 것이다.

원래 눈썰미가 좋은 화무린은 한눈에 전오태를 알아봤지만 그는 그런 것 같지 않았다.

전오태 옆에 서 있는 거지청년은 전오태보다 두어 살 아래인 이십 세 정도로 보였다.

그는 약간 퉁퉁한 체구에 동그란 얼굴인데 오른손에는 두 자 길이의 새카만 오죽(烏竹)을 쥐고 있었으며, 제딴에는 엄숙한 표정을 짓고 있는데도 불구하고 매우 익살스러운 용모였다.

두 개의 송충이를 눈 위에 붙인 것처럼 굵고 짙은 눈썹에 양쪽 끝이 정도 이상으로 심하게 처진 한 쌍의 눈, 그리고 약간 쳐들린 코에는 역시 심하게 큰 콧구멍이 뚫려 있었으며, 두툼하지만 언제라도 장난스러운 웃음을 지을 준비가 되어 있는 입술, 게다가 턱까지 축 늘어진 부처님 귀를 갖고 있는, 죽을 때까지 절대 살벌한 표정 같은 것은 짓지 못할 것 같은 용모의 소유자였다.

그런데 그 거지청년이 입고 있는 누더기 옷은 놀랍게도 팔결(八結)이었다.

즉, 당금 개방주인 철심협개의 제자라는 뜻이었다.

그의 이름은 당쾌(唐快)이며 별호는 소리쾌(笑裏快)로 이름과 별호의 끝 자가 둘 다 '쾌' 이다.

소리쾌는 그가 열다섯 살 때 얻은 별호인데, 말 그대로 웃음 속에 빠름이 담겨 있다는 뜻이었다.

그는 아주 특수한 경우를 제외하곤 언제나 웃는 얼굴이었다. 물론 싸울 때도 웃는다. 하지만 그 웃음 속에 무시무시한 빠르기와 살수가 감춰져 있었다.

상대는 그의 웃음을 보고 방심하다가 한순간 피를 뿌리며 쓰러지고 만다.

무림의 구파일방 장문인의 제자라면 굉장한 신분이다. 그 중 한 명이 북경성에서 오십여 리 떨어진 이곳 무청현(武淸縣)

에 모습을 나타낸 것이다.

하지만 개방 장문인 철심협개가 이곳에 직접 나타났다고 해도 화무린의 관심을 끌지는 못할 것이다.

그는 예전부터 자신과 관계되는 일이 아니면 철저하게 무관심한 태도를 견지했다.

그가 두 명의 거지로부터 시선을 거두고 뜨끈한 계탕면 국물을 마시려고 그릇을 들어올렸을 때 느닷없이 괴상한 탄성이 그들 쪽에서 터져 나왔다.

"우오옷!"

화무린은 그릇에 입을 대려다 말고 거지들을 쳐다보았다. 그가 태연한 반응을 보인 것은 그들에게서 공격적인 아무런 징후도 감지하지 못했기 때문이다.

하지만 그는 당쾌의 모습을 발견하고는 일순 어찌해야 할지 갈피를 잡지 못했다.

당쾌가 화무린 자신을 쳐다보면서 마치 지옥 한복판에서 부처님을 발견한 듯한 열뜬 표정을 짓고 있었기 때문이다.

게다가 그는 손가락으로 화무린을 가리키며 연신 경탄성을 터뜨리고 있었다.

"오옷! 정말 절세의 미남자로다! 눈이 부시구나!"

"……."

화무린은 이런 상황에서 어떻게 대처해야 하는지 알지 못했다. 그는 자신이 무척 잘생겼다는 사실을 잘 모르고 있었으며, 그다지 중요하게 여기지도 않았다.

저벅저벅—

전오태가 당황하는 표정을 짓고 있는데도 당쾌는 전혀 개의치 않고 큰 걸음으로 화무린에게 걸어왔다.

"핫핫핫! 불초는 당쾌라고 하오!"

그가 화무린의 바로 옆에 멈춰서 포권의 예를 갖추며 정중하게 자신을 소개했지만 화무린은 묵묵부답 대꾸하지 않았다.

"핫핫핫! 귀하처럼 잘생긴 사람과 친구가 되는 것이 불초의 평소 소원이었소! 우리, 친구가 되는 게 어떻겠소?"

생면부지의 사람에게 단지 미남이라는 이유 하나만으로 친구가 되자고 하다니, 화무린은 어이가 없는 표정을 지었다가 피식 실소를 흘렸다.

그러자 당쾌는 손뼉을 치며 기뻐했다.

"옳거니! 웃는 것을 보니 형씨도 좋다는 뜻이로군! 우린 이제 친구가 됐으니 서로 말을 놓는 게 어떤가. 응?"

실소를 흘렸더니 승낙으로 받아들이는 당쾌다.

화무린은 미소를 지었다.

"나는 화무린일세."

"캬아~ 미남들은 꽁생원이 대부분인데 화 형은 망망대해처럼 탁 트인 호걸이로군! 역시 내 눈이 보배로다!"

당쾌는 앉으라는 소리도 하지 않았는데 화무린의 맞은편

에 털썩 주저앉으며 연신 탄성을 터뜨렸다.

"화무린이라! 게다가 이름도 멋지군! 화 형! 우리 친구가 된 기념으로 술 한잔 어떤가?"

당쾌는 화무린의 대답은 들어볼 것도 없다는 듯 저만치에 서 있는 점소이에게 외쳤다.

"이봐! 여기 술 가져와라!"

전오태는 당쾌 뒤에 서서 오줌 마려운 강아지처럼 안절부절 어쩔 줄을 몰라 했다.

두 사람은 몹시 중요한 일로 이곳에 왔는데 당쾌는 화무린을 보는 순간 그것을 까맣게 잊은 것 같았다.

화무린은 고아로 전전하면서 모진 풍파를 겪었기 때문에 세상살이의 신산(辛酸)을 잘 알고 있었으나 사람들과는 많은 관계를 맺어보지 않아서 대인 관계에 대한 식견은 부족한 편이었다.

하지만 그 나름의 사람을 보는 안목 같은 것은 갖추어져 있었다. 그것은 순전히 자신의 감정에 바탕을 둔 것이었다.

보통의 사람들이 보기에 당쾌의 언행은 불쾌하기 짝이 없을 것이지만 화무린의 견해는 달랐다.

그가 보기에 평소의 당쾌는 아무에게나 친구를 하자고 덥석 손을 내밀 사람 같지는 않았다.

게다가 당쾌는 화통한 데다 속에 있는 생각을 그때그때 거리낌없이 직선적으로 쏟아내는 성격처럼 보였다.

운명이나 인연이라는 놈은 뭔가 아주 거창하게 찾아오지
도 않을뿐더러, 언제 어디에서 어떤 형태로 찾아올 것이라고
미리 예고하는 법이 없다.

역사를 완전히 바꾸는 대사건이나 수십만 명의 목숨을 앗
아가는 전쟁이라는 것의 시작도 사실 믿을 수 없이 미미한 것
에서부터 야기되는 경우가 비일비재하다.

지금 이 자리에서 시작되는 이 인연이 훗날 다시없을 금란
지교(金蘭之交)가 되지 않을 것이라고 누가 장담하겠는가.

"자! 우리 친구가 됐음을 자축하자!"

당쾌의 말투는 불과 반 각도 지나기 전에 '하오'에서 '하
게'로 바뀌더니 마침내 '하자'로 변했다.

그 역시 화무린의 마음에 들었다. 그도 원래 복잡하고 까다
로운 번문욕례(繁文縟禮) 따윈 딱 질색이었다.

잠깐 사이에 두 사람은 대여섯 잔의 술을 나누면서 웃으며
큰 소리로 떠들었다.

설혹 어렸을 때 만나 친구가 됐더라도 백발이 될 때까지 서
로의 내심을 모르는 경우가 허다하거늘[白頭如新], 이 두 사람
은 처음 만나 일각 만에 오랜 친구처럼 흉금을 털어놓는 사이
가 돼버렸으니[一面如舊] 어쩌면 정말 친구가 될 인연이었나
보다.

"너는 어디로 가는 길이냐?"

대단한 주당인 당쾌가 잔으로 마시는 것은 성에 차지 않는

듯 아예 술 호로병째 들이키고 나서 소매로 입을 닦으며 오랜
친구처럼 거리낌없이 물었다.

"북경."

화무린은 술잔을 비우고 나서 짧게 대답했다.

"오호! 우리 집이 북경이야! 잘됐다! 우리 같이 가자!"

"쾌, 너는 개방제자냐?"

화무린은 궁금하게 여기던 것을 슬쩍 물었다.

"그래! 천하 어딜 가더라도 아무 거지나 붙잡고 나, 당쾌 이
름만 대면 무조건 널 도와줄 거야!"

당쾌는 화무린의 어깨를 마치 형처럼 다독거렸다. 그의 말
은 그저 허세가 아니라 사실이었다.

천하의 어떤 간 큰 거지가 다음 대 개방주가 될 사람의 친
구를 업신여기겠는가.

"저… 쌍쾌(雙快)님."

그때 당쾌 뒤에 서서 이제나저제나 기회만 엿보던 전오태
가 마침내 용기를 내어 거우 입을 열었다.

쌍쾌라는 것은 당쾌의 이름과 별호 소리쾌에 쾌가 각각 하
나씩 있다고 해서 개방 내에서나 그와 친한 사람들이 부르는
또 다른 이름이었다.

"뭐냐?"

"손님께서 기다리십니다."

"무슨 손님?"

당쾌는 고개를 갸웃거렸다.

"쌍쾌님께선 여기에 무슨 일로 오셨습니까?"

전오태는 적이 어이가 없는 듯 물었다.

"나? 무린이 만나러……."

당쾌는 당연하다는 듯 화무린을 가리키면서 말하다가 표정이 바뀌며 말끝을 흐렸다.

"…가 아니로군!"

그는 화무린에게 누런 이를 드러내고 헤벌쪽 웃어 보였다.

"저기 가서 손님을 데리고 나올 테니 잠깐만 기다려라, 응? 우리 다 함께 북경에 가자! 헤헷! 북경에 가면 우리 코가 비뚤어지도록 한번 마셔보자구!"

그는 역시 화무린의 대답은 기다리지도 않고 전오태를 앞세운 채 반대편으로 뛰듯이 걸어갔다.

화무린이 있는 곳 반대편에는 여러 개의 방이 죽 늘어서 있었는데, 당쾌는 그중 하나의 방으로 들어가기 전에 화무린을 돌아보며 익살스럽게 한쪽 눈을 찡긋해 보였다.

화무린은 어차피 북경으로 가는 길이있는데 딩쾌 같은 친구와 함께 가면 지루하지 않을 것이라고 생각하여 그리 오래 걸리지 않는다면 기다리기로 마음먹었다.

그러나 그는 기다릴 수가 없게 되었다. 당쾌가 그 방에 들어간 지 불과 반 다경의 반도 지나지 않아서 방 안에서 요란한 소리가 터져 나왔기 때문이다.

우지끈!

퍼펑!

차차창!

"웬 놈들이냐?"

"쌍쾌 가가! 조심해용!"

무언가 박살나는 요란한 소리와 함께 남자와 여자의 고함 소리가 터져 나왔다.

화무린은 이미 쾌풍운을 전개하여 방을 향해 일직선으로 쏘아가고 있었다.

와지직!

"악!"

그가 방문 앞에 이르렀을 때 갑자기 방 안에 있던 한 인영이 방문을 산산조각 내면서 밖으로 튕겨져 날아왔다.

인영은 녹의경장을 입은 가냘픈 몸매의 여자였으며, 오른손에는 검을 쥐었는데, 입에서 피분수를 뿜어내면서 화무린 쪽으로 곧장 부딪쳐 왔다.

녹의녀는 화무린을 공격하는 것이 아니라 누군가에게 공격을 당해 튕겨져 나온 것이다.

화무린은 두 팔을 내밀어 녹의녀를 안고 박살난 방문 앞에 가볍게 내려서서 재빨리 방 안의 상황을 살폈다.

째째째쨍!

금방 나오겠다고 손을 흔들며 들어갔던 당쾌는 한 명의 흑의인과 치열한 격전을 벌이고 있었다.

그리고 싸우고 있는 흑의인 뒤쪽 커다란 구멍이 뚫려 있는 창 앞에는 또 한 명의 흑의인이 서 있었다.

바닥에는 탁자와 의자들의 부서진 잔해가 어지럽게 흩어져 있었으며, 당쾌와 동행했던 전오태와 한 명의 경장고수가 머리가 박살난 채 죽어 있었다.

두 사람은 각기 어깨에 검을 메고 있었는데 검을 뽑지도 못한 채 죽임을 당하고 만 것이다.

실내의 상황으로 미루어 당쾌가 녹의녀 일행과 인사를 나누고 있을 때 느닷없이 두 명의 흑의인이 창을 부수며 급습을 가했음을 보여주고 있었다.

당쾌는 화무린이 생각했던 것 이상의 실력자였다. 또한 그가 쥐고 있던 두 자 길이의 오죽은 사실 강철봉인데, 먹으로 대나무처럼 그린 것이었다.

당쾌와 흑의인은 막상막하였다.

순식간에 순전히 살초(殺招)로만 오륙 초를 나눴지만 어느 쪽도 승기를 잡거나 패색을 드러내지 않았다.

화무린은 아직 자신의 실력이 강호에서 어느 정도 수준이며, 어떤 상황에서 어떻게 먹힐 것인지에 대해서는 제대로 모르고 있었다.

그러므로 다른 사람의 무공 수위를 판가름하는 것은 더욱 요령부득일 터였다.

　다만 당쾌의 설왕설래하는 언행으로 미루어 그의 실력을 별로 기대하지 않고 있다가 막상 눈으로 보게 되자 약간 놀랐을 뿐이다. 그가 개방주 철심협개의 제자라는 사실을 모르고 있으니 당연한 일이었다.

　화무린은 안고 있는 녹의녀를 굽어보았다. 혼절을 한 상태였으며, 안색이 창백했고 숨소리가 불규칙하면서 가늘었다.

　녹의녀의 앞섶이 시커멓게 그을린 것이 보였다. 한눈에도 양공(陽功)에 속하는 장력에 가슴을 적중당하여 심상치 않은 내상을 입은 듯했다.

　화무린의 눈길이 무심코 녹의녀의 얼굴로 향했다. 십칠팔 세가량의 앳되고 아름다운 소녀였다.

　긴 속눈썹에 오뚝한 콧날, 핏기를 잃어 창백한 입술은 꼭 다물려 있었는데 보기 드문 미모의 소유자였다.

　순간 화무린은 녹의소녀의 얼굴에서 낯익은 모습을 찾아내고 움찔 놀라 속으로 낮게 외쳤다.

　'소(素)아!'

　놀라운 일이었다. 녹의녀는 산동 악가장의 무남독녀인 악소(岳素)였던 것이다.

　학계의 거목인 화무린의 부친과 무림명가 악가장주는 막역한 친구 사이였다.

그래서 화무린과 악소를 장차 혼인시키기로 약속하고 두 아이를 정혼시킨 일이 있었다.

즉, 악소는 부모가 맺어준 화무린의 정혼녀인 것이다.

우연도 이런 우연은 흔치 않을 것이다. 구중천에서 떠나 중원에 도착하자마자 정혼녀를 만나게 되다니…….

문득, 화무린은 칠 년여 전에 자신이 악가장에 찾아갔다가 문전박대에 하인들에게 반죽음을 당할 정도로 몰매를 맞았던 아픈 기억을 떠올렸다.

그때의 너무도 뼈아팠던 고통과 한을 그는 지금껏 생생하게 간직하고 있었다.

그때 그는 언젠가 자신에게 힘이 생기면 반드시 복수하겠다고 맹세했었다. 그리고 그 맹세는 아직도 유효했다.

그날 이후 그는 가슴속에 남아 있던 악가장과의 일말의 정리(情理)마저도 깡그리 지워 버렸다. 물론 부모끼리 맺어준 악소와의 정혼도 함께 지워 버렸다.

'위선자들!'

화무린은 악소를 팽개치듯이 바닥에 내려놓았다. 마치 두 팔에 더러운 오물이 묻은 것 같은 착각마저 느껴졌다. 다시는 그녀를 쳐다보기도 싫었다.

그는 한시바삐 이 자리를 떠나고 싶었지만 당쾌 때문에 그럴 수가 없었다.

그가 다시 장내로 시선을 던졌을 때까지도 당쾌와 흑의인은 팽팽한 접전을 벌이고 있는 중이었다.

화무린은 방관하고 있는 흑의인이 줄곧 자신을 주시하고 있다는 사실을 깨달았다.

화무린 같은 약관의 나이에 마치 유생 같은 외모라면, 비록 검을 메고 있다고 해도 누구든지 별 볼일 없는 백면서생 정도로 평가할 것이다.

하지만 흑의인은 예리한 안목을 지녔으며 더구나 극도의 조심성마저 지니고 있었다.

흑의인은 화무린을 보는 순간 그가 결코 범상치 않은 능력의 소유자일 것이라고 짐작했다.

그래서 그가 과연 당쾌 등과 어떤 관계일지, 이 싸움에 끼어들 것인지 말 것인지를 가늠하고 있는 중이었다.

흑의인은 둘 다 흑의경장에 허리까지 오는 짧은 피풍의를 걸쳤으며, 싸우고 있는 자는 검을 사용했고, 방관자는 어깨에서 검을 뽑지 않은 상태였다.

흑의인들은 아마도 검을 뽑기도 전에 장력으로 전오태와 또 한 명의 경장고수를 죽인 것 같았다.

흑의에 피풍의를 걸친 모습은 흔하지는 않지만 가끔 강호에서 볼 수 있었다.

하지만 두 흑의인이 머리에 쓰고 있는 괴상한 철모(鐵帽)는 강호에서는 결코 볼 수 없는 괴이한 모양이었다.

철모는 철모인데 몹시 얇아서 마치 두건(頭巾)을 쓴 것 같왔고, 맨들맨들한 흑색이었으며, 앞쪽으로는 이마를 덮고 눈까지 덮은 모습이었다.

물론 두 개의 눈구멍이 뚫려 있었다. 그리고 양쪽 턱까지 내려왔는데 역시 귀 부위는 뚫린 모습이었다.

철모의 이마 한복판에는 '투번(鬪幡)'이라는 두 글자가 선명하게 새겨져 있었다.

화무린은 이 싸움을 모른 체할 수가 없었다. 만난 지 반 시진도 안 되지만 이미 마음속으로 친구로 인정한 당쾌였다.

당쾌가 이런 싸움을 미리 예측해서 화무린을 친구로 삼으려 했다고는 추측할 수 없는 일이었다.

슥—

화무린은 이 싸움을 빨리 끝내기로 결정하고 슬쩍 앞으로 한 걸음 내디뎠다.

휘익!

순간 방관하고 있던 흑의인이 화무린을 향해 곧장 쏘아왔다.

날카로운 안목에다 조심성을 지녔으며, 게다가 빠른 결단력까지 지닌 인물이었다.

화무린을 예의주시하다가 그가 한 걸음 내딛자 싸우려는 것임을 간파하곤 즉각 공격을 개시한 것이다.

차앙!

흑의인은 쏘아가는 기세를 빌어 발검하는 것과 동시에 괴

이한 초식으로 화무린의 머리와 상체 대여섯 군데를 노리고
빠르고 간명하게 검을 그어댔다.

쾌속하기 짝이 없는 쾌검이었으며, 군더더기 하나 없는 깔
끔하면서도 악랄한 검초였다.

그는 조금 전에 전오태와 또 한 명의 경장고수는 맨손으로
상대했었지만, 화무린은 강적이라고 판단했기 때문에 검을
사용했다. 그로 미루어 그는 실전 경험이 풍부한 듯했다.

화무린은 흑의인이 발검하며 쇄도해 오는 기세를 보고 그
가 금비라 은겸보다는 두어 수 아래 수준이라고 판단했다.

화무린은 자신이 최선을 다할 경우 은겸을 십 초식 이내에
쓰러뜨릴 수 있다고 판단했다.

흑의인은 은겸보다 하수니까 삼 초식이면 충분했다. 하지
만 방심은 금물이다.

이것은 화무린이 정식으로 무공을 배운 이래 남과 싸우는
최초의 싸움이었다.

그러므로 최선을 다해서 나쁠 것은 없었다.

그는 흑의인의 검이 자신의 정수리를 향해 빛살처럼 그어
져 내리는 것을 똑바로 주시하며 번개같이 발검을 했다.

키잇!

퍼억!

기음에 이어서 가죽으로 만든 북을 찢는 듯한 소리가 나직
하게 장내에 울려 퍼졌다.

쏘아오던 흑의인이 화무린 반 장 전면에서 사라져 버렸다.

아니, 방금 화무린이 전개한 검초식에 허공중에서 폭발해 버린 것이었다.

얼마나 막강한 검초식이었으면 가슴 한복판에 적중했을 뿐인데, 검기가 가슴을 관통하는 순간 온몸이 폭발한 것인가?

흑의인의 몸은 수백 조각으로 쪼개져서 핏물과 함께 소나기처럼 사방으로 흩뿌려졌다.

당쾌와 흑의인은 방관하던 흑의인이 화무린에게 덮쳐 가는 순간 동시에 그쪽을 쳐다봤다.

그리고 두 사람은 흑의인의 몸이 폭발하는 것을 마치 착각처럼 보게 됐고, 미처 피할 새도 없이 온몸에 살 조각과 핏물을 뒤집어쓰고 말았다.

"파천묵인검……."

그때 당쾌와 싸우던 흑의인이 커다란 바위에 짓눌린 듯한 목소리로 중얼거렸다.

그 말에 당쾌는 눈을 부릅떴다가 평생 지어본 적이 없을 듯한 경이로운 표정으로 화무린을 쳐다보았다.

"역시 파천묵인검이었어……."

그도 화무린의 검초식을 보고 그것이 말로만 듣던 전설상의 파천묵인검 같다는 막연한 추측을 하고 있었다. 그때 들려온 흑의인의 중얼거림이 그의 추측을 확인시켜 주었던 것이다.

화무린은 방금 전에 팔십 년의 공력으로 파천묵인검을 펼쳤다. 그런데 이 정도로 강한 위력일 줄은 예상하지 못했다.

삼 년 전에 그는 구중천에 천지조화검과 파천묵인강 두 개를 요구했고, 그대로 받아들여졌다.

평범한 사람들에게는 파천묵인강의 구결이 난해할는지 몰라도 총명함이 하늘에 닿은 화무린에게는 아니었다.

그는 삼 년여 동안 전력으로 천지조화검 연마에 주력하는 한편 틈나는 대로 파천묵인강을 연마했다.

그래서 그는 채 이 년이 지나기도 전에 파천묵인강을 완벽하게 터득했다.

아니, 사실을 말하자면 그뿐만이 아니라 파천묵인강을 끝낸 이 년 후부터는 머릿속에서만 외우고 있던 천황무록을 조금씩 꺼내서 익히기까지 했다.

천황무록은 우연한 기회에 읽고 외워두었던 주자운의 무공서였다.

천황무록의 구결들이 대체 무엇을 뜻하는 것인지 제대로는 모르지만, 그래도 틈틈이 연구하고 연마했다.

방금 화무린이 전개한 것은 파천묵인강을 검법으로 변환시킨 것이었다.

원래 파천묵인강은 강기(罡氣)다. 그것을 대성하면 어떤 무기로든, 혹은 장(掌)이나 권(拳), 신체 어떤 부위로도 강기를 발출할 수 있게 된다.

예전의 혈객은 검을 무기로 사용하여 검강을 발출했기에 사람들에게는 파천묵인강보다 파천묵인검으로 더 잘 알려져 있었다.

"네놈은 혈객과 어떤 관계냐?"

그때 흑의인이 화무린을 쏘아보며 갈라지는 목소리로 물었다. 그는 턱이 뾰족하며 눈이 움푹 꺼진 삼십대 중반의 나이였는데 일말의 표정도 짓고 있지 않았다.

혈객은 삼백여 년 전에 자타가 인정했던 천하무적 대살성이었고, 파천묵인강은 그의 성명절학이었으니 흑의인이 그렇게 묻는 것은 당연했다.

화무린은 입술을 비틀면서 차갑게 대꾸했다.

"어리석은 놈이로군. 너는 나하고 혈객의 관계를 궁금하게 여기기보다는 네 어깨 위의 머리가 얼마나 오래 붙어 있을지를 걱정해야 하는 것 아니냐?"

그 말에 흑의인은 가볍게 움찔했다.

그때 당쾌가 어깨를 들썩이며 호탕한 웃음을 터뜨렸다.

"으핫핫핫! 내 친구의 말이 옳다! 네가 할 일은 언제 죽고 싶은지를 결정하는 것뿐이다!"

사실 당쾌는 화통한 성격에 비해서 친구는 그다지 많지 않은 편이었다.

다들 그의 감추어진 내면보다는 거침없으며 무식한 언행을 못마땅하게 여기기 때문이다.

그런데 조금 전에 사귀게 된 친구가 천하에서 짝을 찾아보기 어려울 정도로 얼굴만 잘생긴 게 아니라 성격마저 호탕하더니, 무공까지 절정 수준에 도달해 있어서 당쾌의 지금 기분은 구름 위를 나는 듯했다.

"이놈아! 너는 죽기 전에 내가 악가장의 비봉검(飛鳳劍)과 만난다는 것을 어떻게 알았는지나 실토해라!"

비봉검은 악소의 별호였다. 당쾌는 기세등등해서 흑의인에게 소리쳤지만 대답을 듣지는 못했다.

쉬익!

별안간 흑의인이 화무린을 향해 쏜살같이 덮쳐 가며 검을 떨쳤기 때문이다.

"엇? 위험하다, 무린!"

픽!

당쾌가 다급히 외치는 것과 쏘아가던 흑의인의 몸이 허공 중에서 산산이 폭발한 것은 거의 같은 순간이었다.

언제든 긴장을 풀지 않고 있는 화무린은 당연히 흑의인의 급습에 대비하고 있었다.

아니, 굳이 대비하지 않았다고 해도 화무린 정도의 실력이라면 흑의인의 급습을 능히 대처하고도 남음이 있었다.

화무린은 처음에 흑의인을 죽였을 때 팔십 년 공력으로 파천묵인검을 펼친 것이 좀 강했다고 여겼기 때문에 방금 전에는 칠십 년 공력을 사용했다.

그런데도 두 번째 흑의인은 첫 번째 흑의인과 같은 모습으로 산산조각나서 죽어버렸다.

칠십 년 공력도 세다는 뜻이었다.

당쾌는 첫 번째에 이어서 두 번째 흑의인도 시신을 보존하지 못한 채 처참하게 죽자 잠시 멍한 얼굴이다가 혀를 내두르며 감탄을 금치 못했다.

"히유……! 정말 무시무시한 파천묵인검이로군!"

그는 화무린이 검을 꽂는 것을 보면서 그답지 않게 진지한 얼굴로 물었다.

"그런데 너 정말 혈객하고는 어떤 사이냐?"

화무린은 고개를 가로저었다.

"아무 사이도 아냐."

"그럼 파천묵인검은 어떻게 배운 거지?"

화무린은 대답하기가 난감했다. 그렇다고 구중천에서 배웠다고 곧이곧대로 대답하는 것은 좀 그랬다.

그가 말이 없자 당쾌는 특유의 털털한 웃음을 터뜨렸다.

"으핫핫! 괜찮아! 곤란하면 대답하지 않아도 돼! 그까짓 거, 무지하게 궁금하지만 내가 참지 뭐!"

그의 언어 세계는 좀 특이했다.

그는 난장판이 된 실내를 둘러보며 짐짓 엄살을 떨었다.

"이거, 지옥도 이런 지옥이 없군!"

그가 만약 구중천의 팔대지옥을 단 하루라도 경험했더라

면 이것을 보고 지옥이라고 하지는 않았을 것이다.

실내가 아수라장으로 변한 것은 그렇다 치더라도, 사방 벽이며 천장, 바닥 할 것 없이 무수한 살 조각과 피가 다닥다닥 붙어 있는 광경은 마치 벽력탄에 폭파된 푸줏간 같았다.

그때 생각난 듯이 갑자기 당쾌가 서둘렀다.

"어서 여길 뜨자. 놈들이 또 몰려오면 골치 아프다!"

화무린은 즉시 몸을 돌려 큰 걸음으로 걸어나갔다. 바닥에 쓰러져 있는 악소 곁을 스쳐 지났지만 그녀에겐 신경조차 쓰지 않았기 때문에 그녀가 쓰러져 있다는 사실마저 잊고 있었다.

"무린아! 네가 악 소저를 좀 안으면 안 될까?"

그러자 당쾌가 난감한 얼굴로 악소를 굽어보며 부탁했다.

"싫다."

화무린은 뒤도 돌아보지 않고 딱 부러지게 거절했다.

당쾌는 어리둥절한 표정을 지으며 눈알을 뚜릿뚜릿 굴리다가 곧 애원조로 다시 부탁했다.

"제발 부탁한다, 응? 보다시피 내가 이런 상거지 꼴이니 어떻게 악 소저를 안겠느냐?"

화무린은 걸음을 멈추고 뒤돌아보며 가볍게 눈살을 찌푸렸다.

"목숨이 위태로운 판국인데 그녀가 그런 것까지 따지겠느냐?"

당쾌는 목이 부러질 정도로 힘차게 끄덕였다.

"물론이야! 악 소저는 그러고도 남는다구!"

화무린은 어이없는 표정을 지었다.

당쾌는 몸서리를 쳤다.

"전에 어쩌다가 내가 실수로 악 소저의 옷깃을 슬쩍 잡은 적이 있었는데, 더러운 손으로 자기 옷을 만졌다고 그녀는 나를 거의 죽일 뻔했다니까! 그런데 내가 그녀를 안았다는 사실을 나중에라도 알게 된다면… 으흐흐! 안 돼! 나는 죽어서도 묻힐 곳이 없는 신세가 되고 말 거야!"

그 말에 화무린은 악소가 더욱 미워졌다.

아니, 가증스러웠다.

사람이란 다 똑같거늘 옷깃을 잡았다는 이유로 사람을 그렇게 핍박하다니, 과연 위선자 가문의 딸다웠다.

화무린은 자신도 모르게 차가운 어조로 내뱉었다.

"그럼 그냥 내버려 두고 가자."

"……."

그러자 당쾌는 자신의 귀를 의심하는 듯한 표정을 지었다. 그도 그럴 것이, 너무나도 완벽한 대장부인 화무린이 이렇게 나올 줄은 예상하지 못했던 것이다.

당쾌는 진지하게 입을 열었다.

"무린아, 그러는 것은 협의가 아냐. 아니, 협의를 떠나서 사람의 도리가 아니지."

그는 엄숙한 표정을 지어도 우습게 보이는 외모였지만 지금만큼은 그렇지 않았다.

"악 소저는 무림의 명문인 악가장을 대표하여 북경성으로 오는 중이었고, 나는 사부님의 명으로 그녀를 영접하러 나왔어. 설혹 악 소저가 아닌 생면부지의 여자가 이런 상황에 처했어도 모른 체할 수 없는 마당에, 하물며 악 소저는 더욱 그럴 수 없지!"

당쾌가 무림명가를 찾고 협의를 말하자 화무린의 속은 끝 간 데 없이 꼬였다.

그때 당쾌가 정중하게 허리를 굽히면서 다시 부탁했다.

"진심으로 부탁한다. 이 일에는 무림의 중대사가 걸려 있어. 게다가 정말로 나는 아직 죽고 싶지 않다."

화무린의 표정이 여러 차례 복잡하게 변했다. 엉겁결이라고는 하지만, 어차피 조금 전에도 한 번 안았던 계집이다. 한 번 더 안는다고 해서 달라질 것은 없다. 그저 가슴속에 품고 있는 원한만 변함없으면 그뿐이다.

그렇게 생각한 화무린은 딱딱하게 굳은 표정으로 악소를 가볍게 안아 들었다.

화무린을 지켜보던 당쾌는 그의 표정과 행동에 내심 고개를 갸웃거렸지만 입을 열지는 않았다.

악소의 안색이 조금 전보다 더 창백했고 숨소리도 거의 들리지 않았기 때문이다.

지금은 서둘러 안전한 장소를 찾아서 무슨 일이 있어도 악소부터 살리는 게 급선무였다.

"따라와."

휘익!

당쾌는 겁에 질려 구석에 숨어 있는 점소이와 손님들을 남겨둔 채 창밖으로 신형을 날렸고, 화무린은 그림자처럼 뒤따랐다.

第三十六章

정혼녀 악소

“그것만은 절대 못한다.”

화무린의 목소리는 차돌처럼 단단할 뿐 아니라 얼음처럼 싸늘해서 당쾌는 자신도 모르게 움찔 어깨를 떨었다.

“무리한 부탁인 줄은 알겠는데, 그렇다면 악 소저가 이대로 죽는 모습을 보고만 있을 거냐?”

당쾌는 침상에 반듯하게 눕혀져 있는 악소를 보며 그답지 않은 안타까운 얼굴로 말을 이었다.

“악 소저의 지금 상태로 볼 때 일각 이상을 못 버틸 것 같다. 지금 손을 쓰지 않으면 죽는다구!”

화무린이 당쾌의 안내로 주루에서 삼십여 리쯤 떨어진 이곳 장원에 도착한 것은 조금 전이었다.

장원의 주인은 평소 개방과 친밀한 사이인 터라 당쾌를 보는 즉시 두말없이 가장 크고 좋은 방을 내주었다.

문제는 죽어가는 악소를 살리는 일이었다. 당쾌는 무슨 희생을 치러서라도 그녀를 살려야만 했다.

할 수만 있다면 자신의 목숨이라도 내놓을 수 있었다. 그가 악소에게 특별한 감정을 품고 있어서가 아니라 그만큼 악소라는 존재가 중요했기 때문이었고, 이러는 것이 철이 들면서부터 귀가 따갑도록 배운 협의도이기 때문이었다.

"아… 악 소저!"

그때 당쾌가 악소를 보니 숨이 멎은 것 같았다. 안색은 이미 시체의 그것처럼 회백색으로 변해 있었다.

당쾌의 표정이 여러 차례 복잡하게 변했다.

이어서 그는 태어나서 처음 지을 듯한 엄숙하고도 강인한 표정으로 화무린을 쏘아보았다.

화무린은 당쾌의 시선을 짐짓 외면했다. 그는 정말로 악소가 죽든지 말든지 일말의 관심도 없었다.

"그렇게 살리고 싶으면 쾌, 네가 손을 쓰면 될 것 아니냐? 굳이 내가 해야 할 이유가 뭐지?"

화무린은 눈살을 찌푸리면서 말했다. 그는 악소에게는 눈길조차 주지 않았다.

당쾌는 두 팔을 벌려 보이면서 답답하다는 듯 대답했다.

"나는 의술은 전혀 모른다! 더구나 악 소저는 가슴에 일장을 적중당했기 때문에 살리려면 옷을 벗겨야 하는데, 만약 내가 그랬다가는 운이 좋아서 그녀를 살렸다고 하더라도 나중에 그녀가 그 사실을 알게 되면 치욕을 못 견디고 자결하려 들 거다! 그건 보지 않아도 뻔해!"

옷깃을 살짝 잡았다고 거의 죽을 뻔했던 당쾌다. 그런데 그녀의 옷을 벗기고 알몸을 드러냈다는 사실이 밝혀지면 악소가 어떻게 나올지는 너무도 자명했다.

"부탁한다, 무린! 너는 나보다 무공이 높으니까 악 소저를 살릴 수 있을 거야! 만약 악 소저가 살아난다면 잘생긴 너를 구명의 은인으로 여기겠지 설마 죽이겠다고 덤벼들기야 하겠느냐?"

그러나 화무린은 지나칠 정도로 완고했다.

"못한다. 아니, 안 해."

당쾌는 복잡한 표정으로 화무린을 쳐다보다가 악소를 보더니 착잡하게 중얼거렸다.

"악 소저는 죽은 것 같다. 이제는 손을 쓴다고 해도 늦었어."

그는 굳은 얼굴로 화무린을 쏘아보았다.

"나 당쾌가 사람을 잘못 보고 친구로 삼았군!"

화무린의 안색이 흠칫 변했다.

당쾌의 표정과 어조가 한층 강해졌다.

"아무리 잘생기고 무공이 높아도 협의를 행하지 않으면 금수와 다를 게 없다! 내가 보기에 너는 악 소저를 알고 있는 것 같다! 네가 악 소저나 악가장에 무슨 원한이 있는지는 모르겠지만, 악가장은 명문 중의 명문이다! 그런 악가장에 원한이 있다면 필경 네가 악인이겠지!"

화무린은 입을 굳게 다물었다.

이런 상황에서는 무슨 말을 해도 소용이 없을 테고, 말도 하고 싶지 않았다.

당쾌는 냉랭한 표정으로 팔을 뻗어 방문을 가리켰다.

"가라! 나는 너를 만난 적도, 친구로 삼은 적도 없다!"

화무린은 돌덩이처럼 굳은 표정으로 다리에 뿌리가 내린 듯 그 자리에 서 있었다.

"네가 가지 않겠다면 내가 가지!"

당쾌는 찬바람이 일도록 내뱉고는 뒤도 돌아보지 않고 방을 나가 버렸다.

화무린은 머리가 복잡했다. 자신이 악가장에 당했던 일을 설명해 준다고 해도 과연 당쾌가 저럴까? 하는 생각이 들었다.

그러나 무엇 때문인지는 모르겠지만, 설명을 해준다고 해도 당쾌는 여전히 저럴 것 같다는 느낌이 들었다.

'내가 잘못 생각하고 있는 것인가?

칠 년 전에 그가 악가장에 품게 된 원한은 아무리 생각해

봐도 너무나 확고부동했기 때문에 그것에 대해서는 다시 생각해 볼 이유가 없었다.

그런데 지금 그는 악가장에 대한 원한을 새삼스레 돌이켜 보기로 했다.

당쾌는 악가장이 천하에 다시없을 명문세가라고 했다. 악소가 북경에 오려던 일이 매우 중대한 일이라고도 했다. 아니, 그따위는 알 바가 아니다.

화무린은 악소를 굽어보았다. 당쾌의 말은 맞았다. 그녀는 겉모습만으로도 이미 시체였다.

그녀를 굽어보던 화무린은 악소의 얼굴에서 그 옛날 귀엽고 순진무구했던 어린 그녀와의 추억들을 찾아낼 수 있었다. 전혀 예기치 못했던 현상이었다.

그 뽀얗고 조그마한 것이 부친과 함께 천화장에 갈 때마다 '가가! 가가!' 하며 화무린을 졸졸 따라다니던 기억이 마치 며칠 전의 일처럼 생생했다.

'어쩌면 소아는 칠 년 전에 내가 악가장에 갔던 사실을 모르고 있을 것이다.'

그때 문득 그런 생각이 들었다. 화무린이 악가장에 찾아갔다가 하인들에게 거의 죽다시피 몰매를 당했던 사실을 악소는 물론 그녀의 부친도 몰랐을 것이다. 한낱 하인들의 사소한 일을 장주와 소장주가 알아야 할 이유는 없다.

죄가 있다면 그 당시 화무린의 방문을 윗전에 알리지도 않은 채 문전박대하고 몰매까지 놨던 하인들에게 있는 것이다.

굳이 따지자면, 명문이라고 자부하면서도 집안의 하인들을 그따위로 교육시킨 최종 책임 정도를 기껏 악가장주에게 물을 수 있을 것이다.

하면 악소는 죄가 없는 것이다.

처참하게 매를 맞아 거의 죽을 뻔했던 화무린은 어린 마음에 악가장 전체를 싸잡아서 원한을 삼켰으며, 칠 년여가 지난 지금까지 그것은 지속됐다.

원한이 너무 극심해서 원한 뒤쪽에 가려져 있는 진실을 보지 못했던 것이다.

아니, 보기를 원하지 않았다. 원한 그 자체만으로 그는 충분한 분루를 삼켰으며, 그것은 오늘날의 그를 있게 한 여러 원동력 중 하나가 되었다.

그런데 이제야 그런 사실을 새삼스레 깨닫고 나니 악소의 얼굴이 여태까지와는 전혀 달리 보였다.

과연 고개만 돌리면 그곳에 바로 피안이 있다는 불가의 가르침은 틀리지 않았다.

"소아⋯⋯."

화무린은 나직이 그녀를 부르며 부지중 손을 내밀어 그녀의 뺨을 가만히 만졌다.

부드러운 살결과는 달리 쇠붙이를 만졌을 때처럼 차가운 느낌이 손바닥 가득 전해져 왔다.

악소가 죽었다고 당쾌가 말했을 때에는 느끼지 못했는데, 지금 자신의 손을 타고 전해지는 그녀의 주검이 비수가 되어 거세게 심장에 쑤셔 박혔다.

"안 돼⋯⋯."

중얼거리는 그의 마음은 다급함과 후회로 뒤섞였다.

그는 서둘러 악소의 손목의 촌관척(寸關尺)을 잡아보았다. 의술이라고는 모르는 그였지만 본능적으로 맥을 짚어봐야 한다고 생각한 것이다.

"아⋯⋯!"

순간 그의 입에서 흐릿한 탄성이 새어 나왔다.

극히 미미하지만 악소의 손목에서 맥이 느껴졌다. 그것은 순전히 그의 공력이 높고 정심하기 때문이었다.

만약 당쾌였다면 이처럼 여리게 뛰는 맥은 잡아내지 못했을 것이 분명했다.

'이제 어떻게 하지?

맥이 뛰고 있다면 아직 살아 있다는 것이다. 살아 있다면 소생시킬 수도 있다는 뜻이 아니겠는가?

그러나 막막하기만 했다. 그저 단순하게 악소의 체내에 진기를 주입시키면 되는 것인지, 아니면 다른 방법이 있는 것인지 갈피를 잡을 수가 없었다.

악소가 살아 있다는 사실을 확인은 했지만 그는 의술에는 전혀 문외한이라서 장님이 바둑을 두겠다고 돌을 집어 드는 것이나 다름이 없었다.

그때 문득 그의 시선이 악소의 목덜미에 고정됐다.

그녀의 양쪽 쇄골에서 시작된 붉은 핏줄이 각각 한 줄기씩 목을 타고 위를 향해 뻗은 채 도드라져 있었다. 그것은 방금 전까지만 해도 없던 것이었다.

"양혈람(陽血濫)!"

순간 화무린은 자신도 모르게 낮게 외쳤다. 그와 동시에 그의 머릿속에 저장되어 있던 어떤 내용들이 실타래가 풀리듯이 질서있게 술술 풀려 나왔다.

찌익!

그는 알 수 없는 무엇인가에 이끌리듯 손을 뻗어 거침없이 악소의 앞섶을 찢어발겼다.

뒤이어 백옥처럼 뽀얗고 풍만한 농익은 여자의 상체가 고스란히 드러났다.

가녀린 체구와는 달리 풍만한 두 개의 육봉이 여리게 출렁였으며, 그 위에 막 익기 시작한 버찌 같은 유두가 살포시 고개 숙인 채 수줍게 얹혀 있었다.

하지만 화무린의 눈에는 그런 것이 전혀 들어오지 않았다. 그의 시선이 빠르게 그녀의 상체를 훑었다.

그녀의 젖가슴 바로 아래 한복판에는 복숭아 크기의 불그스레한 자국이 찍혀 있었다.

장력에 적중된 자국, 즉 장인(掌印)이었으며, 붉다는 것은 음양 중에서 양에 속하는 장력이라는 의미였다.

그런데 바로 그 장인을 중심으로 해서 사방으로 십여 줄기의 붉은 핏줄이 거미줄처럼 뻗어 있었다.

위로 뻗은 핏줄은 두 개의 젖가슴 위를 지나 구불구불하게 쇄골을 타고 뻗어 오르고 있었다.

화무린이 목에서 발견한 핏줄의 시작은 바로 젖가슴 아래에 적중된 장인이었다.

“틀림없는 양혈람이다.”

그는 확신에 차서 중얼거렸다.

이 순간의 그는 ‘양혈람’ 이라는 것을 자신이 어떻게 알고 있는지도 깨닫지 못하고 있었다.

강한 양강지기가 실린 장력이 사람의 몸에 적중되면 잠시 동안 적중 부위에 양기가 뭉쳐 있게 된다. 그 양기는 시간이 흐르면서 그 부위의 피를 온통 양화(陽化)시키면서 차츰 주위로 확산된다.

사람의 몸은 음과 양이 적절하게 조화를 이루고 있다. 남자는 양이 많고 여자는 음이 조금 많다는 정도의 차이가 있을 뿐이지, 그 정도가 지나치면 몸에 이상이 생기는 법이다.

그런데 양강지기의 장력에 적중되면 처음에는 그 부위의 음기가 깡그리 소멸됐다가 시간이 흐르면서 양기가 온몸으로 퍼지며 그 현상도 확산되는 것이다.

그런 식으로 전신의 음기가 소멸되면 자연히 죽음에 이를 수밖에 없다. 사람은 양기만으로, 또는 음기만으로는 생존할 수 없다.

지금 악소의 가슴 아랫부분 적중 부위에서 몸 전체로 거미줄처럼 뻗어나가고 있는 붉은 핏줄은 바로 체내의 음기를 소멸시키는 과정인 것이다.

화무린이 다시 자세히 쳐다보니 방금 전까지만 해도 목에 도달했던 붉은 핏줄이 턱을 타고 입 주위까지 뻗어 올라 있었다.

그것은 현재 악소의 온몸이 거의 양화된 상태이며, 머리에만 음기가 남아 있다는 뜻이었다.

만약 붉은 핏줄이 정수리까지 도달한다면, 설혹 전설상의 의술의 대가인 화타나 편작이 이 자리에 강림한다고 해도 그녀를 소생시킬 수가 없다.

'흡양주음법(吸陽注陰法)을 시전해야 한다!'

즉, 양기를 빨아내는 동시에 음기를 주입시키는 대법이었다. 화무린은 내심 그렇게 외쳤지만, 그 역시 자신이 어떻게 해서 알게 된 방법인지 알지 못했다.

그는 즉시 오른손을 뻗어 악소의 가슴 아래 붉은 장인에 손바닥을 밀착시켰다.

하지만 양기를 빨아내는 것과 동시에 음기를 주입시키기란 말처럼 쉽지 않은 방법이었다.

하지만 화무린은 마치 예전부터 줄곧 그런 방법을 연습했던 것처럼 능숙하게 시술했다.

그의 손바닥을 통해서 악소 몸에 퍼져 있던 양기가 빨려들었고, 그와 동시에 음기가 강물처럼 주입됐다.

사실 그의 머릿속에는 그 자신도 모르는 사이에 오백 년 전에 의선(醫仙)이라고 추앙받았던 명천선옹(命天仙翁)의 놀라운 의학 지식이 가득 담겨져 있었다.

명천선옹은 오백 년 전에 황궁으로 불려 들어가서 천황무록을 집필했던 백 명 중의 한 명이었던 것이다.

그는 천황무록에 자신의 의서인 명천신기서(命天神奇書)를 고스란히 기록했다.

천황무록을 달달 외운 화무린이었으니, 그 속에 있던 명천신기서가 그의 머릿속에 축적되어 있는 것은 당연했고, 그것이 이런 상황에서 화무린 자신도 모르게 발휘되고 있었다.

또한 화무린 정도의 공력을 지닌 사람이라면 흡양주음법을 시술하는 데에 큰 무리가 없었다.

그의 이마에 두어 개의 땀방울이 생길 무렵, 악소 체내의 양강지기는 그의 손을 통해 모조리 흡수되어 수증기가 되어 허공중으로 사라져 버렸다.

만약 장력을 발출한 흑의인의 공력이 화무린보다 높았더라면 이처럼 쉽사리 양강지기를 빨아내지 못했을 것이다.

"후우……."

어느덧 약 일각이 흘렀을 때 그는 가벼운 한숨을 토해내면서 손을 떼었다.

그 즈음 악소의 젖가슴 아래 부위에 찍혀 있던 장인은 말끔히 사라져서 원래의 살색을 회복한 상태였다.

물론 장인에서부터 거미줄처럼 뻗어나갔던 붉은 핏줄이 사라진 것은 두말할 나위도 없다.

하지만 악소의 상체는 여전히 밀랍처럼 희었으며 혼절에서 깨어나지 못했다.

화무린은 그녀의 상체를 굽어보며 잠시 뭔가 생각하다가 내심 낮게 외쳤다.

'그렇지! 추궁과혈이다!'

흡양주음법을 시술한 다음에는 추궁과혈을 해야만 한다. 양기를 빨아냈다고는 하지만 실핏줄이나 온몸의 혈도를 따라 전신 구석구석까지 퍼졌던 양기까지 죄다 빨아낸 것은 아니었다.

그런 점에서는 음기도 마찬가지였다. 충분한 음기를 주입시키긴 했지만 전신에 고루 퍼지지는 않은 상태였다.

그것을 추궁과혈, 즉 온몸 구석구석을 일일이 주무르면서 손바닥을 통해서 양기를 빨아내고 음기를 주입해야 치료가 끝났다고 할 수 있었다.

화무린은 서둘러 악소의 바지까지 벗겨냈다. 현재의 그는 치료에만 전념하고 있기 때문에 남녀 간의 사사로운 예의 같은 것은 전혀 염두에 두고 있지 않았다.

곧 허벅지 깊은 곳을 손바닥만 한 고의로 겨우 가린 채 알몸을 고스란히 드러낸 악소의 몸이 화무린 눈 아래 놓여졌다.

그는 잠시 추궁과혈을 해야 하는 부위를 눈으로 이리저리 살피다가 곧바로 두 손을 뻗었다.

그때부터 악소의 발끝에서 머리끝까지 화무린의 손길이 미치지 않는 곳이 없었다.

가볍게 두드리고 주무르고 쓰다듬는 그의 두 손은 악소의 나신 위에서 춤을 추었다.

그의 손동작은 마치 그동안 무수히 추궁과혈을 해본 사람처럼 능숙했다.

이윽고 그의 이마에 땀이 송알송알 맺혀졌다. 거의 마무리 단계에 들어선 것이다.

마지막으로 그의 두 손이 악소의 양쪽 허벅지 깊숙한 곳을 쓰다듬고 주물렀다.

은밀한 부위라고 해서 빼놓을 수는 없었다. 더구나 여자의 음부는 체내에서 음기가 가장 충만해야 할 부위가 아닌가.

의서에 적힌 대로 하자면 그녀의 고의마저 벗겨내야 하지만, 그는 잠시 머뭇거리다가 그냥 그녀의 두 다리를 넓게 벌린 후 음부로 손을 뻗었다.

이어서 겨우 손가락 두 개 폭밖에 안 되는 천으로 가려져 있는 악소의 음부에 손을 지그시 밀착시킨 채 약간의 힘을 주어 주무르면서 양기를 빨아내고 음기를 주입하는 행위를 병행했다.

'됐다. 이제……'

그때였다.

짜악!

"나쁜 놈!"

추궁과혈을 겨우 끝내고 허리를 펴면서 속으로 중얼거리던 화무린의 뺨에서 난데없이 불이 번쩍 튀었다.

"……."

화무린이 화끈거리는 뺨을 만지면서 쳐다보니 언제 깨어났는지 악소가 상체를 일으켜 앉은 채 피가 나도록 입술을 깨물면서 싸늘하게 그를 쏘아보고 있었다.

두 눈에는 금방이라도 굴러 떨어질 것처럼 눈물이 그렁그렁 고인 상태였다.

까마귀 날자 배 떨어진다고, 하필이면 화무린이 그녀의 음부에 추궁과혈을 시술하고 있을 때 그녀가 정신을 차렸던 것이다.

혼절에서 깨어난, 아니, 저승의 문턱을 넘고 있던 그녀가 소생하여 가장 먼저 느낀 것이 누군가의 손길이 자신의 너무도 소중하고 은밀한 부위를 멋대로 만지고, 누르고, 주무르는 것이었으니 어찌 혼비백산하지 않았겠는가.

그녀는 방금 구사일생으로 겨우 소생했다가 너무 놀라고

기가 막혀서 하마터면 그 즉시 진짜로 죽을 뻔했다.

"이… 나쁜 놈……!"

얼마나 분노했는지 그녀는 온몸을 덜덜 떨면서 '나쁜 놈'이라는 말만 되풀이할 뿐이었다.

너무 분노해서 자신이 알몸이라는 사실도 미처 깨닫지 못하고 있는 그녀였다.

그래서 백옥으로 조각을 한 듯한 그녀가 앉은 채 쌕쌕거리자 풍만한 젖가슴이 심하게 오르내렸으며 조금 전과는 달리 분노로 인해서 얼굴이 빨갛게 물들어 있었다.

악소는 화무린을 알아보지 못하는 것 같았다. 어째서인지는 몰라도, 화무린은 다행이라는 생각이 들었다.

마지막으로 만난 것이 십이 년 전이었으므로 못 알아보는 것도 무리는 아니었다.

화무린은 아무 말 없이 묵묵히 악소를 응시했다.

너무나 분하고 어이없는 악소는 이 순간에 자신이 어떻게 해야 할는지를 알지 못해 째근거리기만 할 뿐이었다.

"어엇? 살아났군요, 악 소저!"

그때 방으로 들어서던 당쾌가 앉아 있는 악소를 발견하곤 기뻐서 기절할 것처럼 소리를 지르며 달려왔다.

"허엇?"

그러다가 그는 중간에 뚝 멈춰서 악소를 보며 얼굴이 시뻘게진 채 눈을 커다랗게 뜨고 입을 헤에~ 벌렸다.

악소는 당쾌의 시선을 따라 자신의 몸을 쳐다보다가 그제
야 자신이 벌거벗은 몸이라는 사실을 깨닫고 혼비백산하고
말았다.

"꺄아악!"

순간 악소는 비단을 찢는 듯한 날카로운 비명을 지르면서
바로 옆에 서 있는 화무린의 품속으로 급히 파고들었다.

"아… 악 소저……."

당쾌는 그 자리에서 얼어붙었다.

자신이 악소의 벌거벗은 몸을 너무도 똑똑히 목격했다는
사실 때문에 그녀가 어째서 화무린 품에 안겼는지 하는 의문
같은 것은 생각할 겨를도 없었다.

더구나 악소가 화무린 품에 안겼다고는 하지만, 침상에 앉
은 채 상체를 살짝 비튼 자세였기 때문에 얼굴과 젖가슴의 절
반, 음부만을 겨우 가릴 수 있었을 뿐, 몸의 구 할은 고스란히
드러나 있는 상태였다.

"저, 저리 가지 못해? 더러운 거지 놈아!"

평소 그녀는 당쾌를 마치 하인처럼 부리기는 하지만 그래
도 호칭만큼은 '쌍쾌 가가' 라고 불러주었다.

그런데 지금은 '가가' 를 뺀 '쌍쾌' 도 고사하고 아예 '더러
운 거지 놈' 이 돼버렸다.

"미… 안하오, 악 소저……."

당쾌는 급급히 몸을 돌리며 그것으로도 모자라서 두 손으

로 눈까지 가렸다.

화무린은 쓴웃음을 지으며 얼른 겉옷을 벗어 악소의 몸에 덮어주었다. 그러나 그의 옷이 너무 큰 탓에 그녀의 상체는 물론 무릎까지 덮고도 남았다.

"이제 괜찮다, 쾌."

화무린의 말에도 당쾌는 쭈뼛거리면서 얼른 돌아보지 않다가 한참 만에야 극도로 조심스럽게 돌아섰다.

그러자 화무린 품에서 슬며시 벗어나려던 악소가 자신을 쳐다보는 당쾌를 보고는 마치 귀신이라도 본 것처럼 다시 급급히 화무린 품으로 파고들었다.

그녀는 그렇다 치고, 화무린은 엉겁결에 그녀를 보호한답시고 두 팔로 그녀의 등을 감싸듯 안고 말았다.

"……!"

그 행동 때문에 악소는 잠시 잊고 있었던 화무린에 대한 수치심을 기억해 냈다.

"이 나쁜 놈아!"

짜악!

그녀는 또다시 냅다 화무린의 뺨을 후려갈겼다.

만약 악가장의 원한이 여전한 크기로 남아 있는 조금 전 같았으면 화무린이 더 세게 악소의 뺨을 갈겨주던가, 그게 아니면 이대로 방을 나가 다시는 그녀를 보려고 하지 않았을 것이다.

하지만 어린 시절 부친으로부터 매사를 생각하고 또 생각하여 신중히 행동에 옮기라는 충고를 끊임없이 들어왔던 그였기에, 조금 전에 악가장의 원한을 다시 한 번 회고하여 최소한 악소에 대한 원한만이라도 없애 버릴 수 있었으며, 그래서 그녀를 치료하여 소생시킬 수 있었던 것이다.

하지만 칠 년여 동안 품고 있던 원한이 한순간에 사라져 버린다는 것은 불가능하다.

그러므로 그의 마음속에는 아직 원한까지는 아니더라도 미워하는 마음이 앙금 정도는 남아 있는 상태였다.

그런데 악소에게 뺨을, 그것도 두 대씩이나 맞게 되자 썩 좋은 기분은 아니었다.

"악 소저."

실내에 들어서자마자 한눈에 어떻게 된 상황인지 환하게 간파하게 된 당쾌는 악소가 앞뒤 가리지 않고 화무린의 뺨을 갈기자 적잖이 당황했다.

"뭐… 뭘 보는 거야?"

악소는 혼절에서 깨어나자마자 누군가 자신의 중요한 부위를 더듬고 주무르는 바람에 혼백이 달아날 정도로 놀랐다.

그래서 이것저것 생각할 겨를도 없이 화무린의 귀싸대기를 한 대 갈겨주고 나니, 이번에는 당쾌의 출현과 그의 시선 때문에 자신이 벌거벗고 있다는 사실을 깨닫게 되어 더욱 혼비백산하고 말았다.

그런 그녀가 지금 제정신이라면 오히려 그게 이상한 일이
었다.

사실 사람의 정신력이라는 것은 때에 따라서는 그 무엇보
다 강하기도 하지만, 그 반면에 살얼음처럼 약하기도 한 이중
성을 지니고 있는 것이다.

악소는 당쾌가 쳐다보는 바람에 자신이 방금 전에 뺨을 갈
긴 화무린의 품으로 또다시 파고들었다.

그랬다가 그 사실을 한 걸음 늦게 깨닫고는 화들짝 놀라면
서 급히 그의 품에서 벗어났다.

하지만 당쾌가 시선을 어디에 둘지 몰라서 전전긍긍하는
모습을 발견하고는 재차 화무린의 품으로 파고들었다.

화무린은 침상 아래에 떨어져 있는 악소의 하의를 발견하
고 씁쓸한 표정으로 그것을 집어 그녀에게 내밀었다.

악소는 그의 손에서 뺏다시피한 하의에 황급히 두 다리를
밀어 넣었다.

하의를 입고 상체에는 화무린의 옷을 걸치자 악소는 비로
소 정신을 수습할 수 있었다.

"네놈은 누구냐?"

화무린에게서 두어 걸음 떨어지면서 내쏘듯이 묻는 그녀
의 음성은 쪼개지는 얼음 조각처럼 날카로웠다.

"장력에 적중됐던 일이 기억나지 않소?"

침묵하는 화무린 대신, 이제 마음대로 악소를 쳐다볼 수 있

게 된 당쾌가 약간 어이없다는 얼굴로 물었다.

"아……!"

그제야 얼마 전 주루에서의 급박했던 상황이 퍼뜩 떠오른 악소는 낮게 탄성을 흘리더니 급히 물었다.

"그놈들은 어떻게 됐죠?"

"악 소저에게 뺨을 얻어맞은 나쁜 놈이 그 두 놈을 단칼에 죽이고 우릴 구했소."

당쾌는 화무린을 위해서 말로나마 작은 복수를 해주었다.

악소가 바보가 아닌 이상 당쾌가 말하는 '뺨을 얻어맞은 나쁜 놈'이 누구인지 당연히 깨달을 수 있었다. 그녀는 눈을 커다랗게 뜨면서 화무린을 바라보았다.

그러나 화무린은 씁쓸한 표정으로 그녀를 외면한 채 묵묵히 다른 곳을 쳐다보았다.

악소의 가슴속에서 커다란 굉음을 내며 무엇인가 무너져 내리고 있었다.

그녀는 급기야 자신이 주루에서 흑의인의 장력에 중상을 입었다는 사실에 생각이 미치자 자신의 가슴 부위를 굽어보면서 망연자실한 표정으로 더듬거렸다.

"그럼… 나를 살린 것은……."

"그 역시 뺨을 얻어맞은 나쁜 놈이었소."

"……."

악소는 기어코 할 말을 잃고 말았다. 그녀는 망연자실한 표정으로 화무린의 옆얼굴을 바라보았다.

당쾌는 씁쓸한 표정을 지었다.

"그놈들이 장력을 발출할 때 뜨거운 열기가 뿜어졌던 것으로 미루어 악 소저는 양강지기에 적중됐던 것 같소. 난 의술에 대해서는 잘 모르지만, 아까의 상황으로 봐서는 악 소저 체내에서 그 양강지기를 뽑아내지 않는다면 죽을 수밖에 없었을 것이오."

그렇기 때문에 양강지기를 뽑아내기 위해서 어쩔 수 없이 악 소저의 옷을 벗긴 것이다, 라는 말을 굳이 당쾌가 하지 않더라도 짐작할 수 있는 악소였다.

그 순간 악소를 지탱해 주던 명문세가의 긍지와 자존심 같은 것들이 모조리 붕괴돼 버렸다.

그녀는 놀라고도 더없이 미안한 표정으로 화무린을 바라보았다. 지금 생각해 보니 그가 자신의 음부를 만지고 주물렀던 것은 추궁과혈수법이었다.

말인즉 화무린은 '나쁜 놈'도 아니고, 뺨을 맞을 파렴치한도 아니며 오히려 악소의 생명의 은인인 것이다.

말이 쉬워 생명의 은인이지, 그가 아니었다면 그녀는 지금쯤 숨이 끊어진 채 싸늘한 시체로 변해 있을 것이다.

죽는다는 것은 살아서 보고 만지고 느낄 수 있는 모든 것들로부터의 완벽한 단절을 의미한다.

지금처럼 숨을 쉴 수도, 말을 할 수도, 당쾌가 자신의 알몸을 본다고 펄펄 뛸 수도, 음부를 만졌다는 이유로 생명의 은인을 때릴 수도 없는 것이다.

악소는 이런 상황에서 자신이 어떻게 행동해야 하는지에 대해서 배운 적이 없었다.

고맙다고 무릎을 꿇고 절을 해도 모자랄 판국에 욕을 퍼부으면서 뺨을 두 대씩이나 때렸으니, 대체 이 노릇을 어찌해야 하는지 악소는 눈앞이 캄캄할 뿐이었다.

짓궂은 당쾌가 이런 호기를 모른 체할 리가 없었다. 그는 어이없다는 듯 한숨을 푹푹 내쉬었다.

"나참! 나는 이날까지 살면서 은인을 원수로 대한 배은망덕한 사람에 대해서는 들어본 적이 없소! 이런 어이없는 사실이 강호에 알려진다면 명문 악가장은 말할 것도 없고, 악 소저가 어떻게 얼굴을 들고 다닐지 걱정이 앞서는구려!"

당쾌의 말은 다소 과장스럽기는 했지만 조금도 틀리지 않은 사실이었다.

하지만 악소는 그런 미래의 막연한 것보다는 지금 눈앞에서 있는 화무린에게 무슨 말을 어떻게 해야 할지 그게 더 급하고 난감한 상황이었다.

때리는 시어머니보다 말리는 시누이가 더 미운 법이다. 정작 화무린은 가만히 있는데 옆에서 미주알고주알 떠들어대는 당쾌가 얄밉기 한없는 악소였다.

"쾌, 언제 출발할 테냐? 늦을 것 같으면 나 먼저 가겠다."

갑자기 화무린이 불쑥 말하고 나서 방문 쪽으로 성큼성큼 걸어가자 당쾌는 당황해서 급히 악소를 쳐다보았다.

하지만 당쾌보다 더 당황한 사람은 악소였다. 만약 화무린을 이대로 보낸다면 그녀는 평생 마음속에 무거운 짐을 진 채 살아가야만 할 것이다.

악소의 표정에서 그녀의 절박한 마음을 읽은 당쾌는 급히 화무린을 불렀다.

"기다려! 우리도 간다!"

화무린은 방문 앞에 서서 악소를 보며 조용히 입을 열었다.

"내가 너에게 흡양주음법과 추궁과혈수법을 시술한 것은 양기를 뽑아내고 모자란 음기를 주입시킨 것이지 내상까지 치료한 것은 아니다. 너는 지금 즉시 두어 차례 운공을 해야지만 뒤틀린 장기가 제자리를 찾게 될 것이다."

과연 당쾌와 악소의 짐작대로 화무린은 추궁과혈수법을 사용한 것이 맞았다.

악소는 흡양주음법이란 말은 난생처음 듣는 것이지만, 그 이름으로 미루어 양기를 빨아내고 음기를 주입시키는 수법이라는 것을 쉽사리 짐작할 수 있었다. 그러므로 그가 악소의 옷을 벗긴 것은 어쩔 수 없는 상황이었던 것이다.

하지만 당쾌가 놀란 이유는 화무린이 악소를 대뜸 '너'라고 하면서 반말을 했기 때문이다.

구명지은의 은인이라고 해서 생면부지의 여자에게 그럴

수는 없는 일이다.

악소 역시 깜짝 놀라는 얼굴이었다.

하지만 그것도 잠시, 그녀는 왠지 화무린의 '너 '라는 호칭
과 반말이 전혀 어색하지 않았다.

화무린은 그 말을 끝으로 방을 나갔다.

第三十七章

# 투번고수(鬪幡高手)

"저 아이에게 내 이름을 밝히지 않았으면 좋겠다."

혼자 정원에 서서 생각에 잠겨 있는 화무린에게 당쾌가 다가갔을 때 그가 조용히 입을 열었다.

당쾌는 왜냐고 묻고 싶었지만 애써 궁금증을 삼켰다. 주루에서 화무린이 악소를 안지 않겠다고 강경하게 버텼을 때 어쩌면 그가 예전부터 악소를 알고 있을지도 모른다고 생각했는데, 이제 보니 그게 맞는 것 같았다.

사람에겐 누구에게나 말 못할 사정이 있는 법이다. 개방주의 제자라는 위치 때문에 나이에 비해 강호 경험이 풍부한 당쾌는 화무린에게도 어떤 사정이 있을 것이며, 때가 되면 묻지 않아도 말해줄 것이라고 믿는 수밖에 없었다.

"그렇게 하지."

당쾌의 대답을 들었는지 못 들었는지 화무린은 비스듬히 허공을 응시하고 있을 뿐이었다.

당쾌는 그런 화무린의 옆모습을 물끄러미 쳐다보았다. 보면 볼수록 더욱 준수했으며 잘난 친구였다.

처음에는 그저 화무린이 절세의 미남이라는 이유 하나 때문에 친구로 삼고 싶었고, 그래서 친구가 됐다.

그는 친구가 되자는 자신의 즉흥적인 요구에 화무린이 선뜻 그러자고 응할 줄은 예상하지 못했다.

그래서 그가 비단 얼굴만 잘생긴 것이 아니라 호탕불기(豪宕不羈)한 대장부의 성품마저 갖추고 있다고 판단해서 조금 더 그가 마음에 들었다.

그러나 그게 끝이 아니었다.

당쾌는 비록 짧은 시간 화무린과 대화를 나누었을 뿐이지만, 그가 말은 가볍게 하지 않으면서도 가끔씩 한두 마디를 할 때면 매우 신중할 뿐 아니라 짧은 말 중에 학식이 도저하게 깔려 있음을 알게 되었다.

그뿐인가? 결정적인 것은 화무린이 삼백여 년 전 전설의 대살성인 혈객의 파천묵인검으로 두 명의 흑의인을 각각 일초식만으로 산산조각 냈을 뿐만 아니라, 다 죽어가던 악소마저도 어렵지 않게 소생시켰다는 사실이었다.

일이 이쯤에 이르자 당쾌의 놀라움은 극에 달했다. 아니, 경이로움이라고 해야 옳았다.

그는 화무린이 약관의 청년이 아닌 반로환동한 무림의 전대 기인처럼 여겨질 정도였다.

그때 당쾌는 갑자기 화무린의 표정이 굳어지면서 눈빛이 날카롭게 변하는 것을 발견했다.

"왜……."

당쾌가 막 입을 열어 왜 그러느냐고 물으려는데 화무린이 손가락 하나를 입 앞에 세우며 조용히 하라는 시늉을 했다.

이어서 화무린은 몸을 돌려 앞을 가로막고 있는 거대한 전각을 쳐다보았다.

당쾌도 그의 시선을 좇아 전각을 쳐다보았지만 전각은 그저 전각일 뿐 사람의 모습이나 그 밖에 이상한 것은 없었다. 혹시나 해서 공력을 끌어올려 청력을 돋우어 봤으나 마찬가지였다.

"……!"

그게 아니었다. 그렇게 잠시가 지났을 때 당쾌는 한줄기의 미약한 파공음을 감지했다.

처음에 그것은 방향을 구분할 수 없는 먼 곳에서 들려오는 한낱 날벌레의 날갯짓 정도로만 여겨졌는데, 약간의 시간이 흐른 뒤에야 무림인이 경공술을 전개할 때 바람을 가르는 소리라는 것을 깨닫게 되었다.

거리는 오 리 정도, 방향은 전각 너머, 숫자는 세 명이며, 점차 가까워지고 있었다.

당쾌는 화무린이 자신보다 먼저 파공음을 간파한 것을 조금도 놀라워하지 않았다.

대신 그는 즉시 신형을 날려 전각 모퉁이를 돌아 후원 쪽으로 쏘아갔고 화무린이 그 뒤를 따랐다.

휘익! 휙!

후원의 풀밭에 화무린과 당쾌가 나란히 우뚝 서서 반 다경쯤 기다렸을 때 세 개의 인영이 거침없이 장원의 뒷담 위 허공을 날아 넘어왔다.

그들은 자신들을 기다리고 있는 것 같은 모습의 화무린과 당쾌를 발견하고는 크게 놀라는 듯하더니 그중 한 명이 초조한 신색으로 포권을 하며 입을 열었다.

"미안하오. 결례인 줄 알면서도 쫓기는 몸이라 부득이 월담을 했소. 잠시 피신해 있어도 되겠소?"

그는 그렇게 말하는 중에서 초조한 표정으로 연신 뒷담 쪽을 힐끔거렸다.

자신들이 쫓기는 몸이라고 했으니 아마도 추격자를 신경 쓰는 것 같았다.

세 사람은 모두 이십대의 청년들이었으며, 옷차림이나 외모, 풍겨지는 기풍으로 봐서는 정파 출신인 것 같았다.

방금 말을 한 사람은 그중에서 가장 연장자로 보였으며, 각진 턱에 강인한 용모로 몹시 긴장한 얼굴에는 굵은 땀방울이 맺혀 있었다.

"혹시… 귀하는 개방의 소리쾌 당 소협이 아니오?"

그는 당쾌가 뭐라고 대꾸하기도 전에 만면에 반가운 표정을 지으며 그렇게 물었다.

당쾌의 외모는 하도 특이해서 생면부지의 사람이 그에 대한 소문만 듣고도 한 번에 알아본다고 해서 결코 이상한 일이 아닐 것이다.

원래 경험이나 식견이라고 하면 당쾌도 한 가닥 하는 사람이었다. 그 역시 세 청년의 모습을 한 번 보는 순간 대번에 그들의 신분을 알아냈다.

"세 분은 혹시 대붕보(大鵬堡)의 대붕칠웅(大鵬七雄)이 아니오?"

"그렇소."

말을 한 사람은 대붕칠웅 중에 맏이인 일웅(一雄)이었다. 대답하는 그의 표정은 착잡했다.

그리고 보니까 세 청년의 상의 왼쪽 가슴에는 한 마리 검고 큰 독수리가 수놓아져 있었다.

또한 그들은 몸의 여기저기에 크고 작은 상처를 입은 듯 피를 흘리고 있는 낭패한 모습이었다.

당쾌는 그들의 행색과 상처를 보고 뭔가 심상치 않음을 감지하고 즉시 물었다.

"무슨 일이 있었소?"

대붕보는 하북 아래 지방에서 제법 세력이 있고 명성을 떨치는 소방파였다.

구파일방이나 악가장 같은 대방파하고는 비교할 바가 못되지만, 작아도 알토란 같은 방파이며 대붕칠웅은 대붕보주가 아끼는 일곱 명의 제자였다.

갑자기 일웅이 뒷담 쪽을 보면서 초조하게 말했다.

"여기서 이럴 게 아니라 일단 몸을 숨겨야겠소. 그놈들이 곧 뒤따라올 것이오."

그는 추격자들을 몹시 두려워하는 것 같았다.

"그놈들이라니, 누구 말이오?"

"우리도 모르겠소. 우리 칠 형제가 길을 가고 있는데 그자들이 다짜고짜 공격을 해왔소."

당쾌는 뭔가 짚이는 게 있어서 즉시 물었다.

"혹시 그자들은 흑의에 짧은 피풍의를 걸쳤으며 머리에는 괴상한 철모를 뒤집어쓴 놈들이 아니오?"

그 말에 세 청년의 안색이 크게 변했고 일웅이 적잖이 놀라면서 크게 고개를 끄덕였다.

"맞소! 당 소협은 그놈들을 알고 있소?"

"음! 천외신계 놈들이 분명하오. 이마에 '투번'이라고 새겨져 있었다면 천외무적군(天外無敵軍)에 속해 있는 놈들일 것이오."

"천외신계!"

"맙소사! 천외신계라니!"

그 순간 대붕삼웅이 동시에 거의 경악에 가까운 외침을 터뜨렸다. 너무 놀라서 자신들이 쫓기고 있는 신세라는 것도 잊어버린 듯했다.

'아차!'

당쾌는 부지중에 말을 꺼내놓고는 낭패한 표정을 짓고 말았다.

천외신계가 중원에 들어와 암중에 활동하고는 있었지만, 그 사실이 아직은 무림에 거의 알려지지 않았으며, 구파일방이나 대방파, 명문세가의 수뇌부만이 알고 있는 형편이었다.

만약 그런 사실이 무림 전역에 알려진다면 십중팔구 무림 전체가 벌집을 쑤셔놓은 것처럼 발칵 뒤집힐 것이 틀림없다.

아니, 그 정도가 아니라 상상하는 것 이상의 아비규환의 대혼란이 벌어질 것이다.

천중인계의 중원인들은 오십여 년 전에 천외신계가 중원을 침공하여 무슨 짓을 저질렀는지 너무도 잘 알고 있었다.

대륙 도처에는 시체가 산을 이루었으며 피가 강이 되어 흘렀다. 가는 곳마다 시체 썩는 악취에, 가족을 잃은 사람들의 울부짖음이 온 천하를 진동케 했다.

그것이 이름하여 '삼천쟁' 인 것이다.

그런데 바로 그 악마의 천외신계가 오십여 년 만에 또다시 중원에 나타났다는 것이다.

　그러므로 대붕삼옹이 경악하는 것은 자연스러운 반응일 수밖에.

　하지만 그들과는 다른 의미에서 놀라는 사람이 있었다. 다름 아닌 화무린이었다.

　단궁천의 말에 의하면, 가문의 원수인 무쌍신과 육천군은 천외신계의 인물이라고 했다.

　하지만 화무린은 천외신계가 어디에 있는지 모른다. 그곳을 찾아낼 만한 추호의 단서도 없는 상황이었다.

　그래서 북경에 가서 하오문에게 천외신계에 대해서 알아보고 그곳에서 만족할 만한 성과를 거두지 못하면 자신이 취할 수 있는 모든 방법을 동원해서라도 찾아낼 생각이었다.

　어쩌면 그것은 드넓은 백사장에서 바늘 하나를 찾아내는 것만큼이나 힘든 일일지도 모른다. 하지만 달리 방법이 없었다.

　그런데 당쾌와 악소로 인해 우연찮은 기회에 천외신계의 인물을 조우할 수도 있게 된 것이다.

　화무린에게 이것은 하늘이 내려준 천재일우의 기회였다. 이것을 놓치면 두고두고 후회하게 되거나, 험하고 먼 길을 돌아서 가게 될지도 모르는 일이다.

　이제 눈앞에 있는 저자들, 즉 투번고수를 족친다면 무언가 알아낼 수 있을 것이다.

그는 재빨리 당쾌를 쳐다보았다. 그런데 당쾌의 얼굴에는 후회의 기색이 역력했다.

화무린은 그가 방금 한 말 때문에 후회하고 있다는 것을 즉시 간파하고 무언가 물으려던 것을 잠시 뒤로 미루었다.

아마도 당쾌는 방금 말한 것 이상의 정보를 알고 있을 것이라는 게 화무린의 짐작이었다.

대붕삼웅은 경악했지만 그것에 대해서 당쾌에게 캐물을 수 없는 상황이 되고 말았다.

스웃— 스슷—

바로 그때 미풍에 낙엽이 흩날리는 듯한 낮은 파공음과 함께 세 명의 흑의인이 비조처럼 뒷담을 날아서 넘어오는 것을 발견했기 때문이다.

세 명의 흑의인.

그들은 방금 전에 대붕칠웅의 대웅이 말했던 천외신계 천외무적군 소속 투번고수들이었다.

투번고수들이 새털처럼 가볍게 지면에 내려서고 있는 사이에 대붕삼웅은 구르듯이 당쾌 쪽으로 달려왔다. 그들의 얼굴에는 두려움을 넘어선 공포가 역력하게 떠올라 있었다.

당쾌는 투번고수 한 명 한 명이 얼마나 무서운 존재들인지 개방으로 비밀리에 접수되는 정보들을 들어 익히 알고 있었다.

더구나 그는 얼마 전 주루에서 뿐만 아니라 그 이전에도 한 차례 투번고수와 격돌을 벌인 적이 있었다.

그 당시에는 당쾌 자신과 세 명의 개방 일류고수들이 두 명의 투번고수를 상대했다.

결론만 말하자면, 그 싸움에서 개방의 일류고수 세 명이 모두 죽었으며 당쾌도 부상을 입은 반면에, 투번고수는 한 명만 죽었고, 그 즉시 당쾌는 죽을힘을 다해서 겨우 그곳을 도망쳐 나와 목숨을 건질 수 있었다.

개방주 철심협개는 개방 이래 최고 고수라고 자타가 공인하는 인물이었다.

그런 그도 개방의 일류고수 열 명의 합공이라면 전력을 다해도 우열을 가리기 힘들다. 개방 일류고수는 그 정도 수준인 것이다.

즉, 그 말은 철심협개가 세 명의 투번고수를 상대한다면 여유있게, 네 명이라면 힘겨워할 것이라는 뜻이었다.

철심협개는 구파일방의 하나인 개방의 방주다. 지니고 있는 실력으로나 명성으로 무림 전체에서 손가락에 꼽히는 그가 겨우 서너 명의 투번고수를 상대할 수 있을 정도라면 더 이상 무슨 말이 필요하겠는가.

당쾌는 방금 전 세 명의 투번고수가 장내에 나타났을 때에는 부지중 약간 겁을 먹었지만, 자신의 옆에 화무린이 우뚝 서 있는 것을 보고는 마음이 놓였다.

그가 투번고수 두 명을 얼마나 간단하게 죽였는지 똑똑히 목격했기 때문이다.

그렇기도 했지만, 왠지 화무린 곁에 있으면 마음이 든든했다. 그가 꼭 무공이 고강해서만이 아니라, 그라면 무엇이든 척척 잘 해낼 것만 같은 그런 느낌이 들었다.

"쾌, 저놈들이 천외신계의 투번고수냐?"

그때 화무린의 차가운 음성이 당쾌의 고막을 두드렸다.

그가 쳐다보자 화무린은 얼굴에 한 겹의 얼음 막을 덮어쓴 것 같은 싸늘한 표정이었으며, 두 눈에서 은은하게 뿜어지는 것은 틀림없는 분노였다.

"……."

당쾌는 아마도 화무린의 가문이 과거 삼천쟁 때 천외신계에 의해서 큰 화를 당했을 것이라고 나름대로 짐작했다.

삼천쟁 당시 천외신계에 멸문당한 방파와 문파, 가문들이 수백, 수천에 이르렀으며, 개인은 더 말할 나위도 없을 정도였다. 그러므로 당쾌가 그런 짐작을 하는 것은 자연스러운 일이었다.

그때 조금 전보다 더 차가워진 화무린의 음성이 다시금 당쾌의 고막을 때렸다.

"다들 물러나라."

그러나 당쾌는 그의 말에 즉시 따를 수가 없었다. 얼마 전에 주루에서 화무린이 투번고수를 어떻게 죽였는지 똑똑하게 보긴 했지만, 그때는 일 대 일, 즉 한 명씩 차례로 상대해서 죽였다.

그런데 지금은 세 명인 것이다. 더구나 화무린은 다들 물러나라고 말했다.

그것은 화무린 혼자 한꺼번에 세 명의 투번고수를 상대하겠다는 뜻인 것이다.

"무린아."

당쾌가 적잖이 놀란 얼굴로 쳐다보았지만 당사자인 화무린은 요지부동이었다. 아니, 얼굴에는 방금 전보다 더 차갑고 더 지독한 분노가 떠올라 있었다.

그는 가문의 원수라면 그들이 키우는 개 한 마리까지도 찢어 죽이고 싶은 살심(殺心)을 일곱 살 이후부터 차곡차곡 키워왔다.

원수의 집단이 천외신계로 밝혀진 이상, 천외신계에 속한 것이라면 그 무엇이라도 쳐죽이고 싶은 것이 그의 심정이었다.

한편, 세 명의 투번고수는 나타난 순간부터 일체의 움직임이나 말도 없이 석상처럼 나란히 서 있었다.

그들은 당쾌나 대붕삼웅, 심지어 '다들 물러나라' 면서 전의를 불태우고 있는 화무린마저도 전혀 안중에 두고 있지 않는 것 같은 모습이었다.

당쾌는 대붕삼웅에게 뒤로 물러나라고 눈짓을 하면서 자신도 몇 걸음 물러섰다.

그는 두 번 투번고수와 싸워봤기 때문에 지금 자신이 투번고수 한 명쯤은 상대할 수 있다고 생각했다.

하지만 처음에는 부상을 당해서 도망칠 수밖에 없는 상황이었고, 두 번째에는 싸우는 도중에 화무린이 투번고수를 죽여서 끝까지 싸워보지 못했다.

그러므로 자신과 투번고수 한 명이 끝까지 싸우면 어떤 결과가 나올는지 지금으로선 미지수였다.

그는 만약 화무린이 싸우다가 불리한 상황이 되면 자신이 나서리라 생각했다.

대붕삼웅은 이 중에서 가장 어린 화무린이 투번고수 세 명을 상대하겠다고 나서자 크게 놀랐지만 당쾌가 순순히 따르는 것을 보고 자신들도 나서지 않았다.

그렇다고 심중의 미심쩍음이 사라진 것은 아니었다. 그들은 당쾌보다 대여섯 걸음이나 더 물러난 상태에서 서로 눈짓을 교환했다. 눈짓에는 여차하면 도망치자는 의미가 담겨 있었다.

화무린의 살심에 불타는 날카로운 눈빛이 나란히 서 있는 세 명의 투번고수를 하나씩 훑어보았다.

문득 그의 시선이 복판의 투번고수에게 멈췄다. 그자의 절모 정수리 부분에 하나의 뾰족한 침(針)이 솟아 있었다.

그것은 다른 두 명에겐 없는 것으로서, 아마도 그가 세 명 중의 우두머리인 듯했다.

화무린의 짐작이 맞았다.

그는 네 명의 투번고수를 이끌고 있는 우두머리로서, 얼마 전 주루에서 화무린에게 죽은 두 명과 이곳에 있는 두 명, 도합 네 명이 그의 수하였다.

그리고 그의 임무는 산동 악가장을 떠나 북경의 회합 장소로 향하는 악소를 제압하여 납치하는 것이었다.

화무린은 그자를 제압하기로 결정했다. 뭔가 알아내려면 졸개보다 한 끗발이라도 높은 우두머리를 족쳐야 소득이 있을 것이라는 판단에서였다.

"귀찮으니까 너희는 한꺼번에 덤비도록 해라."

화무린은 씹어 뱉듯이 말했다.

그의 오만무도함에 화를 낼 만도 한데, 투번고수들은 일체의 반응이 없었다.

그런 것만 보더라도 그들은 어중이떠중이가 아니라 고도의 훈련을 받은 것이 분명했다.

그때 좌우 두 명의 투번고수가 각기 움직이기 시작했다. 움직이는 데에도 둘 다 소리가 없기는 마찬가지인데, 움직이는가 싶더니 다음 순간 한 명은 화무린에게, 또 한 명은 당쾌 일행을 향해 신형을 날렸다.

아니, 신형을 날리는 순간 어느새 거리를 절반으로 좁히고 있었다.

그 바람에 당쾌는 흠칫하면서 쌍장을 발출할 자세를 잡았고, 대붕삼웅은 피할 준비를 했다.

화무린은 이미 공력을 극한으로 끌어올린 상태였기에 조금도 망설임없이 즉시 가슴 아래에 차고 있는 도곤의 걸쇠를 풀고는 두 명의 투번고수에게 각각 열 개씩의 귀명비도를 쏘아냈다.

쉬이이―

무언가 번뜩이는 몇 줄기의 흐릿한 은린이 화무린의 양손에서 흡사 섬전처럼 뿜어져 나갔지만 그것이 무엇인지 발견한 사람은 아무도 없었다.

게다가 은린들이 목표물에 거의 도달해서야 미약한 파공음이 뒤를 따랐다.

귀명비혼이 전개된 것이다.

현재 화무린의 귀명비혼은 더 이상 오를 수 없는 경지에까지 도달한 상태였다.

원래 귀명비혼을 소군에게 가르쳤던 금비라 은겸보다 오히려 한 수 위의 수준이었다.

그러므로 그가 발출하는 귀명비도는 단순한 비도가 아니라 검기 이상의 쾌속함과 위력을 발휘했다.

도곤의 옆구리에 있는 걸쇠를 잠그면 사십오 개의 귀명비도 고리에 천잠사와 만년화리로 만든 가느다란 줄이 연결되고, 걸쇠를 풀면 귀명비도에서 줄이 분리된다.

그가 걸쇠를 푼 것은 귀명비도에 연결된 줄 때문에 다음 동작이 자유롭지 못할까 봐 우려해서였다. 물론 그의 다음 동작은 우두머리를 공격하는 것이었다.

두 명의 투번고수는 자신들을 향해 쏘아오는 몇 줄기의 흐릿한 은린을 발견하는 순간 피하려고 했지만, 은린들은 어느새 그들의 목전에 도달해 있었다.

퍼퍼퍼퍼어어억!

두 명의 투번고수의 미간과 목, 상체의 열 군데에 각각 열 자루씩의 귀명비도가 정확하게 쑤셔 박힐 때 화무린의 신형이 구름처럼 둥실 허공으로 떠올랐다.

슈우우!

그리고 두 명의 투번고수 몸이 기우뚱할 때, 순식간에 지상 이 장 높이로 솟구쳐 올라 발검하는 화무린의 검에서 반달 모양의 푸른 검기가 지상을 향해 뿜어졌다.

푸른 검기가 향하고 있는 곳은 투번고수의 우두머리 오른쪽 어깨.

오른쪽 어깨를 잘라서 아예 공격을 못하게 만든 다음에 제압하겠다는 뜻이었다.

쩌겅!

그런데 투번고수의 우두머리는 뭔가 달랐다. 그는 화무린이 팔십 년 공력으로 발출한 파천묵인검 베기, 즉 참식(斬式)을 어깨의 검을 뽑는 것과 동시에 막아냈다.

하지만 화무린의 공격은 한 번으로 그치지 않았다. 그는 하강하던 몸을 한차례 뒤집으면서 우두머리의 뒤로 날아가는 것과 동시에 이번에는 파천묵인검의 찌를 자식(刺式)을 응용한 할자식(割刺式) 세 줄기의 검기를 뿜어냈다.

키이잇!

세 줄기 푸른 검기가 우두머리의 상체 각기 다른 급소를 향해 흡사 빛처럼 쏘아갔다.

쨍!

퍼퍽!

"큭!"

우두머리는 재빨리 몸을 돌리며 수중의 검을 휘둘렀지만 세 줄기 검기 중 하나만 튕겨냈을 뿐 두 개를 각각 오른쪽 어깻죽지와 옆구리에 적중당하고 말았다.

아니, 두 줄기 검기는 아예 그의 몸통을 관통해 버렸다. 검기가 관통된 부위에서 핏물이 푹 하고 솟구쳤다.

그는 몸이 기우뚱했지만 곧 자세를 바로 잡으면서 화무린을 공격하려고 했다. 비록 중상을 당했지만 그 정도로는 그의 정신력을 꺾지 못했다.

하지만 그것은 단지 그의 의지로만 끝났다. 왜냐하면, 어느새 화무린이 그의 앞에 우뚝 서서 검끝을 그의 목 한복판에 거의 닿을 듯이 겨누고 있었기 때문이다.

싸움이 시작되고 끝나기까지는 겨우 눈을 두세 번 깜빡일 정도의 시간밖에 흐르지 않았다.

그래서 대붕삼웅은 자신들이 뭔가 착각하거나 환상을 본

것이 아닌가 하고 여길 정도였다.

우두머리의 두 눈이 잔뜩 커졌다. 명백한 불신이 그 눈에 새겨졌다가 곧 깊숙하게 가라앉았다.

화무린이 경험한 바에 의하면, 우두머리는 보통의 투번고수보다 절반 정도 고강했다.

하지만 그는 운이 없었다. 자신을 단 이 초식 만에 제압해 버린 화무린이 있는 장원으로 제 발로 찾아들었으니까.

그때 화무린의 눈이 가볍게 빛나면서 슬쩍 검끝을 옆으로 비켜나게 했다.

우두머리는 자결을 하려고 자신의 목에 닿아 있는 검끝에 목을 밀어 넣으려다가 실패하고 말았다. 그들이 받은 혹독한 훈련의 마지막은 만약 제압되었을 경우 자결하여 스스로 살인멸구하라는 것이었다.

무림인이 자결할 수 있는 방법은 여러 가지가 있다.

그러나 안타깝게도 우두머리는 그것들 중에 한 가지도 실행에 옮기지 못했다. 그러기 전에 화무린이 신속하게 그의 혈도를 제압해 버린 것이다.

당쾌와 대붕삼웅은 놀란 얼굴로 화무린을 쳐다보고 있었다.

그러나 그들의 놀라는 정도는 각기 달랐다.

당쾌는 과연 화무린이 투번고수 세 명을 당해낼 수 있을까 반신반의하다가 적잖이 놀라는 것이지만, 대붕삼웅은 아예 혼비백산한 표정이었다.

아마도 그들은 태어난 이후 지금이 가장 놀라는 표정을 짓고 있을 것이다.

단언하건대, 그들은 죽을 때까지도 지금 같은 표정은 지을 일이 없을 것이다.

대붕삼웅은 조금 전에 우두머리를 제외한 두 명의 투번고수와 싸우다가 형제 네 명을 잃었다.

그것도 형제 두 명은 싸움이 시작되자마자 순식간에 죽었고, 다른 두 명이 몸을 던지면서 결사적으로 투번고수를 막으며 이들 세 명에게 도망칠 수 있는 기회를 만들어주었다. 그러지 않았다면 이들도 십중팔구 그곳에서 죽었을 것이다.

그런데 화무린은 우두머리가 포함된 세 명의 투번고수를, 그것도 단 삼 초식 만에 죽이고 제압했으니 경악도 이런 경악이 없었다.

이 순간 대붕삼웅의 눈에는 화무린이 사람의 형상을 하고 있는 천신으로 보였다.

"아……!"

두 번의 운공을 끝내고 밖으로 나와 화무린과 당쾌를 찾아 다니던 악소는 후원 마당에 이르러 그곳에 벌어져 있는 광경을 발견하곤 탄성을 터뜨렸다.

죽어 있는 두 명의 투번고수와 제압당한 채 화무린 발아래 쓰러져 있는 우두머리를 쳐다보던 그녀의 눈길이 마지막에 화무린에게 고정되었다.

화무린은 악소에겐 눈길조차 주지 않은 채 죽은 두 투번고수의 몸에서 이십 자루의 귀명비도를 회수하여 도곤에 꽂았다.

당쾌와 대붕삼웅은 그제야 두 명의 투번고수를 죽인 수법이 비도술이라는 사실을 깨달았다.

'방금의 그 수법은 설마 오래전에 실전됐다는 귀명비흔?!'

개방주의 후계자답게 견문이 풍부한 당쾌는 화무린이 전개했던 비도술의 정체를 어렵사리 기억해 내고는 내심 크게 놀랐다.

그가 사부인 철심협개에게 듣기로는, 귀명비흔은 백여 년 전에 무림을 일세풍미(一世風靡)했던 정사 간의 절정고수 귀명사(鬼鳴死)의 성명절기였다.

당쾌는 놀랍고도 어이없는 표정으로 화무린을 쳐다보았다. 믿을 수 없게도 화무린은 혈객의 파천묵인강에 이어 귀명사의 귀명비흔까지 전개했다.

도대체 그의 신분이 무엇이란 말인가?

당쾌는 놀라움을 넘어서 머리가 지끈지끈 아파오기 시작했다.

"이놈을 문초해야겠어."

"안으로 들어가지."

화무린이 조금 전과는 다른 깊숙이 가라앉은 눈빛으로 중얼거리는 말에 정신을 차린 당쾌가 우두머리를 냉큼 어깨에 들쳐 메고 장원 안으로 향했다.


한 칸의 밀폐된 석실 안에는 화무린과 당쾌, 그리고 투번고수의 우두머리 세 사람이 있었다.

세 사람의 표정은 각기 달랐다.

화무린은 무심하기 짝이 없는 얼굴이었으며, 당쾌는 질린 듯한 표정, 그리고 우두머리는 절망에 젖어 있는 표정이었다.

그런데 우두머리는 이곳에 들어설 때의 모습이 아니었다. 아니, 그는 더 이상 인간의 모습을 하고 있지 않았다.

어찌 팔과 다리, 사지가 잘려 나가고 몸뚱이와 거기에 달랑 붙어 있는 머리통만으로 바닥에서 버둥거리고 있는 고깃덩어리를 인간이라고 부를 수 있겠는가.

처음 이 석실에는 악소와 대붕삼웅까지 모두 함께 있었다.

그리고 우두머리는 무쌍신과 육천군이 어디에 있느냐는 화무린의 집요한 질문에도 표정 하나 변하지 않은 채 굳게 입을 다물고 있었다. 그는 혈도를 제압당한 채 말을 할 수 있도록 아혈만 풀어놓은 상태였다.

화무린은 첫 물음에 대답을 듣지 못하자 우두머리의 왼팔을 어깨에서부터 가차없이 잘라 버렸으며, 한 번 묻고 대답을 듣지 못할 때마다 연이어 사지를 하나씩 잘랐다.

한쪽 다리와 한쪽 팔뿐인 우두머리는 즉시 바닥에 쓰러져서 고통스럽게 버둥거렸으며, 잘린 부위에서 흘러나온 피가 바닥을 붉게 물들였다.

화무린의 목적은 오직 우두머리의 입을 통해서 무쌍신과 육천군의 행방을 알아내는 것뿐이었다. 그러므로 어떤 수단을 사용하든 그로서는 정당했다.

그가 우두머리의 팔과 다리를 하나씩 자른 것은 미리 계산하고 있던 방법이 아니었다. 그 순간에는 그저 그렇게 해야 할 것 같은 느낌이 들었을 뿐이다.

그래도 우두머리는 신음조차 흘리지 않았고, 화무린의 물음에는 더욱 입을 다물었다.

화무린은 망설임없이 다시 우두머리의 오른팔을 잘랐다. 바닥에 쓰러져서 버둥거리는 우두머리의 잘려진 세 부위에서 피가 뿜어지며 금세 바닥을 붉게 적셨다.

두 개의 팔과 다리 하나를 잃은 채 핏물 속에서 버둥거리는 그의 모습은 뭐라고 설명할 수 없을 정도로 끔찍했다.

바로 그때 대붕삼웅이 끔찍한 광경을 더 이상 참지 못하고 구토를 하면서 앞 다투어 석실을 나갔고, 직후 화무린이 다시 우두머리의 마지막 남은 왼쪽 다리를 자르자 입술을 깨물며 가까스로 참고 있던 악소마저도 총총히 나가 버렸다.

과연 인간이란 존재는 얼마나 잔인하고 또 지독할 수 있는가.

화무린과 우두머리는 마치 그것의 과정과 결말을 몸소 보여주고 있는 것 같았다.

화무린은 잔인함의 극치를, 그리고 우두머리는 지독함의 극치를.

화무린은 사지를 자를 때마다 오직 한 가지만을 물었다. 무쌍신과 육천군의 행방이었다.

당쾌와 악소, 대붕삼웅은 화무린이 묻고 있는 무쌍신과 육천군이라는 이름을 예전에는 들어본 적이 없었다. 단지 천녀황이라는 이름만 들어봤을 뿐, 천녀황에 대해서도 천외신계에 대해서도 아는 바가 전무했다.

그들은 화무린이 천외신계 고수에게 캐묻는 것으로 미루어 무쌍신과 육천군이 천외신계에 속한 인물일 것이라고 막연하게 추측하는 정도였다.

당쾌는 화무린의 행동을 말리지 않았다. 그가 무쌍신과 육천군을 찾으려고 하는 데에는 그럴 만한 충분한 이유가 있을 것이고, 이런 끔찍한 수법을 사용하는 것은 그만큼 그들을 찾는 것이 절박하기 때문일 것이라고 생각했다.

처음에 고문을 시작했을 때의 화무린은 조금 흥분한 모습이었다.

그러나 시간이 흐를수록, 아니, 우두머리의 사지를 하나씩 잘라낼수록 그는 점점 더 차분해져서 지금은 아예 무위

무심(無爲無心)의 절정에 이른 모습이었다.

　모든 것에는 '한계' 라는 것이 있는 법이다. 그렇다고 지금 우두머리의 '한계' 가 '죽음' 이라는 뜻은 아니다. 오히려 죽음은 그에게 평안일 것이다.

　세상에는, 그리고 인간사에는 '죽음' 보다 더 무서운 여러 가지가 존재하고 있다.

　지금 우두머리의 머릿속을 지배하고 있는 것은 그것들 중에 하나인 '절망' 이었다.

　인간의 육체는 물론이고, 오욕칠정(五慾七情)마저도 어떤 특수하거나 혹독한 수련을 통해서 어느 정도 선까지는 극복할 수 있게 마련이다.

　하지만 절망은 다르다. 그것은 인간의 마음을 통칭하는 오욕이나 칠정에도 포함되어 있지 않다.

　그러므로 그 어떠한 수련으로도 제어하거나 극복할 수가 없다. 다만 절망은 인간의 본성과 인내심이 잣대인 것이다.

　지금 우두머리를 지배하고 있는 절망은 더 이상 어떤 희망도 존재하지 않는다는 것, 누군가에게 목숨을 바쳐서 충성해야 할 의미를 잃는 것, 살고자 하는 한 움큼의 의욕조차 없는 것. 그로 인해서 단 하나의 소원이 생겼는데, 그것은 지금과 같은 절망의 상황에서 한시바삐 벗어나는 것이었다.

　화무린이 가학(加虐)으로 인하여 무위무심의 경지에 도달

했다면, 우두머리는 피학(皮虐)으로 같은 경지에 이른 셈이었
다.

화무린은 누군가를 고문해 본 적이 한 번도 없었다. 그러나
그의 분노와 원한은 결국 우두머리를 고문하게 만들었으며,
기필코 자신이 원하는 것을 알아내기 위해서 평소였다면 그
조차도 진저리를 치고 말 잔인한 행동을 서슴없이 자행했다.

그러면서 그는 고문의 이치를 조금 터득하기에 이르렀다.
그것은 '잔인' 에 이어서 '사람의 심리' 를 헤아리는 것이었
다.

그가 훗날 상대의 심중을 꿰뚫어 보는 달인이 될 수 있었던
시초는 바로 오늘의 고문이 시금석이었다.

화무린은 우뚝 서서 묵묵히 우두머리, 아니, 피범벅의 고깃
덩어리를 굽어보며 그 고깃덩어리가 입을 열기를 기다렸다.

"내가 아는 것을 말하면 즉시 죽여다오."

마침내 우두머리는 최후의 거래를 내놓았다. 그가 원하는
것은 이 절망을 빨리 끝내는 것이었다.

"그렇게 하지."

"내가 알고 있는 것은 많지 않다."

진동하는 피 냄새에 섞여 우두머리의 말이 희미하게 들려
왔다.

"무쌍신님들과 육천군님들께선 아마 여황 폐하를 호위하
고 계실 것이다. 그분들은 여간해서는 여황 폐하 곁을 떠나지

않는다.”

순간 당쾌의 안색이 급변했다.

여황이란 천녀황을 가리키는 것일 게다. 그런데 무쌍신과 육천군이라는 인물이 천녀황을 호위하고 있다면, 그들은 천녀황의 측근이라는 뜻이 아니겠는가.

“본 계에는 모두 이십 위(位)가 있는데… 나는 그중 십구위인 하등(下等)으로, 팔백칠십구번조장(八百七十九幡組長)이다. 나 같은 졸개는 여황 폐하께서 어디에 계시는지 모른다.”

우두머리, 아니, 천외신계 이십 계급 중에서 최말단이라고 할 수 있는 십구위의 계급 중에 팔백칠십구번조장은 누가 자신의 말을 듣는지 마는지 신경조차 쓰지 않고 중얼거렸다. 그는 제 나름의 몰아지경에 빠져 있었다.

“아마도 내가 소속된 제육(第六) 투번의 육번주(六幡主)께선 알고 계실 것이다. 그분은 서열 십일위니까 그 정도는 알고 계시겠지.”

절망 상태에 빠져서 자신이 알고 있는 것들을 실토하고는 있지만, 그래도 그는 상급자에겐 극존칭을 사용하는 것을 잊지 않았다. 아마도 오랜 복종 때문에 몸에 밴 무의식적인 행동일 것이다.

“육번주는 어디에 있느냐?”

번조장은 피를 너무 많이 흘려서 의식이 점차 흐려지고 있었다.

"고안현(固安縣) 경무장(驚武莊)에 계시다……."

화무린은 마침내 원하던 것을 알아냈다. 번조장은 무쌍신과 육천군에 대해서 더 이상의 정보를 갖고 있지 않을 것이다.

이제 서둘러 고안현 경무장으로 달려가 육번주라는 자를 제압하여 다그치면 될 일이었다.

화무린은 자신이 육번주라는 자를 제압할 수 있을지의 여부는 고려하지 않았다.

그가 구중천에 가서 무공을 배운 것은 오직 무쌍신과 육천군을 죽이고 납치당한 누나를 찾으려는 목적에서였다.

그는 자신을 이미 활시위를 떠난 화살이라고 생각했다. 화살은 정해진 목표물을 향해서만 날아간다.

듣고 있던 당쾌는 적이 놀라는 얼굴이 됐다. 하북에는 수백 개의 대소문파와 방파들이 각 지역에 할거하고 있지만, 정파라고 할 수 있는 곳은 삼십여 개에 불과했다.

그들 거의 모든 방, 문파들은 한결같이 겉으로는 정파를 표방하고 있지만, 사실은 그들 대부분이 정파와 사파의 중간, 즉 정사간(正邪間)이거나 사파이며, 더러는 그 어디에도 속하지 않은 무도관 따위였다.

방, 문파들이 기를 쓰고 정파가 되려는 까닭은, 그래야만 무슨 일을 하더라도 세상 사람들에게 쉽사리 인정받을 수 있고 또 명성을 얻을 수 있기 때문이다.

인정받고 명성을 얻어 그것을 기반으로 삼으면 무슨 일을 하든 간에 만사형통이다.

그리고 그들이 꾸미는 일들의 결말에는 언제나 재물과 이권 따위가 도사리고 있었다.

하지만 북경에 총타를 두고 있는 개방이나 하북 최대의 명문세가인 하북팽가(河北彭家)가 인정하는 정파는 삼십여 개뿐이고, 경무장은 그중 하나였다.

그런 경무장에 천외신계 천외무적군 휘하 육번주가 있다고 하니 당쾌로서는 놀랄 수밖에 없었다.

화무린은 약속대로 번조장을 일장에 죽이려고 오른손에 공력을 모으고 쳐들었다.

번조장은 입속으로 무언가를 웅얼거렸다. 발음이 부정확해서 어서 죽여달라는 것인지, 자신이 알고 있는 또 다른 무엇인가를 말하는 것인지 알 수가 없었다.

지금 그에게 자비를 베푸는 것은 빨리 죽여주는 것이었다.

"기다려. 몇 마디 물어볼 게 더 있어."

그러자 정신을 수습한 당쾌가 급히 나서면서 화무린의 자비를 제지했다.

화무린은 가볍게 고개를 끄덕여 보이고는 석실을 나가 버렸다.

당쾌 같은 재주꾼이 이런 호기를 내버려 둘 리가 없었다.

어이없는 일이지만, 현재 무림인들은 천외신계에 대해서

아는 것이 전무한 실정이었다.

번조장은 거의 정신을 잃은 상태였다. 지금 물으면 그는 최면에 걸린 사람처럼 무엇이든 아는 대로 술술 대답할 것이다.

당쾌는 그를 조금 더 살려두기 위해서 재빨리 그의 팔다리 잘린 부위에서 흐르는 피를 지혈시켰다.

第三十八章

남발이증(攬髮而拯)

당쾌가 바라던 것에는 미치지 못했지만 번조장은 몇 가지 사실들을 더 말해주고는 숨을 거두었다.

사인은 과다출혈이었으며, 죽은 후의 얼굴에는 회백색 바탕에 푸릇푸릇한 반점들이 생겨나 있었다.

당쾌가 서둘러 석실 밖으로 나왔을 때 화무린은 이미 장원을 떠나고 없었다.

아니, 화무린뿐 아니라 악소도 보이지 않았다.

대붕삼웅의 말에 의하면 화무린이 떠나자 악소도 함께 가자면서 급히 따라나섰다는 것이다.

화무린이 말없이 떠날 줄은 미처 예상하지 못했던 당쾌는 서둘러 장원을 나섰다.

그는 화무린이 고안현 경무장으로 갔을 것이라고 추측했다. 화무린의 목적은 천외신계 무쌍신과 육천군의 행방이고, 그것을 알고 있을 것으로 추정되는 육번주가 경무장에 있기 때문이었다.

당쾌는 전력을 다해 경공술을 전개하여 달려나갔다.


당쾌가 악소를 다시 만난 것은 장원을 출발한 지 한 시진째, 장원에서 서쪽으로 백삼십여 리 떨어진 관도 상에서였다.

악소는 관도 변의 나무 그루터기에 힘없이 앉아 있었으며, 몹시 상심한 표정이어서 당쾌가 가까이 다가갔는데도 모를 정도였다.

그녀가 망연자실한 얼굴로 바라보고 있는 앞쪽의 관도는 두 갈래로 갈라져 있었다.

당쾌는 악소와 두 갈래 관도를 번갈아 보고는 어떻게 된 일인지 어렵지 않게 짐작할 수 있었다.

한 시진 전에는 악소와 화무린이 장원에서 거의 같이 나오다시피 했지만, 필경 화무린이 그녀를 내버려 둔 채 혼자 전력으로 달려갔을 것이다.

화무린의 전력질주를 어찌 악소가 뒤쫓을 수 있었겠는가. 그래서 그녀는 화무린을 놓쳤으며, 그래도 포기하지 않고 그가 달려간 방향으로 줄곧 달려가다가 두 갈래 길이 나타나자 그만 주저앉고 말았을 것이다.

화무린이 번조장을 고문할 때 악소는 너무 잔인해서 도중에 나가 버렸다.

그래서 번조장이 고안현 경무장에 번주가 있다고 실토하는 것을 듣지 못했다. 그러니 화무린의 행선지를 모르는 것이 당연했다.

"악 소저."

당쾌는 넋을 놓고 있는 악소가 놀랄까 봐 애써 조용히 불렀지만 그녀는 조금도 놀라지 않고 시름없는 얼굴로 그를 돌아보았다.

"쌍쾌 가가, 그가 어디로 갔는지 모르겠어요."

그런 그녀의 자태는 너무도 아름다웠다. 당쾌는 이날까지 악소보다 아름다운 여자를 한 번도 본 적이 없었다.

그래서 그녀가 자신에게 때로는 모질게, 때로는 섭섭하게 대해도 웃으면서 참을 수가 있었다. 아름다운 장미에 가시가 있듯이 악소에게도 가시가 있었다.

가시가 싫다면 장미를 피하고, 미인 곁을 떠나면 되는 것이다. 하지만 당쾌는 가시에 찔려서 피를 철철 흘린다고 해도, 악소 곁에 있으면 한없이 좋았다.

그렇다고 그녀에게 무슨 얄궂은 연정 같은 것을 품고 있는 것은 아니었다.

그녀를 어떻게 해보겠다는 마음도 없었고, 자신과 그녀의 미래에 대해서 생각해 본 적도 없었다. 그저 그녀가 좋을 뿐이었다.

"그는 고안현으로 갔을 것이오. 그러니 왼쪽 길이오."

오른쪽은 북경으로 가는 길이었다.

당쾌의 친절한 말에 방금까지만 해도 시름에 잠겨 있던 악소의 표정이 거짓말처럼 환하게 밝아졌다.

휘익!

그녀는 그걸 어떻게 아느냐고 묻지도 않았을뿐더러, 고맙다는 말도 하지 않은 채 곧장 신형을 날려 왼쪽 길로 쏘아갔다.

당쾌도 지체없이 그녀를 뒤따랐다.

그의 임무는 악가장의 대표로 회합에 참가하는 악소를 무사히 북경의 회합 장소까지 보호하는 것이었다. 그러므로 한시도 그녀의 곁에서 떨어지면 안 될 일이었다.

그러나 꼭 그런 임무가 아니더라도 당쾌는 그녀가 어디를 가든 혼자 가게 내버려 두지는 않았을 것이다. 설혹 그녀가 따라오지 말라고 모진 구박을 하더라도 말이다.

이번 회합에는 하북과 산동 두 개 지방에서 정파의 이십여 개 방, 문파들 대표와 오십여 명의 내로라하는 정파고수들이 총집결하게 될 것이다.

이번에 회합을 하게 된 데에는 그럴 만한 이유가 있었다.

얼마 전 구파일방의 장문인들과 오대세가(五大勢家)의 가주들 열네 명이 한 장소에 모였다.

그것은 대단히 드문 일이었다.

그리고 그들 무림의 기둥들을 모을 수 있는 권한이나 자격을 갖고 있는 사람이 천하에는 없었다.

그런데 그들이 한날한시에 모였다, 자신들 앞으로 보내진 단 한 통의 서찰을 읽고 나서.

한 명의 신비인이 그들을 불러 모은 것이었다.

서찰의 발신지는 다름 아닌 '구중천' 이었으며, 내용은 '천외신계에 대한 논의' 였다.

그 정도라면 구파일방 장문인과 오대세가 가주를 어렵사리 한자리에 모이게 할 수 있었다.

그들 열네 명은 누구보다 무림의 평화와 안위를 염려하는 정파의 명숙들이었으므로 수천 리 길을 멀다 않고 달려와서 한자리에 모였다.

비밀리에 모인 그곳에서 열네 명은 구중천에서 온 신비인에게서 그리 길지 않은 설명을 들을 수 있었다. 그리고 그들은 사흘 내내 무언가를 심각하게 논의했다.

이후 그들은 자파로 돌아갔으며, 오래지 않아 그들 열네 개 문파는 가까이에 있는 문파들끼리 둘, 혹은 세 개씩 결합하여 다섯 개의 소연맹(小聯盟)을 이루었다.

즉, 소림은 같은 불문인 아미파와, 무당 역시 같은 도가인 화산파와, 그리고 개방은 가까운 지역에 위치하고 있는 팽가,

악가와 결합하는 방식이었다.

다섯 개 소연맹은 즉시 자파가 있는 지역의 정파에 속한 방, 문파들을 비밀리에 소집했다.

원래 산동악가의 가주인 낙성검협(落星劍俠) 악군성(岳軍토)이 회합에 참가해야 되지만, 그는 얼마 전에 새로운 검법을 연마하다가 주화입마에 들어 병석에 누웠기 때문에 할 수 없이 그의 무남독녀 외동딸인 악소가 참가하려고 집을 떠난 것이었다.

"악 소저, 그는 예절에 구애받지 않는 사람이니까 굳이 사과하지 않아도 되오."

당쾌는 악소 곁을 나란히 달리면서 그녀의 얼굴을 살피며 조심스럽게 말했다.

그러나 악소는 입술을 꼭 깨문 채 전면을 쏘아보며 달리기만 했다. 표정만을 보면 당쾌의 말을 아예 듣지 못한 것 같기도 했다.

"그 친구는 그런 것으로 마음 상할 소인배가 아니오."

당쾌는 그저 악소가 마음을 다칠까 봐 그게 걱정이었다. 그리고 비록 만난 지 얼마 안 됐지만, 그의 말처럼 화무린은 악소가 따귀를 때린 것 가지고 꽁할 성격이 아니라고 확신했다.

당쾌로서는 화무린에 대해서 이해하지 못할 몇 가지 일을 빼고는 그의 성격에 대해서는 대충 알 것 같았다. 그가 짐작한 화무린은 남아 중의 남아였다.

"그는 그럴지 몰라도 나는 그렇지 않아요."

악소는 작지만 또렷하게 자신의 심중을 꺼내놓았다. 당쾌의 말을 듣고 있었던 것이다.

"쌍쾌 가가의 말에 의하면, 그는 주루에서 두 명의 투번고수를 죽였다고 했는데, 만약 그러지 않았다면 나는 투번고수에게 납치됐거나 죽었을 거예요."

악소의 머리카락은 단정하게 잘 묶였는데, 그곳에서 빠져나온 몇 올의 머리카락이 어지러이 흩날렸다.

"또한 나는 투번고수의 양강지기에 적중되어 죽을 수밖에 없는 상황이었는데 그가 또다시 구해주었어요. 두 번이나 내 목숨을 구해준 것이에요."

그녀의 동공이 가벼이 흔들렸다.

"쌍쾌 가가는 사람이 일평생을 살면서 대체 몇 번이나 누군가에게 구명지은을 입을 수 있다고 생각하죠?"

"그거야……."

굳이 대답하지 않아도 대답은 나와 있었다. 보통 사람이라면 평생 동안 구명지은을 입을 일이 거의 없을 것이나.

한 자루 칼을 지닌 채 언제 어떻게 무슨 일을 당할지 모르면서 하루하루를 살아가는 강호인이라고 해도 그럴 기회는 그리 흔치 않은 법이다.

"사람이 한 번의 구명지은을 입으면 마땅히 목숨을 걸고

결초보은을 해야겠지요? 그런데 나는 한 사람에게 두 번씩이나 구명지은을 입었으니 과연 어떻게 해야 할까요?"

당쾌는 할 말이 없었다.

"그런데 나는… 그의 뺨을 때리는 것으로 보답했어요. 게다가 욕설까지 퍼부었지요."

당쾌가 힐끗 쳐다보니 악소는 힘껏 입술을 깨물고 있었다.

"천하에 나 같은 배은망덕한 계집애가 어디에 있겠어요?"

바르르 떨리는 긴 속눈썹 아래 흑백이 또렷한 두 눈 가득 찰랑찰랑한 눈물이 고여 있다가 급기야 후드득 떨어지며 허공중에 흩어졌다.

악소는 오대세가 중 하나인 산동악가의 후계자라는 신분이다.

그러므로 그녀가 이날까지 살아오면서 부모와 스승, 친지들로부터 어떤 교육을 어떻게 받았을지 어렵지 않게 짐작할 수 있다.

가문의 절기는 물론이고, 고매한 학문과 정파인이 지녀야 할 덕목 따위를 매일같이 반복해서 배우고 들으면서 자랐을 그녀다.

정파의 지도자 역할을 하는 오대세가라면 후계자에게, 특히 사유(四維)에 대해서 강조했을 터이다.

대인 관계에서 공손하며 말과 몸가짐을 삼가는 것이 예(禮)이고, 사람으로서 행하여야 할 옳은 길을 걸으며 신의를 지키고 도리를 아는 것이 의(義)이며, 청렴하며 결백한 것이 염(廉), 부끄러움을 아는 마음이 치(恥), 이렇게 예의염치(禮義廉恥)를 사유라고 한다.

악소와 당쾌는 근본부터 다른 신분이었다. 당쾌는 어릴 때부터 자유분방하기 짝이 없는 개방에서 자랐으니 악소가 자란 환경하고는 하늘과 땅 차이였다.

그런 그가 기어코 보은을 하려고 몸부림치는 악소를 이해하려는 것 자체가 무리인 것이다.

당쾌에게는 한 번 껄껄 웃어젖히고 말 일도 악소에겐 목숨과 맞바꿀 만큼 중요한 일일 수밖에 없는 것도 그런 이유에서였다.

"그런데, 쌍쾌 가가는 그를 어떻게 알게 됐죠? 그리고 그는 어떤 사람인가요?"

문득 악소가 달리는 중에 깜빡 잊고 있었다는 듯이 물었다. 당연한 의문을 그녀는 충격 때문에 뒤늦게 떠올린 것이다.

"나도 오늘 만났어."

당쾌는 주루에서 어떻게 화무린을 만나 친구가 됐는지에 대해서 간략하게 설명해 주었다.

"그 사람, 이름이 무언가요? 어디 출신이죠?"

"그건 나도 몰라."

당쾌도 화무린의 이름밖에 모른다. 그러므로 그가 악소에게 말하지 않은 것은 이름뿐인 셈이었다.

친구가 됐다면서 이름도, 출신도 모른다는 것이 이상할 법도 한데, 악소는 문제 삼지 않았다.

사실 지금 그녀의 마음속에는 다른 것이 가득 들어차 있었기 때문에 그 외의 것은 신경 쓰고 싶지 않았다.

"그 사람……."

그녀는 뭔가 말하려는 듯 입을 열었다가 말을 흐렸다.

말하기에는 아직 그녀의 마음이 정리되지 않은 상태였다.

사실 그녀가 어떻게 해서든 화무린을 만나려고 하는 이유가 꼭 구명지은 때문만은 아니었다.

화무린이 악소를 고의(袴衣) 하나만 남긴 채 거의 알몸으로 만든 것이나, 온몸을, 심지어 여자의 가장 은밀한 부위까지도 마음껏(?) 주무른 것은 그녀를 소생시키기 위해서는 어쩔 수 없는 과정이었다.

그녀는 남발이증(攬髮而拯)이라는 말을 배웠다.

물에 빠진 사람은 머리카락을 잡아당겨서 건진다는 뜻이니, 위급할 때에는 사소한 예의를 차리지 않는다는 것이다. 특히 강호인들은 더욱 그랬다.

하지만 현실은 전혀 그렇지 않았다.

상대가 낯선 남자, 그것도 악소 자신 또래의 청년이라는 사실은 결코 간과할 수 없는 일이었다.

어릴 때부터 이날까지 자신의 알몸은 부모에게도 보이지 않았고, 오직 목욕을 수발하는 몸종에게만 씻기는 것을 허락했던 그녀다.

그녀는 생각하지 않으려고 해도, 화무린의 손길이 자신의 온몸 구석구석에 뚜렷이 찍혀 있는 것을 느꼈다.

그것은 마치 예리한 비수로 온몸에 수많은 생채기를 새긴 것 같은 느낌이었다.

아마 그 생채기가 아문다고 해도 흉터는 죽을 때까지 남아 있을 것이다.

남발이증은 어디까지나 교육 과정이었다. 그러나 현실은 교육과 많은 차이가 있었다.

아니, 차이 정도가 아니었다.

악소도 막상 이런 상황에 처하고 보니까 무엇을 어찌해야 할는지 제대로 판단이 서지 않았다.

그녀는 수많은 것들을 교육받았지만, 이런 상황에 어떻게 대처해야 하는지는 포함되어 있지 않았다.

그러나 한 가지만은 분명했다.

이유야 어찌 됐든, 생면부지의 남자가 자신의 알몸을 보고 또 실컷 주물렀다.

이것은 절대로 그냥 넘어갈 일이 아니었다. 그러므로 반드시 그를 만나야만 했다.

만나서 어떻게 할 것인지에 대한 계획도 없다. 하지만 그를 놓쳐서는 안 되었다.

　　　　*　　　　*　　　　*

　고안현은 제법 크고 번화한 현이었지만 경무장을 찾는 일은 마른 나뭇가지를 꺾어 낙엽을 떨어내는 것[折槁振落]처럼 쉬웠다.

　화무린은 고안현에 들어서자마자 대로 상에서 처음 마주친 사람에게 경무장의 위치를 물었다.

　그런데 그는 아주 친절하게 가르쳐 주었을 뿐만 아니라 묻지 않은 것까지도 장황하게 설명했다.

　그것은 고안현 경내에 있는 십여 개의 방, 문파 중에서도 경무장이 가장 세력이 크며, 경무장주의 인품이 얼마나 훌륭한지, 오랜 세월 동안 경무장이 도적 떼와 외부의 침입으로부터 현을 지켜왔으며, 현 내의 온갖 대소사를 관청보다 더 세세히 보살펴 준 덕택에 오늘날 고안현이 이처럼 살기 좋은 고장이 됐다는 식의 얘기였다.

　하지만 경무장으로 달려가는 화무린의 머릿속에는 그런 얘기들이 남아 있지 않았다.

　그는 오직 육번주를 어떻게 제압하여 실토를 받아낼 것인지에만 골몰해 있었다.

　시골의 일개 장원치고는 규모가 꽤 큰 경무장은 고안현 한복판 대로변에 위치해 있었다.

전문은 대로 쪽을 향해 나 있었고, 삼면의 담 옆은 폭 이 장 여의 꽤 넓은 골목으로 이어져 있었다.

화무린은 경무장의 뒷담으로 잠입하리라 결정하고 뒷담에 면한 길고 곧게 뻗은 큰 골목으로 이어지는 좁은 골목을 쏘아 가다가 급히 신형을 멈추고 어느 집 모퉁이에 숨었다.

그가 숨은 곳에서 사 장쯤 떨어진 전면의 어느 집 모퉁이에 두 사람이 몸을 감추고 얼굴만 살짝 내민 채 전면을 살피고 있는 뒷모습을 발견했기 때문이다.

두 사람이 있는 곳에서 전면 칠팔 장 거리에는 경무장의 뒷 담이 가로질러 있었고 그 너머로 전각들이 보였다.

두 사람은 날렵한 갈색 경장 차림에 검을 메었으며, 이마에 는 영웅건을 둘렀고, 잘 발달된 몸을 지니고 있었다.

그들은 자신들이 숨어 있는 담 모퉁이 안쪽으로 잠시 고개 를 거두었다가 다시 내밀어 경무장을 살피기를 반복하고 있 었는데, 얼굴에는 안타까움과 분개함이 동시에 떠올라 있었 으며 두 사람은 그것을 감추려고 들지 않았다.

화무린은 두 사람을 쳐다보면서 어떻게 할 것인지를 잠시 생각했다. 누군가 경무장을 살피고 있는 것을 못 봤으면 모르 지만 본 이상 무시한다는 것이 좀 께름칙했다.

"……!"

"……!"

경무장 살피기에 여념이 없던 두 사람은 한순간 두 눈을 화등잔처럼 크게 부릅떴다.

갑자기 자신들의 온몸이 뻣뻣하게 굳어서 손가락 하나 움직이지 못하는 상태가 돼버렸기 때문이다.

그때 누군가의 손이 두 사람의 뒷덜미를 가볍게 움켜잡고는 모퉁이 안으로 끌어당기면서 그들의 몸을 돌아서게 했다.

나무토막처럼 뻣뻣해진 두 사람의 앞에는 지금 막 하늘에서 뚝 떨어진 것처럼 잘생긴 청의를 입은 약관의 청년 한 명이 우뚝 서 있었다.

"당신들은 누구요?"

두 명의 갈의장한은 졸지에 제압을 당해 혼비백산 놀라고 있는데 화무린이 불쑥 묻자 눈만 껌뻑거렸다. 그렇게 묻고 싶은 것은 바로 그들이었다.

게다가 두 사람은 아혈까지 제압된 상태라서 한마디도 할 수 없는 처지였다.

화무린이 보기에 두 명의 갈의장한은 천외신계의 투번고수가 아니었다.

두 사람은 강직하게 생긴 용모이며, 얼굴에는 의기가 가득했다. 이런 사람들은 결코 악인일 수가 없었다. 그러므로 더더욱 투번고수일 리 없었다.

문득 화무린은 자신이 두 사람의 아혈을 제압했다는 사실을 깨달았다.

"혈도를 풀어줄 테니 경거망동하지 마시오."

그는 두 사람이 자신의 말에 따를 것이라고 생각했다. 하지만 그들이 서툰 짓을 하더라도 어렵지 않게 제압할 자신이 있었다.

그가 혈도를 풀어주자 두 사람은 얼굴에 적의와 경계심을 가득 떠올리면서 즉시 뒤로 물러나며 오른손으로 어깨의 검을 잡았다.

하지만 그들은 공격하지 않았다. 아니, 할 수가 없었다.

화무린이 귀신처럼 접근하여 제압했는데도 자신들은 까맣게 모르고 있었다는 사실, 제압했다가 곧 선선히 풀어준 것으로 미루어 악의가 없다는 것, 그가 뒷짐을 지고 여유자적하게 서 있는 모습은 자신들을 안중에도 두고 있지 않다는 자신감의 다름이 아니라는 것 등은 바보가 아닌 이상 알아차릴 수 있었다.

두 사람은 빠르고도 날카롭게 화무린의 온몸과 얼굴을 훑어보았다.

이어서 그중 한 명이 경계를 늦추지 않은 채 나직하지만 진중한 어조로 입을 열었다.

"귀하는 누구요?"

"나는 경무장에 볼일이 있소."

누구냐고 먼저 물은 것은 자신이었지만 화무린은 개의치 않고 나직이 대답했다.

그는 그냥 경무장에 잠입할까 생각했다가 아무래도 이들

두 사람이 께름칙했다.

"무슨 볼일이오?"

처음 물었던 장한이 계속 묻는데, 그는 둥근 얼굴에 큼직한 코, 두툼한 입술을 지닌 호걸풍의 이십오륙 세가량 된 청년이었다.

"저 안에 육번주라는 자가 있다고 들었소. 나는 그자에게 한 가지 물어볼 것이 있소."

그러자 두 사람의 안색이 크게 변했다.

"육번주가 누구요?"

그렇게 묻는 사람은 역시 둥근 얼굴의 장한이었다. 그의 표정은 팽팽한 긴장감 때문에 금세라도 터질 것만 같았다.

화무린은 이들이 경무장과 연관이 있거나 경무장 사람일 것이라고 짐작했다.

그런데도 이들이 천외신계의 정체를 모른다는 것은 천외신계가 강제로 경무장을 탈취했기 때문일 것이라는 판단이 섰다.

"귀하들은 경무장 사람이오?"

"……."

"누군지 알아야 나도 대답을 할 것이 아니겠소?"

"……."

두 사람은 경계의 눈빛을 하며 말을 아꼈다.

"그만두시오. 나 혼자 들어가서 육번주를 만나야겠소."

화무린은 그들을 스쳐 지나 골목으로 나서려고 했다. 그냥 해보는 시늉이 아니라 이들하고 아옹다옹하는 시간이 아까웠다.

"잠깐."

둥근 얼굴의 장한이 급히 화무린을 불러 세웠다.

"나는 경무장주의 아들인 윤학(尹鶴)이오."

이들이 경무장 사람일 것이라는 화무린의 짐작은 맞았다. 다만 이들 중 한 명이 경무장주의 아들일 줄은 몰랐다.

청년 윤학은 자신의 신분을 듣고도 화무린이 조금도 표정이 변하지 않는 것을 보고 그가 무척 대범하다는 것과 그가 말하는 소위 '육번주'라는 인물에게 용무가 있을 뿐 경무장과는 은원이 없다는 것을 깨달았다.

청년 윤학은 여태까지와는 달리 정중히 고개를 숙였다.

"잠시 시간을 내주겠소?"


윤학이 화무린을 안내한 곳은 자신들이 숨어 있던 골목 안쪽에 있는 그저 평범한 집 중의 하나였다.

그곳은 경무장 수하 중 한 명의 집으로, 윤학 일행이 들어서자 수하의 부모와 형제가 맨발로 뛰어나와 반가이 맞이했다.

"육번주라는 자가 누구요?"

수하의 여동생이 공손히 탁자에 차를 내려놓고 나가자마

자 윤학은 기다렸다는 듯이 초조한 신색으로 물었다.

화무린은 잠시 침묵을 지키면서 윤학을 응시하며 무언가 생각에 잠겼다.

그는 의형인 단궁천에게 천외신계가 오십여 년 전에 삼천쟁을 일으켰으며, 그로 인해서 천중인계, 즉 천하가 어떻게 됐었다는 얘기를 간략하게나마 들었다.

그런 천외신계가 오십여 년이 지난 지금 다시 중원에 나타났다는 것은, 그들이 또다시 삼천쟁을 일으키려 한다는 의미가 아니고 무엇이겠는가.

화무린은 얼마 전에 당쾌가 천외신계라는 말을 입 밖에 꺼냈을 때 대붕삼웅이 소스라치게 놀랐던 것을 기억하고 있었다.

그것은 천외신계가 중원에서 암약하고 있다는 사실을 아직은 대부분의 사람들이 모르고 있다는 뜻이었다. 그러므로 윤학도 모르고 있을 가능성이 컸다.

그래서 화무린은 이들에게 천외신계의 존재를 말해야 하는지를 갈등하고 있는 것이었다.

화무린에게 사지가 잘려서 죽은 번조장은 자신이 천외신계의 총 이십 계급 중 최하위급인 십구위고, 육번주는 육투번의 번주로서 십일위라고 말했다.

화무린이 보기에 당쾌도 제법 고강했는데, 그는 한 명의 투번고수와 팽팽한 접전을 벌였다. 그것은 당쾌가 일 대 일로는 번조장에겐 못 당할 것이라는 뜻이기도 하다.

화무린은 투번고수를 일 초식에 죽였지만 번조장에겐 이 초식을 사용해야 했다.

그렇다면, 번조장보다 여덟 계급이나 높은 육번주의 실력은 결코 만만치 않을 것이라는 계산이 나온다.

게다가 육번주가 경무장 안에 있다면, 그의 주위에는 숫자를 짐작할 수 없는 번조장들과 투번고수들이 버티고 있을 것이다.

어쩌면 더 강한 인물들도 있을 수 있다. 언제나 의외의 변수라는 것이 존재하는 법이니까.

그렇다면 화무린이 경무장에 잠입하여 육번주를 제압하는 일은 생각처럼 쉽지만은 않을 것이다.

더구나 화무린은 경무장 안에 육번주를 위시해서 얼마나 되는 투번고수들이 도사리고 있는지에 대한 사전 지식은 고사하고, 경무장 내부에 대해서조차 아무것도 모르고 있었다.

그러나 경무장주의 아들인 윤학의 도움을 받을 수 있다면 일이 쉬워질 수도 있지 않겠는가.

결국 화무린은 윤학에게 도움을 받는 쪽을 선택했다. 천외신계가 중원에 들어와 있다는 사실은 어차피 조만간 알려질 것이다. 그리고 화무린 자신도 윤학에게 도움을 줄 수 있다면, 서로 상부상조하는 것이 순리였다.

"경무장에 무슨 일이 있는지 솔직하게 말해주시오."

윤학은 지금까지 지켜본 결과 화무린이 적이 아니라고 판단했기에 지체없이 대답했다.

"사실, 나는 장주이신 부친의 명령으로 한동안 먼 곳에 다녀왔소. 이 사람이 아니었다면 나는 장원에 무슨 일이 생겼는지 아무것도 모른 채 들어갔을 테고, 그래서 놈들에게 변을 당하고 말았을 것이오."

윤학은 침통하게 말하고 나서 옆에 앉은 장한을 가리켰다.

그가 설명해 준 내용은 대충 이랬다.


윤학이 석 달 동안의 외유에서 돌아와 고안현에 도착했을 때 현의 어귀에서 숨어 기다리고 있던 경무장의 한 수하, 즉 지금 옆에 앉아 있는 이급무사 공하진(孔河眞)이 급히 그를 불렀다.

그리고 수하는 윤학게 충격적인 소식을 전해주었다. 두어 달 전쯤 한밤중에 한 무리의 괴한들이 경무장에 난입하여 순식간에 장원 전체를 장악했다는 것이다.

그 상황에서 괴한들에게 결사적으로 항거한 경무장주 이하 삼십여 명의 경무장 일급고수들이 죽임을 당했다.

하북무림에서도 명성과 실력이 쟁쟁하던 경무장주는 다섯 명의 투번고수의 협공을 받다가 그중 한 명을 죽인 직후 오십여 초 만에 온몸이 벌집이 되어 처참하게 죽었다.

장주와 일급고수들을 잃은 경무장 수하들은 더 이상 싸울 엄두를 내지 못하고 한순간에 모두 무릎을 꿇고 말았다.

그렇게 삼백여 년 역사를 자랑하면서 하북 중부 지역의 한 지방을 호령했던 경무장은 믿어지지 않을 만큼 간단하게 괴한들의 수중에 떨어졌다.

그것은 경무장이 약해서가 아니라 괴한들이 지나칠 정도로 강했기 때문이다.

괴한들의 급습은 너무도 신속하고 또 조용히 이루어졌기 때문에 경무장의 몰락은 경무장 밖에는 전혀 알려지지 않았다.

괴한들은 경무장을 장악한 후 경무장 사람들이 여태까지처럼 일상적인 활동을 계속하도록 명령했다.

경무장 내부에는 엄청난 변화가 있었지만, 겉으로는 아무 일도 없었던 듯 평소의 일상이 이어졌다.

경무장 사람들은 예전처럼 볼일을 보러 장원 밖으로 출입했으며, 여러 가지 용무로 장원을 방문하는 사람들도 변함이 없었다.

다만 경무장의 운영에 꼭 필요한 외출만 허락했으며, 방문자도 엄격하게 심사하여 최소한으로 제한했다.

또한 그들 모두의 일거수일투족을 괴한들이 일일이 감시하고 있다는 사실은 경무장 사람들만 알고 있을 뿐이었다.

물론 처음에는 볼일을 보러 나간 경무장 수하가 감시의 눈을 피해서 탈출을 시도한다거나 경무장에서 벌어졌던 일을 외부에 알리려고 했던 것이 동시다발적으로 벌어졌다.

그러나 그들은 즉시 발각됐으며, 단 한 명도 예외없이 경무장의 넓은 연무장에 전 수하가 모인 장소에서 공개적으로 목이 베어졌다. 그 수효는 최초 보름 동안에 무려 이십여 명에 달했다.

또한 경무장의 수하들은 자파를 방문하는 사람들에게도 이 사실을 외부에 알려달라고 은밀하게 부탁했지만, 시도했던 수하나 방문자 양쪽이 모두 발각되어 그들 역시 연무장에서 목이 베어지긴 마찬가지였다.

굳이 설명하지 않아도 괴한들의 그런 '공개 처형'은 명백한 경고의 의미를 띠고 있었다.

원래 사람들이란 백 마디의 엄포보다는 한차례의 결정적인 징계를 두려워하는 법이다.

과연 그 '공개 처형'의 효과는 즉시 나타났다. 최초의 공개 처형 이후 탈출을 감행한다거나 경무장의 일을 외부에 알리려는 시도는 눈에 띄게 줄어들었다.

한 달이 지날 무렵 연무장에서 목이 베어져 죽은 경무장 수하의 숫자는 이십 명에서 멈추는가 싶더니 그때부터는 더 이상 늘어나지 않았다.

"괴한들이 경무장을 접수한 지 석 달이 가까워질 무렵에는 감시가 약간 허술해졌다고 하는데, 그 틈을 이용하여 이 친구는 장원에서 정기적으로 밖에 내다 버리는 분뇨(糞尿) 통 속에 숨어서 탈출을 감행한 것이오.”

윤학은 공하진의 어깨에 손을 얹으며 씁쓸하게 말했다. 윤학의 얼굴에는 고마움과 미안함이 교차했다.

말인즉, 공하진은 똥과 오줌이 가득 담긴 똥통 속에 숨어서 탈출했다는 얘기다. 그렇게 그는 경무장의 불행이 벌어진 후 최초의 탈출자가 되었다.

온몸에 똥독이 오른 상태로.

인간은 살아 있는 이상 먹어야만 하고, 먹었으면 반드시 배설을 해야만 한다.

만약 배설한 분뇨를 정기적으로 내다 버리지 않는다면 경무장 전체는 오물투성이가 돼버리고 말 것이다.

괴한들은 설마 누군가 온몸을 똥통 속에 담근 채 탈출하리라고는 예상하지 못했던 것 같았다.

공하진은 비분강개한 표정으로 주먹을 움켜쥐었다.

“저는 소장주께서 석 달 후에 돌아오신다는 사실을 한시도 잊은 적이 없습니다. 어떻게 해서든 소장주께서 장원에 들어오시지 못하게 하려면 그 방법밖에 없었습니다.”

공하진은 윤학의 수하였다. 그런 그의 충성심 덕분에 윤학은 목숨을 건질 수 있었다.

그러고 보니 공하진의 얼굴과 목덜미 여기저기에 보기 흉한 부스럼들이 생겨나 있었다. 똥독이었다. 아마 부스럼은 그의 온몸을 뒤덮고 있을 것이다.

"이 친구 말만 듣고서는 도무지 그자들의 정체를 알 수가 없었소."

윤학은 자신의 수하인 공하진을 서슴없이 '친구'라고 호칭했다.

석 달여 전의 공하진은 소장주 윤학의 최하 말단 수하였다. 하지만 그의 충성심과 희생적인 행동은 윤학을 감동시키고도 남음이 있었다. 공하진의 결사적인 반대를 꺾고 윤학은 그를 친구로 삼은 상태였다.

"더구나 그자들의 행동으로 미루어 볼 때 본 장과 원한이 있는 것 같지도 않고, 뭔가 음모를 꾸미는 것 같지도 않소. 하지만 자신들이 경무장을 습격, 장악했다는 사실이 외부에 알려지는 것을 원하지 않는 것은 분명하오. 현재로선 그들이 그저 본 장을 은신처 정도로만 삼고 있는 것 같다는 생각이오."

윤학은 평범한 외모였지만 몹시 차분하고 사리분별이 정확한 사람이었다.

"내가 이곳에 도착한 지 사흘이 지났소. 사흘 내내 경무장 주위를 배회하면서 장원 안으로 잠입할 기회를 엿봤지만 여의치 않았소. 설혹 운이 좋아서 잠입에 성공한다고 해도 장원 안이 어떤 상황인지 모르는 상태니 오히려 낭패를 당할 수도 있소. 다른 방법은 용무를 보러 나오는 무사들과 접촉하는 것인데, 그 역시 괴한들이 감시하기 때문에 불가능했소."

할 말을 다 한 그는 이제 자신이 궁금하게 여기던 것을 화무린에게 물었다.

"귀하가 말한 육번주라는 자가 경무장을 장악한 괴한들의 수괴(首魁)요? 어째서 그렇게 생각하오?"

화무린은 이들을 속이거나 진실을 감추고 싶은 생각이 없었다.

자신의 가문이 멸문당한 것이나, 윤학의 부친이 죽임을 당하고 이들의 장원이 장악당한 것은 같은 원한이며 의미였다. 내 원한이기 때문에 더 크다고는 말할 수 없는 것이다.

"내가 알기로는, 경무장을 장악한 자들은 천외신계 놈들이오."

"……."

"……."

윤학과 공하진은 처음에는 자신들이 잘못 들은 것이 아닌가 하는 표정을 지으며 화무린을 쳐다보다가 화무린이 묵묵히 고개를 끄덕이자 두 사람의 얼굴에 서서히 극도의 경악지색이 떠올랐다. 그리고 그 표정은 오래도록 지워지지 않았다.

『구중천 제3권 끝』

 청어람 독자님들을 위한 **Special EVENT!!**

# 3권을 잡아라!
# 로또가 부럽지 않다!!

읽는 만큼, 보내는 만큼 행운이 커진다!!
한달에 한 번씩 행운의 주인공 찾기!

## 청어람 엽서를 찾아라! 

책을 읽고 느낀 점 등을 마구마구 써서 보내면 당신에게도 행운이!!

기간 : 2007년 6월~8월 말까지
상품 : 로또상 – 닌텐도 DSL 1명
　　　 행운상 – 작가 사인본 1질 5명(작품 선택 가능)
방법 : 6월~8월 중 출간된 청어람 도서 3권에 첨부된 엽서를 작성한 후 보내주시면
　　　 한 달에 한 번, 매월 말 추첨을 통해 행운의 주인공이 탄생됩니다.
　　　 (매월 말 홈페이지에 당첨자 공지 예정)

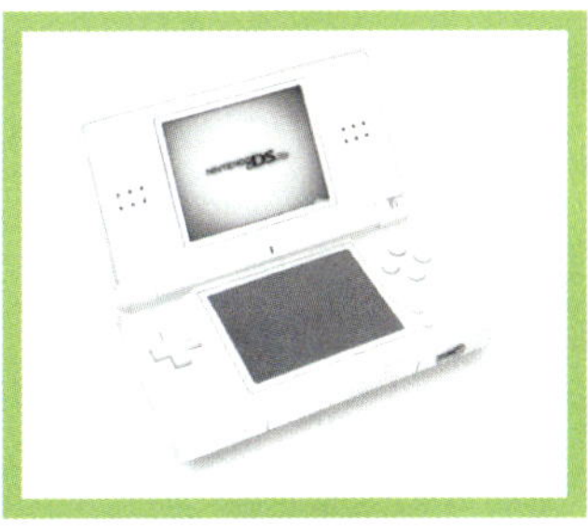

[로또상] 닌텐도 DSL

[행운상] 작가 사인본 서적

유행이 아닌 자유추구 –
**WWW . chungeoram.com**